JN076021

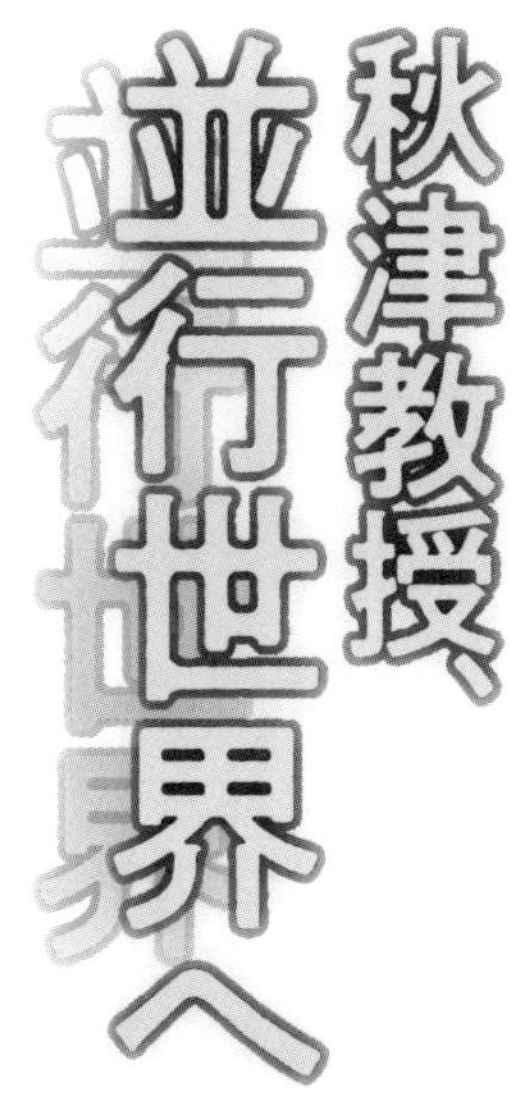

吉原 憬 著

セルバ出版

まえがき

僕は、これまで学者として専門書や論文を執筆してきました。

そんな僕が、今回、なぜＳＦ娯楽小説を執筆しようと思ったのか。

子供の頃から超常現象に興味を持ち、実体験していたことが根底にあります。

しばしば、超常現象は気のせい、非科学的、ありえないと片づけられることが多いですが、実際に体験している人は多く、また、体験せずとも多くの人が超常現象は存在すると信じています。

高学歴とされる人など、端的には東大生もその通りで、論理的思考をするからこそ、論理を突き詰めると、どうしても論理で説明できないことがあると実感することがあります。

僕は、知的好奇心のままに、文系・理系問わずさまざまな書物を読み、テレビ番組などを観てきました。その知識と実体験を基に、何か書いてみたい。世の中に出してみたい。興味ある人、そして、興味がない人にも伝えたい。そう思いました。

また、この世界と異なる世界、そして宇宙を描くことを通じて、今の日本・世界の状況分析と提言・風刺も込めました。

そのあたりを読み取りながら、楽しんでいただければ幸いです。

目次

第一章　異世界への旅立ち

二〇一九年十一月、晩秋の昼下がり。秋津義博は、東京から西へ向かう新幹線に乗っていた。

「またこの時期が来たか。早いものだ」

そう思いながら、車窓に広がる、陽光に照らされたのどかな田園風景をぼんやりと眺めた。

義博は、薩摩藩主・島津氏の血を引いている薩摩隼人（はやと）。

普段は東京に住んでいる。今日は、故郷・宮崎県都城（みやこのじょう）市で行われる「都城島津発祥まつり」に参加するため、陸路帰省する途中であった。

薩摩は鹿児島県と思われがちだ。

しかし、宮崎県南部・西部は薩摩で、島津氏発祥の地は宮崎県の南西部、鹿児島県との県境にある都城である。そのため、都城には島津氏ゆかりの史跡や博物館などがあり、毎年十一月に「都城島津発祥まつり」が行われる。義博の母・朝代の実家の神社も、ささやかながら行事と祭りを開催する。

義博にとって、その行事と祭りに参加することは、楽しみでもあり、また、義務でもあった。

義博の父・長介は、「関ヶ原の戦い」で敵方の東軍を中央突破し「島津の退（の）き口」の伝説を残す薩摩の英雄「島津義弘公」のようになってほしいと願い、待望の息子に「よしひろ」と名付けた。

ただ、島津氏とはいえ傍系も傍系で苗字も違うので、さすがに同じ字を使うことは憚られる。そのため、「ひろ」の字は、義博が生まれた一九七〇年に開催された大阪万博にちなんで「博」が選ばれた。

義博の出生当時、島津義弘公は島津家第十七代当主とされていたが、今は見解が分かれている。しかし、正式に当主になったかどうかは問題ではない。

長介と朝代は、一人っ子の義博を、島津義弘公のように、文武に優れ、熱血漢、慈悲の心を持つ英雄になってほしいと育てた。義博もまたその期待に応え、高校まで地元で過ごした後、一九八九年に東京大学文科Ⅰ類に現役で合格。東京大学法学部卒業後、学者を志して大学院に進学し博士号を取得、現在は東京の大学で教授として政治学を研究し、学生に教えている。

義博は大の飛行機嫌いで、日本のどこへ行く際も陸路をとった。学者の会合の学会に出席するときは大変だ。アメリカでの学会は基本的に断り、ヨーロッパでの学会出席時は、京都・舞鶴（まいづる）からロシア・ウラジオストクに船で渡り、そこからシベリア鉄道でヨーロッパへ行くため、前後一ヶ月は予定を空けていた。

それに比べれば、東京から都城までは楽なものだ。東京から新幹線を乗り継ぎ、九州新幹線で鹿児島中央駅まで行き、そこから日豊本線の特急「きりしま」で都城に行くルートが一番早かった。

九州新幹線が開業するまでは、東京から新幹線で小倉まで行き、小倉で日豊本線の特急「ソニック」、大分で特急「にちりん」、宮崎で特急「きりしま」に乗り換えて都城にたどり着いていた。つまり、新幹線に加え、特急を三本乗り継がなければならなかった。

「机上の計画」の大分・宮崎周りで鹿児島中央に至る「日豊新幹線」が開通することはないであろう。まずは単線区間が散在する日豊本線の完全複線化の方が先だが、その目途も立っていない。

東京発博多行き新幹線「のぞみ」は、定刻通り名古屋を発車し、関ヶ原に差しかかった。

義博は、ここを通るたびに「ここで島津義弘公は戦い、東軍を中央突破して薩摩に帰ったんだな……」と感慨を新たにしていた。

気づくと、義博は、巨大な城の中に居た。周りは皆、戦国武将の格好をしている。突然大きな地震が発生し、柱が軋(きし)み、天井が落下する。「もはやこれまで」と覚悟したところで目が覚めると、新幹線の座席で冷や汗をかいていた。

「ああ、夢で良かった」

遠くを見ると東寺(とうじ)の五重塔がそびえており、京都付近と思われた。いつもより新幹線が揺れている気がする。

「カーブの関係にしては揺れるな。まあ、地震なら緊急停車するだろうし、問題ないか」

ほどなく、再び眠りについた。朝早く起きたため、眠気には勝てない。

義博が再び目を覚ますと、車窓には田舎の風景が広がっていた。沿線の民家の屋根の瓦が赤い。ということは、おそらくは中国地方、広島を過ぎたあたりだろう。

「次は、小郡(おごおり)、小郡」

車内放送が流れ、乗客が降り支度を始める。

「小郡か。『ＳＬやまぐち号』は見えるかな。そろそろ九州だ」

ぼんやりした頭で考えた時、ハッと気づいた。

「小郡？　いつから駅名が元に戻ったのだろう？」

小郡は、義博が好きな駅名だった。しかし、かなり前に「新山口」という駅名に変わっていたはずだ。その時に改名反対運動があったので、地元の要望で元の駅名「小郡」に戻ったのだろうか。

そうこうするうちに、新幹線は「小郡」駅に停車した。

駅名標には「小郡」とあり、その下の所在地は「山口県小郡市」と書かれている。小郡町は山口市に合併したはずなのにおかしい。それに、小郡は「町」だったはずなのに「市」になっている。ホームも、駅舎も、義博の記憶とはどこか異なる。

当たり前のように乗客が降り、また、乗車してきた。

義博は、隣に座った中年の男性に尋ねた。

「いつから駅名が小郡になったのですか？」

「今までずっと小郡だよ」

「いや、新幹線の駅ですよ」

「山陽新幹線全線開業の時だから、四十年くらい前じゃなかったかな。あんたが生まれる十年くらい前の話だ」

その男性は怪訝(けげん)そうな顔をしてつぶやく。見かけが若い義博を三十歳くらいと思っているようだが、そこは問題ではない。

「新山口って駅名でしたよね」

「は？　新岩国と新下関はあるけど、新山口なんて聞いたこともないよ。あんた、こっちの方は初めてなの？」

義博は頭が混乱してきた。

「ほら、新下関と間違えたんじゃないの？」

隣の座席の男性が「次は　新下関」と表示された車内前方の電光掲示板を指さし、駅のキヨスクの袋からビールを取り出す。

「小郡から新山口への改名は阻止されたのか。勘違いだったんだ」

義博が少し落ち着きかけたその時、ハッとした。「のぞみ」は新下関には停まらないはずだ。

「『のぞみ』は、いつから新下関に停まるようになったのですか？　安倍首相の地元だからですか？」

隣の座席の男性にさらに尋ねると、これまた驚くべき回答が返ってきた。

「『のぞみ』ってなんだ？　臨時列車かい？　それに安倍？　『首相』？　山口県の偉い人なら、安井(やすい)新一郎(しんいちろう)太政大臣のことか？　太政大臣だったのは三十年くらい前で、多分関係ないよ」

「『のぞみ』ですよ。分かりませんか？　ほら、『こだま』、『ひかり』、『のぞみ』って、『ひかり』よりも速く、停まる駅も少ない新幹線ですよ」

「へぇー、そんな臨時列車があるんだな。お盆とか正月の時期に走るのか？　聞いたこともないぞ」

男性はおどけ、名物駅弁「夫婦(めおと)あなごめし」を食べ始めた。秘伝のタレの甘い香りがプーンと漂う。

「安倍首相って、安倍晋三首相、ほら、安倍晋太郎外務大臣の息子さんで、この間、同じ山口県の桂太郎首相の記録を抜いて、通算在任期間が史上最長となった安倍首相ですよ」

粘って問いかける義博。不安のあまり、顔面蒼白、脂汗が浮かぶ。

「安井(やすい)新三郎(しんざぶろう)左大臣のことか。次の太政大臣候補だけど、吉田さんが頑張っているから、もうちょっと先かな。地元は期待しているんだけどね。そういや、あんた、長州の英雄・桂小五郎に似てイケメンだな。だから山口にこだわるのか？　ま、いいや」

食事を妨害されたくなさそうに、ぶっきらぼうな答えが返ってきた。そして、「もう関わるのは面倒」と言わんばかりにグイッとビールを飲み干す。

義博が眩暈を起こした理由は、下戸のためビールのアルコール成分に反応したからではない。

ただ、これ以上追及すると変な人扱いされると思い、義博は黙った。

「本日は、東海道・山陽新幹線『ひかり』博多行きを御利用くださいまして、ありがとうございます。次は、新下関に停まります」

車掌にありがちな、鼻声の車内放送が流れた。

義博が乗ったのは「のぞみ」のはずだ。「ひかり」に乗るはずがない。

慌てて指定席の切符を取り出し見てみると、「のぞみ」ではなく「ひかり」と印字されている。

「そんなはずはない。何かがおかしい。そうだ、スマホは通じるかな？　いや、通じてくれ」

震える手で鞄からスマホを取り出すと、しっかりと動いていた。

スマホが動くことに安堵しつつ、検索サイトで「小郡駅　新幹線」と打ちこんでみると、小郡駅は改名歴がなく、新幹線開業以来「小郡」という駅名であった。「新山口駅」と入力しても出てこない。

「新幹線　のぞみ」と打ちこむと、「のぞみ」で検索されたのか、「新幹線　開通希望」に関する記事が、検索結果として表示された。

隣の座席の男性が「吉田さん」「太政大臣」と言っていた。そこで、「吉田太政大臣」と入力して検索すると、略歴とともに「吉田一郎太政大臣」がニッコリ笑っている。

「太政大臣」

平安時代のことかと思ったが、どう見ても今のことだ。

関連する検索結果として、毎日二回行われる「左大臣会見」で、安井新三郎左大臣が、新聞記者の質問にユーモアたっぷりに回答している動画が表示された。新聞記者も冗談で切り返し、会見会場は笑いに包まれている。

国会に関するニュースがスマホ画面の端に表示された。よく見ると、国会ではなく、「皇国議会」となっている。

皇国議会開会式の小さい画像では、玉座に座る天皇陛下が、かなりお年を召しておられるように見えた。画像を拡大すると、どう見ても「上皇陛下」が「天皇陛下」として開会式に出席している。天皇陛下の代理で皇太子殿下が行事に出席することはあっても、天皇陛下の代理で上皇陛下が行事に出席することはありえない。

義博は、隣の座席の男性に「今は令和何年ですか」と確認した。

答えを聞くのが怖かった。「令和元年」と答えてほしかった。

しかし、回答は「れいわ？　なんだそれ？　光文三十三年だよ」。

スマホの画面を見ると、西暦は二〇一九年で、義博の記憶と一致していた。

つまり、時間は経過しているにもかかわらず、天皇陛下の譲位・代替わりも、平成から令和への改元も行われていない。改元されていないのなら「平成」のはずの今の元号も、「光文」ということになる。

スマホの待ち受け画面には「電電公社」と表示され、スマホの裏を見ると「リンゴ」と刻印されている。

「夢ではないとすれば、タイムスリップではなく異なる世界に来たようだ」

　義博はうっすらと分かってきた。

　新幹線「ひかり」は、ゆっくりと新下関駅を発車し、加速した。

　関門トンネルに入ると「間もなく小倉です。お出口は左側です。乗り換えの御案内をいたします」と車内放送が始まり、「日豊本線特急『タキオン』大分行き」と流れた。

　小倉乗り換えで宮崎、都城に行くには、小倉で特急「ソニック」、大分で特急「にちりん」、さらに宮崎で特急「きりしま」に乗り換えることになる。時間も手間もかかるので、義博は、九州新幹線開業後、東京から博多、熊本、鹿児島中央まで新幹線で移動し、鹿児島中央から特急「きりしま」で都城、宮崎にたどり着いていた。

　ところが、車内放送では、特急「タキオン」と案内されている。「ソニック」と「タキオン」の語感は似ているが、そういう問題ではない。特急の名称が違うこと自体が問題なのだ。

　さらに、大分で乗り換えて宮崎方面に行くには、特急「にちりん」ではなく、特急「太陽」と案内された。にちりんではなく太陽そのままになっている。

　続いて、宮崎乗り換えで「鹿児島中央」、いや、「西鹿児島」までは、特急「きりしま」ではなく、特急「高千穂」だった。特急の名称が全て異なり、駅名も微妙に違う。

　さらに車内放送が続く。

「日豊新幹線、新大分、新宮崎回り『新』西鹿児島行きは、隣のホーム、十四番線で接続です」

義博は、座っているのに腰を抜かしそうになった。

「日豊新幹線？　大分、宮崎に新幹線が開通するのはほぼ不可能で、仮に開通するとしても九州では最後のはずだ。そもそも、日豊本線は単線部分があり、まず複線化する方が先だろう」

それに、新幹線が開通したら、並行する在来線は、自治体と民間が共同で出資・運営する第三セクターになるか、それまで通りの路線が維持されたとしても在来線特急は廃止され、細々と普通列車が走るのがお決まりだ。

しかし、車内放送からして、日豊新幹線と日豊本線が併存しており、在来線特急も運行されている。あらためて切符を見ると、「東京から九州新幹線　鹿児島中央経由都城行き」だった切符が、「東京から小倉経由　日豊新幹線『新都城』行き」になっている。

義博は博多で乗り換えるつもりだったが、この切符によると、小倉で乗り換えなければならない。慌てて降りる準備をしている間に、新幹線「ひかり」は関門トンネルを抜け、滑るように小倉駅のホームに入った。

義博が下車すると、たしかにホームの電光掲示板に「日豊新幹線　新大分、新宮崎、新西鹿児島方面行き」と表示されている。さらに「在来線日豊本線は、新幹線改札出口を出て左」と書かれた看板があった。

日豊新幹線の駅名は、基本的に在来線の駅名の前に「新」とつくようだ。それに、至る所で、「ＪＲ九州」ではなく、「国鉄」という表示が目についた。長い間見たことがないので、かえって新鮮だった。

頭が混乱しているが、乗り換え時間が十五分しかない。

義博は、頭を落ち着けるため、そして喉の渇きを癒すため、小倉駅構内のコンビニ「家族市場（かぞくいちば）」に入った。「ファミリーマート」と意味は同じだが、日本語になっている。

ジュースと、情報を仕入れるためのスポーツ新聞、さらに週刊誌を手にした。

合計五〇〇円ちょうどだ。先日一〇パーセントになったばかりの消費税分五〇円を加え、五五〇円をレジに出した。

店員が、商品のバーコードを通す。

「お金、多いですよ」

「そういえば軽減税率分があるのか。だけど、いちいち多いなんて言わないで、お釣りで渡せばいいじゃないか」

義博がそう思っていると、店員が、「五〇〇円ですよ。五〇円多いです」と五十円玉を返してきた。

「えっ？　消費税は？」

「しょうひぜい？　何か新しい税ですか？　そんな通知来ていたかな……」

店員は商品を袋に詰めるのをやめ、引出しから書類の束を取り出し、めくりながら頭をひねっている。

どうやら、消費税がないようだ。

義博は、「やはり異なる世界に紛れ込んだ」と受け入れる覚悟ができた。

「勘違いでした」

あらためて五百円玉を前に押し出す。

しかし、今度は、その五百円玉を店員がじっと見て奥の方に入っていく。

「これは何かの記念硬貨ですか？　ちょっとお待ちください」

奥から出てきた店長が、不審そうな口調で告げる。

ほどなく小倉駅構内の鉄道警察派出所から警察官が二人、急ぎ足で駆けつけてきた。

上役らしき警察官が「お疲れ様です」と店長に敬礼した後、「お急ぎのところ恐縮ですが、少し事情を聞かせてもらえませんか」と、丁寧ではあるが厳しい口調で義博に迫った。

二人の警察官は、その穴のない五百円玉を、文字通り穴のあくほど見つめている。

「五百円玉は、記念硬貨はあるが、このデザインのものは知らない」

「普通は『五〇〇円』なら岩倉具視(ともみ)の五百円札を使うのに、コンビニでわざわざ記念硬貨を使うのはおかしい」

ぶつぶつ言っていた上役の警察官が、もう一人の若い警察官に五百円玉を手渡す。

「よく見ろ、『昭和６３年』って刻印されているぞ」

「『紹和』って六十二年までですよね」

「光文はいつから始まったんだっけ？」

「あれ？　糸へんの『紹和』じゃなくて、日へんの『昭和』って書いてありますよ」

いよいよ怪しみ始めた。

義博の次の客がレジに出した十円玉を見ると、「昭和」ではなく「紹和」だった。

さらに、五十円玉には「光文」と刻印してある。新幹線の隣の座席の男性が答えた通り、元号は光文だった。義博の記憶では、「光文」は、「大正」の次の元号として決まっていたところ、新聞にすっぱ抜かれてボツになった元号だ。それが、「紹和」の次の元号として復活していた。

次第に状況がつかめてきた。

この世界では、昭和、いや、紹和は六十二年（一九八七年）で終わり、紹和六十二年のどこかの時点で「光文元年」が始まった。そうすると、光文三十三年は西暦二〇一九年となり、計算上は合っている。

要するに、「紹和」が、義博が前に居た世界より一年ちょっと早く終わり、その分、新元号の「平成」、いや、「光文」が早く始まった。そして、二〇一九年四月三十日に天皇陛下は譲位せず、改元もされず、今も光文が続いているということになる。

今の義博にとって目下の問題は、このままだと、偽造硬貨を使用したということで、通貨偽造・行使で逮捕、少なくとも事情聴取されかねないということだ。通貨偽造・行使は、社会全体に大きな影響をもたらすため、金額が少額でも重罪になる。

義博は、前に居た世界で「昭和６５年と刻印された一万円玉」を使用した人が逮捕されたという話を知っていた。「その人は八分ズレた異なる世界から来た」との噂があったが、おそらく、その人と同じ状況なのだろうと推測できた。

「すみません。これ、会社のイベントで作った架空コインです。だからこそ、存在しないデザインで、存在しない『昭和63年』って刻印したんです。その証拠に、糸へんの紹和ではなく、日へんの昭和ってなっているでしょう。手持ちに混ざっていたようで、うっかり支払ってしまいました。千円札で支払います」

義博は、とっさに五百円玉を取り返した。

そして千円札で支払おうとしてレジの上にある千円札を見ると、肖像画が伊藤博文。

義博が持っているのは、伊藤博文でも夏目漱石でもなく野口英世、つまり、伊藤博文の二世代後の千円札だ。ここで野口英世の千円札を出すと、今度こそ言い訳できず、偽札を所持しているとして警察に連行されるだろう。

やむなく、財布のお守り代わりに入れていた、聖徳太子の一万円札を使った。

五百円札が岩倉具視、千円札が伊藤博文ならば、五千円札と一万円札は聖徳太子のはずで、実際、その予想の通りだった。

お釣りを受け取り、聖徳太子の五千円札が一枚、伊藤博文の千円札が四枚、「紹和」「光文」と刻印された百円玉が五枚手に入った。これで、都城に着くまでに支払うお金を怪しまれることはない。

買ったばかりのスポーツ新聞の一面を見ると「いよいよ日本シリーズ開幕！　初の大江戸　対天王寺（てんのうじ）　対決！」「大相撲九州場所　横綱貴謙信（たかけんしん）　単独トップ！」の見出しが躍っていた。

義博が異なる世界に来たことは、疑いようのない事実だった。

このままでは都城到着が早くなるため、実家の母・朝代に電話をしなければならない。

その時、義博は「ここが異なる世界ならば、都城には実家がないかもしれない」と気づいた。

思い切って電話をかけてみると、案の定「おかけになった電話番号は、現在使われておりません……」。

どうしたものだろう。

少し考えて、ひょっとしたら朝代は宮崎市に住んでいるのではないかと思いついた。

義博が前に居た世界の昭和六十二年に、この世界につながる分岐が発生した。つまり「世界線」が変わったのならば、朝代は、昭和六十二年当時住んでいた宮崎市の家に住み続けているかもしれない。

当時の電話番号は覚えていた。

「つながってくれ！」と思い、電話をかける。

呼び出し音が三回鳴り、「秋津ですが」と、年老いた男性の声が聞こえた。

すでに父・長介は亡くなっており、義博は一人っ子のため、家には男性は居ないはずだ。

「あっ！　間違えました！」

反射的に電話を切ろうとした瞬間、「義博か？　今どのあたりだ」。

声に聞き覚えがあった。

亡くなって二十年以上経つ、忘れもしない長介の声だ。年齢なりに老けているが、間違いない。

この世界では、長介は亡くなっていない。

義博は、この世界に来て初めて嬉しくなった。

長介が生きている。二十年以上ぶりに話せる。こんな嬉しいことはない。

「今、小倉で、あと三時間くらいで着くよ。久しぶりに話したいことがいっぱいあるんだ！」

「何をそんなにはしゃいでいるんだ。いつも冷静なお前にしては珍しいな」

長介の怪訝そうな声が返ってきた。

よく考えれば、父と息子なので、この世界では時々話しているはずだ。

長介が、義博のはしゃぎように違和感を覚えたのは当然だった。


日豊新幹線のホームに向かうと、新西鹿児島行き新幹線「じんむ」が停車している。

赤と白と銀色の塗装が施された流線型の車体が眩しい。日豊線に投入するということで、太陽をイメージしている配色だろう。

「じんむ」は十二両編成で、原則的に六両編成の「ソニック」と四両編成の「にちりん」を見慣れていた義博にとっては目を疑う編成だ。それだけ乗客が多いということになる。

小倉駅で時刻表を見ると、義博が前に居た世界では二〇〇九年に廃止された、東京発大分行きブルートレイン「富士」は、この世界では今もブルートレインとして存続、それも、運行区間短縮前の「西鹿児島行き」となっていた。

そのため、日豊新幹線は「富士」を愛称には使えない。そこで、神武天皇ゆかりの地・宮崎を通ることから、神武天皇にちなんだ愛称「じんむ」と命名されたようだ。

新行橋（ゆくはし）、新中津、新宇佐と、主要な駅で停まっていく。並行する日豊本線の駅も含め、それぞれ立派な駅だ。新大分駅は、義博が前に居た世界の大分駅の倍の規模だった。それに、日豊本線は全線複線化され、一部は複々線になっている。

大分と宮崎の県境、宗太郎(そうたろう)峠は、山越えで、日豊本線最大の難所だ。

ここを特急「にちりん」・ブルートレイン「富士」が今にも停まりそうな低速であえぎながら越えると、「宮崎に帰ってきた」と実感したものだ。

しかし、この世界では、新幹線用に二〇キロにも及ぶトンネルがぶち抜かれており、県境を越える感慨もなく、あっさりと「じんむ」は真新しい「新延岡」駅に到着した。

この世界での実家は宮崎にあることが分かったので、都城までは行かず、宮崎で降りる。

新幹線の駅名は「新宮崎」で、在来線の日豊本線の駅名は「宮崎」だ。

宮崎駅の駅舎は、義博が前に居た世界では、近代的な、見ようによってはビルの足場にも見える駅舎で、一部の不評を買っていた。

しかし、この世界では、神武天皇をお祀(まつ)りしている宮崎神宮本殿そっくりの、荘厳な和風の駅舎が鎮座している。天孫降臨(てんそんこうりん)の地、神話の里の玄関口にふさわしい。

駅の規模は義博が前に居た世界の宮崎駅の倍以上で、駅前はさびれておらず人でごった返している。

大分駅といい、途中の駅といい、どうも様子がおかしい。

義博がスマホで人口を調べたところ、驚いた。

前に居た世界では、宮崎市は周辺の町と合併して人口が四十万人程度の中核市だった。しかし、この世界では人口が七十万人を超え、街中には「祝！　政令指定都市」という看板と「のぼり」が立ち並んでいる。最近、政令指定都市になったようだ。

政令指定都市のため「区」が置かれていた。

東京二十三区の特別区ではなく、一般的な行政区だが、駅構内の案内図で宮崎市「中央区」錦町(にしきまち)という住居表示を見ると、誇らしい。

新幹線のほか、市街地近郊に空港、さらには港があることで、南九州の玄関口は、鹿児島ではなく宮崎になっていた。南九州の拠点都市として、全国展開するデパートが立ち並び、都市銀行や大企業の支店・支社が軒を連ね、三十階を超えるオフィスビル、ホテルが林立している。

そのうち一つのビルの壁面に設置された巨大液晶ビジョンには、知事が「そのまんま」映し出されていた。この世界では、宮崎は「どげんかなった」。正確には、「どげん」は都城弁で、宮崎弁では「どんげ」なので、「どんげかなった」ようだ。

義博が前に居た世界では、交通の便が悪い宮崎は「陸の孤島」と揶揄(やゆ)されていたが、この世界では異なっている。県外との行き来が盛んで、転勤族も増えたのか、至る所で標準語が飛び交う。その影響で、宮崎市民が話す「宮崎弁」は薄れていた。

公共交通機関が発達しているため、自家用車の数は減っているようだ。その証拠に、車のナンバーは「宮崎５８」など分類番号が二ケタで、義博が前に居た世界で見られた「宮崎５８０」といった三ケタの分類番号ではなかった。

義博は、見物がてら宮崎駅から繁華街の橘通りまで歩く。その街並みは、まさに異次元の発展をしている。そこからタクシーに乗ると、違和感があった。初乗り運賃が東京並みに「安い」。

義博が前に居た世界では、宮崎に限らず地方だと初乗り運賃が高かったが、七十万都市になるとタクシーの料金設定も東京並みということだろう。

別の街と見まごうばかりに発展しつつある宮崎市中心部を抜けると、義博が前に居た世界と同じような、懐かしい街並みになった。

昭和六十二年当時に住んでいた家の前でタクシーを降りる。

義博が前に居た世界では、長介が亡くなってしばらくしてその家を引き払い、朝代は、実家の神社があり島津氏ゆかりの地でもある都城に引っ越した。他方、義博は東京大学の大学院に通うため東京にとどまり、そのまま東京の大学に就職して結婚、東京に住んでいた。

つまり、義博にとって、この家は二十年以上ぶりということになる。築年数の割には綺麗で、よく見るとリフォームされ、外壁塗装もしてある。

タクシーが到着した音を聞いたのか、中から、朝代、続いて長介が出てきた。

まさに父だ。

義博は、長介が亡くなった五十代半ばの長介の姿の記憶しかない。九月が誕生日だったので、八十歳になったばかりであろう長介の姿。

「ああ、こんな風に年を重ねるはずだったのか……」

自然に涙が溢れる。

「なんで泣くんだ。この前のお盆の時に会ったじゃないか」

長介は、義博が自分を見て泣くことをいぶかしがり、不機嫌そうに出迎えた。

その理由として「父さんは、僕が前に居た世界ではかなり前に亡くなっていて、二十年以上ぶりに会った」とは言えない。

仮に言ったところで、「夢でも見たのだろう。縁起でもない」と一蹴されるのは明白だ。

朝代は、義博が前に居た世界の朝代と変わっていなかった。ただ、話す宮崎弁は、かなり薄くなっていた。


義博は、自分の部屋に入った。当時のままで懐かしい。

ただ、見慣れない本がいくつかあった。それは、昭和、この世界では「紹和」六十二年以降に発行された本だ。中でも、日本と世界の歴史の本が目につく。この世界がどのような歴史をたどり、どのようになっているかを把握する必要がある。

義博は、食事もとらず、むさぼるように読み、インターネットで調べた。

その内容は、極めて興味深いものだった。

ここは、一九八七年つまり昭和六十二年・紹和六十二年で分岐した世界線の世界なので、それ以降の出来事は、義博が前に居た世界の出来事と違う。それ以前の出来事も微妙に異なり、名前や地名も異なることが多々あった。

とにもかくにも、いつ「紹和」が終わったかが重要だ。

皇室ファンだった義博は、前に居た世界では、一九八九年一月七日の昭和天皇崩御、新天皇即位、平成スタートの特集雑誌を山のように買っていた。

そのため、この世界の本棚にも、多くの「天皇代替わり」「新元号」の特集雑誌がある。早速手に取ると、義博が「なんとなくそうではないか」と思っていた日付で「昭和」が終わっていた。

一九八七年九月十九日。

義博が前に居た世界では、その春からご体調がすぐれなかった昭和天皇が手術をお受けになられることになった日であり、さらにその一年後、昭和天皇がご入院された日でもある。つまり、義博は、「九月十九日」という日付に意味があると思っていたが、的中した。

この世界では、一九八七年九月十九日、すなわち昭和六十二年九月十九日をもって昭和は終わり、翌日は光文元年九月二十日となっていた。

その日時点では、「戦後政治の総清算」を掲げた「日本臣民党」の大曽根弘文「太政大臣」が在任していた。

義博が前に居た世界では一八八五年に創設された内閣制度が、この世界では創設されず、明治政府成立当初の「太政官制」のままだ。太政大臣が首相、ナンバーツーの左大臣が副首相・官房長官に相当し、さらにナンバースリーが右大臣で、さながら平安時代のようだ。

各省庁は、おおむねは義博が前に居た世界の通りの呼び名だったが、その構成はいくらか異なり、省庁のトップは「大臣」「長官」ではなく「卿」と呼ばれていた。

「日本臣民党」は、一九五五年すなわち昭和三十年に保守派諸政党がまとまって成立し、以後、一貫して政権を維持している。その党名は、一九五二年すなわち昭和二十七年、現在の天皇陛下が当時は皇太子であることを内外に宣明した「立太子の礼」の際、当時の牧野昇太政大臣が「臣・昇」と発言したことに由来する。

新元号「光文」の額を掲示して発表したのは前藤間政陽左大臣で、その厳粛な写真が「光文スタート特集号」の表紙に掲載されていた。

天皇代替わり、新元号スタートの一連の行事が終了して区切りがついたところで、大曽根太政大臣は後継太政大臣として竹上渡「大蔵卿」を指名、竹上政権が成立した。

義博が小倉駅のコンビニで経験した通り、この世界では消費税は導入されていなかった。

「好景気の状態で消費税を導入することは、景気に水をぶっかけるようなものだ」として、話題にすら上がらなかったとのことだ。

好景気ならば、所得税、住民税、法人税などの税収が自然と増えていくので、さらに消費税を導入する必要はない。

義博が前に居た世界でも、そのような主張はあった。

にもかかわらず、消費税は導入された。その後バブルが崩壊して不況に陥ると、消費税が足を引っ張りそこから抜け出せなくなってしまった。

消費税を廃止すれば、景気は持ち直したかもしれない。

しかし、実際には、不況による税収減を補うためもあり、消費税率が当初の三パーセントから五パーセント、八パーセント、一〇パーセントと上昇し、その結果、消費がさらに落ち込んだ。物が売れないので企業は商品・サービス価格を下げ、必然的に企業収益が低下、当然ながらその従業員の賃金が下がり購買力が低下、物が売れずさらに商品・サービス価格を下げる「デフレスパイラル」が発生するのは当然の流れだ。

また、消費税は、生活必需品購入の際に、所得に関係なく一定の税率で課税されることから、低所得者ほど負担が重くなる・重く感じられるという「逆進性」がある。そのため、低所得者層のみならず、中間層までもが「重税感」「不公平感」を抱くことになった。

この世界では、その消費税が存在しない。

さらに、この世界では、義博が前に居た世界の「リクルート事件」に相当する事件が発生しなかった。そのため、いわゆる「大物政治家」が失脚せず、その地位を保っていた。

消費税を導入せず、リクルート事件に相当する事件が発生しなかったため、当時の竹上政権の支持率がこの世界では元々存在しない「消費税率」以下になることもなく、安定した政権となった。

バブルの好景気に支えられたこともあり、調整型と称された竹上太政大臣の手腕がいかんなく発揮された。とくに、バブルが行きすぎないようにうまく軟着陸させたことは、大蔵卿の経験があり、また、幅広い人脈と、卓越した調整能力を持つ竹上太政大臣の功績であった。

義博が前に居た世界では、大蔵省が不動産向け融資の伸び率を総貸出の伸び率以下に抑える「総量規制」を行い、さらに、日本銀行が景気の過熱を抑えるため公定歩合を短期間に急激に引き上げた結果、バブルが崩壊し、不況に突入。失われた十年、二十年、三十年と呼ばれる事態を招いた。

しかし、この世界では、徐々に景気を抑える政策をとり、融資のバランスを取りつつ公定歩合を少しずつ引き上げた結果、バブルから安定成長へとつなげられたようだ。

これは、竹上太政大臣、大蔵省出身で経済通の宮川一輝大蔵卿、大蔵省の官僚、さらに宮川大蔵卿とは帝都大学（経歴を見ると東京大学ではなく帝都大学となっていた）法学部卒業生同士という縁があった「国立銀行」の八重山高志頭取、それぞれの間の意思疎通がうまくいった成果であった。

さらに、消費税を導入していなかったことで必要以上に景気を冷やす要素がなかったこと、また、リクルート事件に相当する事件が発生しなかったため有力政治家が「卿」として職務を遂行できたこともその要因だ。義博が前に居た世界では、一九九〇年代の政局の混乱が、バブル対策と、バブル崩壊後の処理を誤った原因の一つであった。

竹上政権は四年続き、一九九一年末に竹上太政大臣は余力を残して退任した。

この竹上太政大臣の後任は「安竹宮」「ニューリーダー」と称された盟友、安井新一郎左大臣であった。義博が前に居た世界では、安倍晋太郎外務大臣は首相にはなれなかった。しかしこの世界では、相当する人物が順当に後継に指名された。

さらに、その後継は宮川一輝大蔵卿であった。大蔵卿としてバブルをうまく処理した功績が高く評価され、文句なしで太政大臣に就任した。

法学部出身の義博にとっては、この時期に、越山格之進元太政大臣が、前に居た世界の最高裁判所に相当する「大審院」で逆転無罪を勝ち取り、再度表舞台に立っていたことが興味深かった。

越山格之進元太政大臣は、在任中、全日本航空が航空機を購入する際に便宜をはかった見返りとして、アメリカのラッキー社からピーナッツ五万袋を受け取っていたとして受託収賄罪（じゅたくしゅうわい）などに問われ、一審、二審は有罪となっていた。

しかし、大審院では、ラッキー社のチャンコー副会長の証言の信憑性が低いこと、さらに、航空機購入は太政大臣の職務権限外のため、職務権限に関して賄賂を受け取ったことが「構成要件」となる「受託収賄罪」は成立しないとしての無罪判決であった。

世の人々は、もう一度「格さん」太政大臣を見てみたいと期待した。

しかし、本人は「太政大臣は宮川君に任せる」として、工部卿・鉄道卿を兼任、かつて自らが計画した「日本開発計画」を、「パソコン付きショベルカー」の異名のままに、すさまじいスピードで実行。その結果、日本中に新幹線と高速道路が整備された。

一九七〇年代後半に太政大臣を務めた福井武雄（ふくいたけお）元太政大臣は「紹和の黄門」、復権を果たした越山格之進元太政大臣は「紹和の格さん」と称され、かつて日本臣民党を二分した「格武戦争」は終結。

この二人と、安井新三郎左大臣の祖父で、安井新一郎元太政大臣の岳父（がくふ）、「紹和の助さん」こと陸助信（りくすけのぶ）元太政大臣の三人で日本全国を漫遊し、各地の政財界の悪事を暴く勧善懲悪現代劇ドラマ『紹和水戸黄門』は高視聴率を叩き出した。

宮川太政大臣の後は、武士道精神で筋を通すことで「武士」と呼ばれた梶本誠七（かじもとせいしち）、「日本は仏の国」と発言し全国民が感動した木林良朗（きばやしよしあき）、次代を担う「臣民党の若大将」こと加山紘三（かやまこうぞう）、イケメンで「政界の亮さま」と国民的人気を誇った橋田亮太郎（はしだりょうたろう）と、二〇〇九年まで波乱もなく安定した政権が続いていた。日本臣民党が安定していたため、「臣民党をぶっ壊す」大泉孝一郎劇場はなく、郵政は民営化されずに「逓信省」が存在している。

バブルは緩やかに収束し、日本経済は右肩上がりの安定成長を続けていた。

省庁再編は行われず、公務員叩きもなく優秀な人材が公務員になり、適材適所、適切な人員配置により行政を支えている。

さらには、国鉄が分割民営化されず、赤字路線が維持された。そのため、地域格差が生じず、地方の人口増につながり、その結果、赤字路線は黒字化した。

そもそも、「利用者が少ないから廃止する」というのは短絡的だ。

「鉄道は不便だから利用しない、利用者が少ないから減便する、減便するとさらに不便になりさらに利用者が減る、結局は廃止」というのが、義博が前に居た世界でのお決まりの流れだった。

郵政民営化も行われず、小さい町にも郵便局があり、郵便・貯金・保険のみならず、各種行事などにおいても地域の中心拠点となっていた。

電電公社は分割民営化されずにそのまま残り、国際的な競争力を維持。

この世界ではバブルが軟着陸したため不況にならず、企業の経営は良好で終身雇用制が維持され、派遣法の改正もなく、正規雇用者が労働者の大半を占めていた。また、自由を求めてフリーターとなっても、賃金が高いため生活を維持できる。

男女雇用機会均等法は存在せず、男性が仕事、女性が家事・育児という役割分担が維持されていた。

労働市場に女性が大挙して参入しなかったため、男性の賃金が下がらず、好景気もあって賃金は上昇。

そのため婚姻数が減らず、若くして結婚し、出生数は増え、少子化問題は発生しなかった。多くの女性は専業主婦のため、子供の数が増えても「保育所の待機児童問題」という言葉すらない。

若い世代が多いため医療制度・年金制度は破綻せず、高齢者も十分暮らしていける。

ざっと見たところでも、義博が前に居た世界とは、いい方向に様変わりしていた。

政党である日本臣民党のトップである「総帥（そうすい）」と、日本国政府のトップである「太政大臣」は別物である。

かつて、日本臣民党総帥の任期は、党則で「一期二年、連続二期の最長四年まで」と定められていた。他方で、日本国太政大臣には任期の制限はない。

つまり、日本臣民党総帥を連続二期四年務めると総帥を辞めなければならないが、日本国太政大臣を続けることはできる。そこで、これまで「総帥・太政大臣分離論」、すなわち、日本臣民党総帥と日本国太政大臣を別の人物にすると主張されたことがある。

たしかに法的には可能だが、これまでの実例では、総帥任期が終わると太政大臣も退任し、日本臣民党で新たな総帥が選出され、その人物が「皇国議会」において日本国太政大臣に選出されている。

そして、ほとんどの太政大臣は、事実上日本臣民党総帥と連動する日本国太政大臣を二年以上務めており、太政大臣が長期間務めることで、国際社会における日本の地位は維持・強化されていた。義博が前に居た世界では、毎年のように首相が変わることで、国際社会における日本の地位は低下していった。

政権交代はなく、一九五五年の状態のまま、いわゆる「五五年体制」であったため、「非臣民連立政権」、「日本臣民党、日本革新党、新党きざはしの連立政権」、さらには「日本主民党政権」も誕生していない。

橋田太政大臣の後、二〇〇九年には、鷹山太郎元太政大臣の孫の「鷹山蝶」文部卿が太政大臣に就任した。「蝶」とは変わった名前だが、子供の頃から蝶の採集が趣味だったのでそのまま政治活動する際の名前にしたとのことだ。その就任時に日本臣民党の党則が改正され、日本臣民党総帥の任期は一期三年、連続二期の最長六年までとなった。

日露平和友好条約締結を花道に一期三年で退任した鷹山蝶太政大臣の後継として、二〇一二年末に就任した吉田一郎太政大臣は、そのユーモアと明るさが国民に受け、好景気にも支えられて人気が高い。二〇一〇年代の日本の好景気は、アメリカが好景気で、義博が前に居た世界で発生したリーマンショックに相当する深刻な経済危機が発生しなかったことも大きな要因だった。

その人気のため、日本臣民党の党則がさらに改正され、総帥の任期は一期三年、連続三期、最長九年まで可能となり、現在は三期目、二〇二一年末までの任期であった。一九五一年のロサンゼルス平和条約で日本の独立を回復した祖父・牧野昇元太政大臣の在任期間を間もなく抜き、任期を全うすれば須藤恵佐久元太政大臣の連続在任最長記録、椿一郎元太政大臣の通算在任最長記録を抜くことになる。

吉田一郎政権の高い支持率を背景に、憲法（この世界では「日本国基本法」という名称だった）改正、とくに九条が改正され、自衛隊は国防軍と位置づけられていた。

吉田一郎太政大臣の祖父・牧野昇元太政大臣は、連合国軍最高司令官総司令部（ＧＨＱ）から要請された再軍備に対して、「経済を優先する」として拒否した。

日本は経済大国となり、一九九〇年代においても不況・デフレにならなかった。そこで、国民の人気も相まって、吉田一郎太政大臣の主導ですんなり憲法改正が成し遂げられ、国防軍が存在する。

次の太政大臣候補筆頭は、陸助信元太政大臣の孫、安井新一郎元太政大臣の息子の安井新三郎左大臣で、鷹山蝶、吉田一郎に続き、三代続いて元太政大臣の孫が太政大臣に就任することは確実視されていた。

この流れは、政党名・人名などは異なるものの、義博が前に居た世界でも、波乱がなければ想定しうるものだった。逆にいえば、この世界では、日本が、波乱もなく、安定して発展している証拠である。

アメリカでは、一九八〇年の大統領選挙で勝利した、俳優出身、明日党のハリウッド大統領が二期八年務めた後、テキサス大統領親子がそれぞれ二期八年ずつ務め、明日党政権が続いていた。ハリウッド大統領以来の「強いアメリカ」政策に支持が集まっており、対抗する文殊党の勢力が弱い。

アメリカの分断は起こらず、古き良き、西部劇のようなアメリカが世界の政治と経済を牽引している。

冷戦が完全には終了しなかったことがかえって幸いし、アメリカとロシアがそれぞれ世界ににらみを利かせている。そのため、テロは発生せず、義博が前に居た世界の「９・１１」に相当する事件もこの世界では発生しなかった。

二〇〇四年の大統領選挙で、不動産王・経営者として一世を風靡(ふうび)していた明日党のポーカーが文殊党のハツデンに圧勝し、大統領に就任した。

就任後、「大統領は一期四年、二期八年まで（例外的に計算上は十年まで可能）」というアメリカ合衆国憲法修正二十二条の規定を廃止し、現在は四期目で史上最長政権となっていた。

その経営者としての手腕で、二〇〇八年に大手名門百貨店がニューヨークから撤退したことに端を発する「レマンショック」を初期の段階で抑え、世界的な大恐慌に発展する危機を回避する功績をあげた。

二〇一六年の大統領選挙では、初の女性大統領候補、文殊党のヒラリ・クルトンをギリギリのところでヒラリとかわして勝利し、二〇二〇年の大統領選挙でも勝利が予想されていた。

ロシア地域は、長きシベリア送りと亡命生活を経てロシア革命を起こし、ロマノフ王朝を倒したルーニンと、その後継者であるグルーリンという強力な指導者によって共産主義国家「ソビエト連邦」が成立していた。

一九八七年時点ではゴルビ書記長が改革開放路線を進めていたが、義博が前に居た世界と違い、この世界では、「ソビエト連邦」のまま体制改革を達成した。

つまり、上からの緩やかな改革で、社会民主主義国家となった。そのため、激しい東西対立はなくなったとはいえ、「冷戦構造」そのものは続いている。

国名は「ロシア連邦」と改められたが、領土はかつての「ソビエト連邦」のままだ。そのため、大相撲の大関・恵須都（えすと）はエストニア出身ではなくロシア出身、同じく大関・時ノ仁（ときのじん）はジョージア出身ではなくロシア出身となっていた。

指導者は、ゴルビ書記長、体制変革後はゴルビ大統領、エリン・ギー首相という二頭体制が続いた。現在もゴルビ大統領は健在だが高齢のため、エリン・ギー首相亡き後に首相に就任した、ロマノフ王朝末期の実質的指導者・怪僧ラスプーチンの孫・ラスプーチン三世が実質的指導者となっている。ゴルビ大統領退任後は、ラスプーチン三世は大統領にはならずに皇帝即位、すなわち帝政復活が噂されていた。

　ゴルビ大統領とラスプーチン三世首相が親日家だったこともあり、北方領土は全て日本に返還、北方領土問題は解決済みだ。さらに、樺太（からふと）は共同統治、千島列島は共同経済開発地域となっており、日本の勢力は北極海方面まで及ぶ。

　そのことを端的に象徴するものとして、ベーリング海のカニが「日本産」と表示され、冬の名物として日本国民が舌鼓を打っていた。

　文化面でも日本との関係は良好で、ロシアの女性二人組アーティスト「ＩＲＥＺＵＭＩ」はしばしば来日し、テレビの歌番組出演のドタキャンでお騒がせすることもなく、そのライブはいつも満員であった。

　中国では、一九八〇年代の改革開放路線が継続し、段階的に民主化が進められている。義博が前に居た世界での天安門事件に相当する事件は発生していない。

民主主義の下、多くの政党が存在し、普通選挙が行われ、しばしば政権が交代した。そのため政策が混乱し、経済成長の足を引っ張った。

その結果、義博が前に居た世界と異なり、この世界の中国はそれほど発展していない。

現在の指導体制は、国家主席がトップではあるが、西側民主主義国と同じように集団指導体制と言ってもいいものであった。そのため、中国の政治力・経済力・軍事力は弱く、必然的に国際的な交渉力も弱く、尖閣（せんかく）諸島問題は発生すらしていない。

日本が国有化した尖閣諸島には日本国政府が国営カジノを建設し、「SENKAKU」は、マカオと並ぶ東アジアの一大歓楽街だ。

朝鮮半島は、「朝陽と夕陽政策」の結果、南北が連邦国家の形態で統一され「統一朝鮮」となっていた。しかし、全体のトップを南北のどちらが出すかについて決着がつかず、共同大統領、つまり二人の大統領が存在する。

朝鮮戦争後、南には米軍が駐留していたが、北は中国ではなくソ連が支援していた。そのソ連が社会民主主義国家ロシア連邦となったため、連動して南北が統一できたということだ。

その影響か、日本では韓流ブームは訪れず、新大久保には日本の居酒屋が並び、「百人町横丁」が賑わいを見せる。

竹島は、南北統一の際の国境画定時に日本の領土と確認され、カニ漁の拠点となっている。

ヨーロッパでは、ＥＵ（欧州連合）は存在せず、ＥＣ（欧州共同体）が存続していた。

イギリスは、一九九〇年に「鋼鉄の夫人」ことアイアン首相主導でＥＣを離脱。現在の首相は、「イギリスのポーカー」ことボリショイ・キンドン首相だ。

ドイツは、第二次世界大戦ではヒスター総統が率い、チチョリーニ首相率いるイタリアとともにアメリカ・ソビエト連邦などの連合国と戦ったが敗戦。東西ドイツに分裂した。

一九八〇年代に東欧諸国が民主化したため、冷戦は形式上は終了し、ベルリンの壁は撤去された。しかし、義博が前に居た世界と異なり、東ドイツは「ドイツ民主共和国」として存続し、ソーデッカー議長が長く指導者を務めている。

西ドイツすなわち「ドイツ連邦共和国」もそのまま存続し、初の女性首相であるメレンゲ首相が長期政権を継続中である。

つまり、現在に至るまで東西ドイツは統一されていない。

ソビエト連邦が緩やかに改革し、実質的に崩壊しなかった結果、義博が前に居た世界で発生した東欧諸国の革命は起こらなかった。そのため、東欧諸国もソビエト連邦と同様、上からの民主化により社会民主主義国家となり、西欧諸国とは異なる国家体制が存続している。

イギリスのＥＣ離脱、ドイツが統一されなかったこと、体制変革後の東欧諸国がＥＣに加盟しなかったことから、若き指導者マットラレン大統領率いるフランス主導のＥＣの存在感は薄くなっていた。

これらの状況から、アメリカ、ロシア、そして日本が世界の三強、三大国である。ＧＤＰ（国内総生産）は、義博が前に居た世界では、日本は中国に抜かれ世界三位だったが、この世界ではアメリカに次いで世界二位だ。

日本の防衛戦略の基本は、この世界でも、やはり日米同盟だった。

日本国防軍の軍事力は、アメリカ、ロシアには及ばないものの、日本を防衛するには十分な兵力と装備を備えていた。同盟国アメリカと核兵器をシェアする「シン・日米安全保障条約」が締結され、事実上は核保有国に分類される。

さらに、ロシアとも友好関係が築かれていた。

一九五六年の、鷹山太郎政権による「日ソ合同宣言」に基づき、その孫・鷹山蝶政権下において「日露平和友好条約」が締結された。

この条約締結と、北方領土返還、さらには樺太・千島列島について「蝶のように舞い、蜂のように刺した」見事な解決に日本国民は狂喜乱舞。鷹山蝶太政大臣は須藤恵佐久元太政大臣と同じく「ノーブル平和賞」を受賞した。この「蜂の一刺し」は、義博が前に居た世界と文脈は違うが、この世界でも流行語となっていた。

中国との間では、一九七二年に越山格之進政権によって「日中合同声明」が発表されて国交が回復し、それを受けて一九七八年に福井武雄政権が「日中平和協定」を締結した。

義博が前に居た世界での天安門事件に相当する事件が発生しなかったこと、尖閣諸島問題が存在しないことから、良好な関係が築かれていた。

統一朝鮮との間では、須藤恵佐久政権が締結した一九六五年の「日韓根本条約」が、「条約に関する国家承継に関するウィーン条約」に基づき承継国である統一朝鮮に引き継がれ、そのまま有効とされていた。

義博が前に居た世界では、一九九〇年代に日韓関係が悪化した。

しかし、一九八七年に世界線が分かれたこの世界では、南北統一後も一九八七年当時のまま良好であった。

総じて、日本を取り巻く国際情勢は、義博が前に居た世界とは比べ物にならないほど安定しており、また、日本に有利な状況になっていた。

その要因は、日本が、バブル崩壊を回避し経済成長を続け、政権交代が行われず政府が安定し、憲法改正により国防軍を整備した結果、外交力が上昇したことにあった。

義博が前に居た世界では、日本の経済の低迷、政権交代による迷走、さらに憲法が改正されなかったことで、外交の背景にある「力」がなかった。そのため、国際社会、外交交渉において日本の立場を一貫して強く主張できず、問題が山積していた。

経済力と軍事力、そして安定した政府がなければ、外交も何もあったものではない。

義博が前に居た世界では、国際情勢は一九八九年に大きく動いた。そのため、その二年前の一九八七年に世界線が分かれたこの世界の国際情勢が大きく異なるのは、当然といえば当然であった。

ここまで把握すれば、この世界での政治経済関係、国際関係の基本的な知識は十分だ。

義博が一息つき、居間に行ってテレビをつけると、地上波の民放が四局あった。

義博が前に居た世界では、宮崎県は民放が二局しかなかった。よって、隣県の地上波が入る県境地域以外は、宮崎の民放二局、さらにケーブルテレビがある地域ではケーブルテレビ経由で隣県の民放二局しか観ることができなかった。

そのため番組が東京とは異なっており、半年前の番組が放映されたり、今週あった番組が来週は放映されない、通常番組は放映されないのに特番だけが放映されるなど、不思議な現象が発生していた。

それに対して、この世界では民放が四局あり、ほぼリアルタイムで番組が放映される。本当は五局目も欲しいものだが、とりあえずは四局でも格段の違いだ。

それに、テレビ番組が面白い。

好景気のためスポンサーが付き、製作費が潤沢だ。余計なクレームも、いわゆる「不謹慎厨」もおらず、視聴者は、「テレビはテレビ」と分かって楽しんでいる。

義博が前に居た世界でも、昭和の視聴者の方が大人だった。いちいち細部に目くじらを立てる正義の味方気取りの一部の人々が、大多数の視聴者の楽しみとテレビ関係者・芸能人の仕事を奪ったのだ。

義博が前に居た世界では「不適切」として見られなくなった過激な演出も、この世界では「テレビの中だからこそできること」と、むしろ好意をもって視聴者に受け取られる。「テレビが面白い」と視聴率が上がり、スポンサーがさらに付き製作費が増えるという好循環になっていた。

これならば、インターネット上の動画よりもテレビを観ていた方が面白い。そのため、各種動画サイトは存在しているが、それほど盛んではない。

人口が多いため視聴者数が見込めること、さらに専業主婦が多く昼間もテレビを観る人口が多いこともまた、テレビ番組が面白い要因だった。地方も人口が多く、また、スポンサーが付くので、地上波民放テレビ局の採算が取れる。そのため、全都道府県で民放が四局以上存在し、それぞれ経営的に十分成り立っていた。

義博が前に居た世界で放映されていた番組と似たような番組も、内容が微妙に違う。

たとえば、日曜日夕方の国民的アニメ『アワビさん』では、沖野渦平が、悪い点数のテストを隠していた息子のカジキを叩き、家から閉め出していた。

これは、義博が前に居た世界では「虐待だ」とクレームがつき、放映されなくなった内容だ。しかし、この世界では、「躾」として当然と思われているようだった。

芸能人による『水着だらけの水泳大会』では、お約束のようにグラビアアイドルの胸のポロリがあり、出演者も視聴者も大笑い。

テレビの中には、義博が前に居た世界の昭和、古き良き健全な時代が映し出されていた。

この世界では、他の事柄も、一九八七年を大きな境として義博が前に居た世界とは変わっていた。

テレビのスポーツニュースでは、プロ野球日本シリーズの試合結果が放送されている。

そのカードは、小倉駅で買ったスポーツ新聞の記事の通り「大江戸ジャイアンズ　対　天王寺カウボーイズ」という史上初の組み合わせで、東京の「帝都ドーム」と大阪の「上方ドーム」で戦われていた。

その天王寺カウボーイズ、さらには宝塚急行ブレーメンズ、高野山交通フォークスという、義博が前に居た世界では身売りした球団に相当する球団が存続していた。

関西地方の人口が増えたためファンが増え、観客数も増えた。さらに、経営母体の鉄道の利用者が増え、収益が上がり、経営難には陥らなかったようだ。

国鉄の経営状態が良いため、国鉄の球団「国鉄コンドルズ」も存在しており、いつも球場は観客で混んでいる。

義博が何より驚いたのは、大江戸の監督が江顔（えがお）投手だったということだ。

江顔投手は、閏年の一九八〇年、二月二十九日の「余分な一日」を利用して大江戸に入団したため批判されていた。しかし、袋叩き確実と思われた入団会見で、集まった記者に対し「皆さん笑ってください」と文字通りの「笑顔」で会見をし、好感度がアップ、批判されなくなっていた。このことが、引退後に大江戸の監督に就任できた要因であった。

義博が前に居た世界で「巨人の江川投手」が引退した一九八七年で世界線が分かれたため、この世界ではその年に江顔投手は引退せず、ダイ・ジョーブ博士により肩の手術を受け完全復活。三十八歳まで大江戸のエースとして投げ続け、二〇〇勝を超えて名球会に入会し引退。その後、コーチを経て監督になっていた。

高校野球では、甲寅園（こういんえん）（甲寅（きのえとら）の一九一四年に完成したので「こういんえん」）球場を沸かせた、スラッガー「タカマガハラー」こと高原（たかはら）選手と、一年生の時からエースで、ボールに呪文を唱えながら投げて打者を寄せ付けなかった滝田（たきた）投手の「ＴＴコンビ」が人気を博した。大江戸がドラフト一位で高原選手を指名、「都西北大学」進学を表明していた滝田投手を二位指名し、揃って大江戸の主力として活躍していた。

そのため、世界のホームラン王の「皇」監督は一九八八年もリーグ優勝して続投し、その後は、日本人なのに登録名「ミスター・チョー」監督、「永遠の若大将」辰原監督、そして江顔監督となっていた。

次期監督候補は、理論派の滝田投手コーチと、ドラフト一位で入団し現役時代はホームランバッターとして日米を股にかけて活躍したシン・秀井ヘッドコーチだ。ドラフト時には、ミスター・チョー監督が見事にシン・秀井選手のくじを引き当て、その映像は今でもことあるごとに放映されていた。

大江戸のライバルは六甲イエローキャッツ。しばらく優勝から遠ざかっているが、一九八五年にはムッシュ監督が率い、日本一になっていた。

とくに、アメリカ・ケンタッキー州出身の史上最強助っ人・三番サンダース、ドラフト六位から這い上がった「ミスター・イエローキャッツ」・四番習志野、都西北大学出身のスラッガー・五番藤山の甲寅園バックスクリーン三連発は伝説となっている。

日本シリーズはその後、天王寺が三連勝して日本一に王手をかけたところ、天王寺の近藤投手が「大江戸ジャイアンズは川崎ベテルギウスより弱い」と発言したことで流れが変わり、そこから大江戸が四連勝して日本一になった。このあたりは義博が前に居た世界の一九八九年、「巨人　対　近鉄」の日本シリーズと似通っている。

義博はプロ野球に続き、相撲について調べた。

これまた小倉駅で買ったスポーツ新聞の記事の通り、力士の四股名や地位が微妙に違う。

義博の部屋にある、子供の頃から買い続けてきた相撲の本を読むと、やはり一九八七年で、義博が前に居た世界とは変わっていた。

この世界では、北海道出身のウルフこと横綱「北海狼」が連勝新記録の七十五連勝を達成。連勝を止めたのは広島出身の大物キラー厳島で、二葉岳の不滅の記録六十九連勝が止まった相手、広島出身の藝州海との因縁を感じさせた。

北海狼が衰えを見せ始めた頃に、史上初の双子横綱の二子若・二子貴による若貴ブームが起き、北海狼は優勝回数四十回を花道に引退した。

その後は二子貴一強時代になり、怪我もせずに三十五歳まで現役を続け、優勝回数を四十五回に伸ばして引退していた。

紹和の大横綱・有珠山理事長の後は、一代年寄・北海狼理事長。次期理事長はほぼ一代年寄・二子貴親方で決まっており、偉大な横綱の系譜が受け継がれている。

ソビエト連邦が緩やかにロシア連邦に移行したため、その影響下にあった社会主義国家モンゴルも急激な民主化はせず、社会民主主義国家になった。そのためモンゴル勢はそれほど角界入りせず、相撲界を席巻していない。

今は、渦潮部屋のベテラン横綱萩の里と、二子貴部屋の若き横綱貴謙信が優勝を分け合っていた。

義博は、深夜まで、この世界のことを調べ続けた。

その他の事柄も、義博が前に居た世界と似通っているが、微妙に異なる。ただ、総じて、この世界の方が混乱が少なくなっている。平穏、安定ということだろう。

「ひょっとしたら、これは長い夢かもしれない」

義博がかすかな期待を抱き、久々に子供の頃の自分の部屋で眠る。しかし翌朝目覚めると、やはり、前に居た世界ではなく、新しい、異なる世界だった。

つまり、夢ではなかったということになる。

「都城島津発祥まつり」に参加するため、新幹線で都城に移動する。都城は、義博が前に居た世界の倍、人口三十万人の「中核市」で、新幹線「新都城駅」と在来線「都城駅」が立派なターミナル駅になっている。

祭りは大盛況で、十分な予算があるのか、テレビでよく見る大物芸能人が多数ゲスト参加していた。来賓挨拶（あいさつ）では、都城出身の「そのまんま知事」がかつての仲間「タケちゃん軍団」のメンバーとともにボケまくり、会場は爆笑の渦だ。

義博の母・朝代の実家の神社に行くと、驚くほど荘厳な社殿が整備されている。人口が多いので氏子（うじこ）も多いのであろう。社務所では、従兄・貴彬（たかあき）が宮司として祭りを取り仕切り、出店（でみせ）も賑わっていた。

「よお！　義博！　久しぶり！　帰ってきたのか」

気づいた貴彬が声をかける。

義博が前に居た世界では、跡を継がずサラリーマンになり、祭りと行事の時だけ神主をしていた。

この世界では、さすがに跡を継がざるをえなかったようだ。神主姿がすっかり様になっている。

近くの公民館での宴会には、義博が前に居た世界では亡くなったり、遠方に引っ越して連絡を取らなくなっていた親戚や幼馴染が揃っていた。これだけ街が発展していれば、働き口もある。住み慣れない都会に行く必要もない。

薩摩の民俗楽器「ごったん」の演奏が響く中、焼酎を飲み、郷土料理・サツマイモのかき揚げ「がね」がふるまわれる。伝統の「奴踊り」「熊襲踊り」が舞われ、庭先では誰かが馬を連れてきて、季節外れの「ジャンカン馬踊り」が始まった。

酒が飲めない義博にとっても、前に居た世界での子供の頃以来の楽しい祭りの宴会だ。

南九州は十一月でもまだ暖かい。ショウリョウトンボの群れが飛んでいる。遠くには、夕陽に輝く霧島連山、天孫降臨の地とされる高千穂峰の尖った山頂が見える。

そこには、日本の原風景があった。

「僕が前に居た世界では、なんでみんなバラバラになってしまったんだろう」

義博の目に、自然に涙が浮かぶ。

「おいおい、義博。お前は下戸と思っていたら泣き上戸だったとは驚いた！」

貴彬が茶化すと、全員が大笑い。夢のような宴は朝まで続いた。

第二章　素晴らしき異世界

義博は、普段、大嫌いな飛行機には乗らない。しかし、この世界では航空業界がどのようになっているのか興味があり、東京には飛行機で行くことにした。

「何かあったのか？　お前が飛行機に乗るなんて、本当に墜落しなければいいが」

「飛行機嫌いを克服しようと思ってね」

狼狽する長介と朝代を義博は軽く受け流し、宮崎空港に向かう。

宮崎空港は、市街地の近くにある。

義博が前に居た世界では、飛行機が市街地上空を飛び、かなりの騒音・振動が発生し、問題になっていた。しかし、この世界では、市街地に高層ビルが立ち並んだため飛行ルートが変わり、騒音・振動問題は解消していた。

宮崎空港は大きく、綺麗に整備され、南九州最大の都市の空の玄関口にふさわしいものになっていた。東京・羽田便、大阪・伊丹便が大幅に増え、日本の航空会社から消えたはずのハイテクジャンボ・「ボーイング747‐400」が当たり前のように駐機し、威容を誇る。

また、海外路線も目を疑うばかりに多く運航されており、ちょうど宮崎発ロサンゼルス直行便が搭乗手続き中だ。

義博が前に居た世界で、飛行機嫌いに耐えてロサンゼルスに旅行した際は、宮崎から羽田は飛行機、羽田からバスで成田、時間の関係で成田のホテルに一泊してロサンゼルスに行ったことが嘘のようだ。

ただ、異なる世界に来たとはいえ、義博の飛行機嫌いは変わっていない。

最大の理由は、あのような重い機体が空を飛ぶ理由は、実は科学的に解明されていないという主張があることだ。流体力学上可能とか、揚力がどうとか説明されるが、仮にそうだとしても、それと感情はまた別である。

また、万一の際、ほぼ確実に死ぬということも飛行機嫌いの理由だ。

飛行機事故に比べ、交通事故に遭う確率ははるかに高いが、死ぬ確率は低い。他方で、飛行機は、事故に遭う確率は低くとも、実際に事故に遭った場合、死ぬ確率は高い。

そもそも、逃げ場がない。

これが電車ならば、窓から、また、非常ボタンでドアを開けて逃げ出すことも可能だ。船の場合は、海や川に飛び込んで逃げることができる。

しかし、飛行機は、基本的に逃げられない。

さらに、義博は、子供の頃からしばしば、ある夢を見ていた。

その夢は、大学生の義博が「学徒出陣」で召集され、鹿児島・知覧(ちらん)の基地から特攻隊として出撃。離陸後しばらくして、斜め後方から別の特攻機に接触され失速し急降下、海に叩きつけられる直前で目を覚ますという夢だった。

知り合いの霊能力者に相談すると、まさに前世の記憶で、義博が飛行機嫌いなのは、その魂の記憶によるということだ。

義博は、どうしても飛行機に乗らなければならないときは、せめてもの対抗策で、助かる確率がまだ高いとされる、主翼・尾翼と機体本体が交わる部分の上部の座席か後部中央の座席に座ることにしている。

宮崎空港から飛行機で羽田空港に到着すると、義博が前に居た世界の羽田空港より小さくなっていた。

東京の人口がそれほど増えず、また、全国に新幹線・高速道路が整備されたため、国内線の利用者が減ったことによると考えられた。

国際線はほぼ成田空港発着で、羽田空港は拡張されていない。国際社会における日本の立場が強いため、国際的な行き来は盛んで、成田空港が数度にわたり拡張されていた。

義博が前に居た世界では、東京での住まいは、東京都文京区本郷のマンションだった。

これは、義博と妻・弥生がともに東京大学卒業生であることが大きい理由だ。二人は、学生時代から住み慣れた街なので、卒業しても、勤めても、結婚しても、文京区、それも東京大学界隈（かいわい）に住むことになった。

ただ、この世界では、「東京都」ではなく「東京府」となっている。

義博が前に居た世界では、「東京都」は戦時法制である「東京都制」で導入されたが、戦後、「東京都制」は廃止された。その代わりに、地方自治法三条一項の「地方公共団体の名称は、従来の名称による」という規定に基づいて「東京都」と呼ばれていた。

要するに、法的には、「東京は、それまで『都』であったので『都』」ということだ。

そして、この世界では、「東京都制」は施行されず「東京府」のままだったので、今でも「東京府」と呼ばれているということになる。

東京府でかつて東京市があった区域には、二十三区が設置されていた。

二十三区は「行政区」ではなく、選挙で選出される区議会議員からなる区議会が設置され、さらに区長選がある「特別区」で、この点は義博が前に居た世界の東京二十三区と変わらない。

全国地図を見ると、北海道はそのまま北海道だが、大阪が府ではなく県で、この世界では「大阪府構想」が掲げられていた。「都」は、本当の都という意味、つまり京都のみで、「京都都」「京都府」ではなく、単に「京都」であった。

地下鉄丸ノ内線本郷三丁目駅、よく見ると「本郷四丁目」駅で降りた。

駅の位置が、春日通りの北、本郷四丁目に移動している。この世界では地下鉄大江戸線が開通しておらず、義博が前に居た世界で大学生だった頃の、こぢんまりとした駅のままだ。「東大前」駅があるはずの地下鉄南北線も開通していない。

本郷界隈の風景はそれほど変わっていないが、義博が前に居た世界の「東京大学」の位置にある大学の門の銘板には「帝都大学」と書かれていた。

自宅がある高層マンションは、世界線が分かれた一九八七年以前に建設されたものだったので、義博が前に居た世界のマンションと同じだ。

バブル期に建設された建物は、手抜きがない限り、造りがしっかりしている。実際、築三十年を超えた二〇一九年現在でも、どっしりとして風格がある。

最上階の自宅玄関前から東に見える、東京スカイツリーの位置にある塔の形が少し違う。

スマホで調べると、名称は東京スカイツリー。しかし、義博が前に居た世界で、江戸時代に歌川国芳が描いた浮世絵の中に存在する謎の塔の形そのままだ。歌川国芳はなぜあのような塔を描いたのか、未来の東京スカイツリーが見えていたとしても形が違うなど、大きな謎として議論されていた。

実際にこの世界で塔の形を見ると、歌川国芳は、江戸時代に、この世界線の未来を見ていたとしか考えられない。

義博は、自宅に戻るのが嫌だった。

義博が前に居た世界では、妻・弥生は、義博と同じく大学教員をしていた。東京大学工学部の研究員で、とにかく研究また研究、家でも部屋にこもって研究。夫婦というより、分野は違えど学者同士で、義博は全く気が休まらなかった。

それに、料理も家事もせず、化粧すらしない。

「化粧は外見で女性を判断することの表れ」だとして、自分が化粧しないばかりか、その社会的地位を利用して化粧品会社とそれに「踊らされている」女性を上から目線で批判していた。

義博が何か言うと、すぐ「女性差別だ」「これだから九州人は」と弥生に食ってかかられ、夫婦関係はほぼ破綻。

男女平等といえども、性別が違い、役割も違うということが分からないし、分かろうともしない。理系なので生物の勉強をしたはずなのに、肝心の「人間も生物であり、生物学的に男女差がある」ということを理解していない。さらに、「九州人をひとくくりにするのは九州人差別になる」という視点もない。

自分は「一般人」とは違う「進んでいる知識人」と思い込み、一般人を下に見ていることにも気づかない。

弥生は、いわゆる「知識人」にありがちな、典型的な「自分が信じる価値観以外を認めない『多様性論者』」であった。

義博が離婚しなかったのは、世間体のためと、専門分野が違うとはいえ論文を読んで誤字・脱字のチェックをしたり感想を述べるために、一緒に居る方が便利だったからにすぎない。

「また、あの殺伐とした日々に戻るのか……」

義博がうんざりしながら、力なく玄関のチャイムを鳴らす。

「お帰りなさーい」

聞き慣れない明るい声とともに、ガチャリと玄関の扉が開いた。

そこに居たのは弥生ではない。

細身で長身、つやのある長い黒髪に南国風の目鼻立ちがくっきりした美人だ。日焼けした健康的な肌にきっちり化粧をした、明らかに弥生とは別の女性。

「お帰りなさい」

あらためてニッコリ微笑む。

どこかで見覚えがある。

義博の幼馴染、大学生の頃には東京と宮崎で遠距離恋愛をして、大学を卒業したら結婚しようと誓いあっていた睦子だった。年齢を重ねても変わらず美しい。素材は良いのに放置している弥生とは大違いだ。

義博が前に居た世界では、義博が大学教員になるために大学院に進学することになり、博士課程を修了するまで最短でも五年はかかるので、結婚はその後に延期となった。

「五年も遊んでいるわけにはいかない」と睦子が宮崎で地元企業に勤めた結果、すれ違いが多くなり義博との関係は自然消滅。睦子は職場関係の見合いで結婚してしまった。

義博にとっては、今でも悔いが残っている出来事だった。

その睦子が目の前に居る。

この世界では「男女雇用機会均等法」が存在していないので、睦子が勤めた地元企業では、睦子は「総合職」ではなく「一般職」。実際、ずっと勤め続ける予定はなかった。そのため、義博との交際を優先することができ、また、職場関係の見合い話を断ることができた。そして、大学教員になった義博と結婚して「寿退職」し、東京に出てきてずっと専業主婦をしていた。

義博が前に居た世界の男女雇用機会均等法は、この世界が分岐した一九八七年より前、一九八五年に成立し、一九八六年に施行されたので、この世界でも成立していても不思議ではないが、実際は成立していなかった。

どうやら、世界の分岐に伴う「ズレ」は、その決定的な時点以前でも、散発的に発生しているようだ。

この世界では、女性は働きたければ働けるし、専業主婦になることもできた。そのおかげもあり、義博が前に居た世界の「昭和の家庭」がそのまま残っていた。

「早かったのね。新幹線は空いていた？」

義博が宮崎空港で購入した都城土産のお菓子「かるかん」と宮崎土産「宮崎地鶏」を冷蔵庫に入れながら、睦子は上機嫌で尋ねる。

「飛行機で帰ったから早くなった」

「あなたが飛行機に乗ったの？　明日は雪かしら？」

長介と朝代の狼狽ぶりといい、この世界でも、義博はやはり飛行機嫌いとなっているようだ。

睦子と話していると、目線が同じ高さで違和感がある。

前に居た世界での妻・弥生は、身長一五〇センチ台後半と、日本人女性として決して背は低くなかった。ただ、身長一七〇センチの義博から弥生を見ると、当然ながら目線が下になる。

しかし、睦子は日本人女性としては長身で、義博と同じくらいの身長だ。元々長身女性が好みだった義博にとっては、この世界で睦子と結ばれていることは喜ばしい。

義博が前に居た世界では、妻・弥生との間には子供が居なかった。

一人っ子の義博は、家の存続のためにも子供が欲しかった。

しかし、弥生は「研究の邪魔になる」「産む産まないは女性の権利で、自分が決める」と主張して譲らなかった。それに、料理も家事も一切しない。会話もない。

義博は、「何のための夫婦か、結婚しなければ良かった」と後悔したが、離婚することもまた面倒。

世間体と、お互いに論文をチェックするため、離婚もできなかった。

しかし、この世界では、本当に結婚したかった睦子と結婚していた。

あらためて玄関の表札を見直すと、子供が三人居た。上から長男、長女、次男で、誤用の意味での「一姫二太郎」だ。

この世界では、女性は二十歳代前半で結婚する。必然的に男性も若くして結婚することになり、各家庭に子供が数人居るのが当たり前であった。

表札によると、長女の名前は皐月（さつき）。

さりげなく睦子に「皐月の誕生日はいつだったっけ？」と聞くと、五月生まれ。だから皐月と名付けられたようだ。

義博が、あらためて睦子に「皐月は？」と問いかけると、「コンサートに行って、まだ帰っていないわよ」と、嬉々とした声が返ってきた。

客としてコンサートに行ったのかと思いきや、皐月は「ミスコンテスト」でグランプリを獲得してアイドルデビューを果たしており、コンサートを開催・出演する側だった。

皐月は、勉強嫌いで大学には行っていない。

母親に似たのか美人で、かつ、スタイルも抜群。さらに、女性らしい「しとやかさ」と「愛嬌」があった。そのため、ミスコンテストでグランプリを獲得し、自分の人生を歩み出していた。

義博が前に居た世界では、ミスコンテストが続々と中止に追い込まれた。

義博が不思議だったのが、「価値観の多様性を認めろ」という声の大きい一部の人々が、「美しさを評価する」という価値観を否定していることだ。

それは「多様性を認めない」ということで、大いなる矛盾である。

また、「女性らしい」という表現はことさらに叩かれ、しばしば炎上していた。他方で、「男らしい」という言葉も言葉狩りにあっていた。

女らしい、男らしいということがなぜ差別になるのか、義博は不思議でたまらなかった。

差別ではないことが差別だとやり玉にあげられ、マスコミがそれに乗り、いい加減な評論家が同調し、あたかも世間の人々の大半がそのような考えであるかのように装い、また、そのような社会に誘導していた。

昭和はもちろん、平成の半ば頃まではそうではなかったのに、ここ十年ほどで急速に世の中の歯車が狂った。

それぞれの発言・行動が委縮し、ギスギスして暮らしにくいことこの上ない、相互監視社会になっていった。

しかし、この世界では、美しさ、女らしさ、男らしさも立派な個性だ。勉強嫌いでもその持っている個性を活かし、世の中で活躍し生活できる。

この世界こそ、まさに「多様性を認める」世界であった。

長男の陽一は八月生まれ。

野球に熱中し、野球少年だった義博が果たせなかった甲子園、この世界では「甲寅園」出場を果たした。左腕投手で、腕も折れよと全試合先発完投、無名の公立進学高校にもかかわらず、三年生の夏の甲寅園で勝ち進み日本中を熱狂の渦に巻き込んだ。

しかし、優勝候補の私立強豪高校「アンドロメダ星雲高校」との決勝の一球目、決め球の「メジャーリーグボール三号」を投げた瞬間、左肘の骨が砕けた。それでも志願し根性で完投したが、チームは敗れ、陽一の野球人生も終わった。

部屋の壁には、「泣くな陽一、甲寅園の花」と陽一が特集された新聞が貼られていた。義博が前に居た世界では、大投手「別所毅彦（べっしょたけひこ）」の甲子園での熱投を讃えた新聞の見出しだが、この世界では陽一の伝説になっているようだ。

陽一は、全く悔いはなかった。

先の野球人生より、今、甲寅園に行きたい、甲寅園で勝ちたい、優勝したい。そのためならば腕の一本や二本折れても構わないと投げ続けた。

義博が前に居た世界では、「球児の健康のため」と称し、球数制限が行われ、登板間隔も制限する動きが進んでいた。その結果、有力な投手を複数揃えられる私立強豪高校が有利になり、まれに登場する「公立の星」と呼ばれる剛腕投手一人で無名公立高校が快進撃する奇跡の物語は、ほぼ不可能になった。

どちらが球児にとって適切かは、判断が分かれるだろう。

ただ言えることは、全ての高校球児がプロ野球を目指すとも、大学野球・社会人野球を目指すとも限らないということだ。高校時代に全てを燃焼したい球児にとってみれば、そのような制限は余計なお世話。まして、肩や肘が強く、まだまだ十分投げられるのに、機械的に球数で投手交代となったり、重要な試合に登板すらできないことは、本人・チームの損失であるのみならず、野球の本質を損なう。

少なくとも、したり顔の評論家、文字通りの「外野」がとやかく言うことではない。

陽一は、大学で教員免許を取り、今は母校で高校教師と野球部の監督をしていた。選手として果たせなかった甲寅園優勝を目指し、さらにプロ野球選手を育成するということだ。

義博が高校に練習を見に行くと、陽一がノックをしている。

練習に遅刻した部員が平然と、何事もなかったかのようにノックを受ける選手の列に加わった。

その時、陽一がその部員を「ここずい来い！」と呼びつけ、「何を考えている！　歯を食いしばれ！」と鉄拳制裁を行った。

その鉄拳を見ると、宮崎県都城周辺で「きりしまげんこつ」と呼ばれる、せり出した中指を尖った高千穂峰に見立てた形のげんこつだ。その尖った中指部分で殴るので、とくに痛い。

「ここずい」とは「ここまで」の意味の薩摩弁だが、「きりしまげんこつ」とセットであえて使っているのだろう。

それにしても、義博は驚いた。

義博が前に居た世界で、高校時代に野球部で「甲子園」を目指していた頃は当然の指導だった。しかし、平成半ば以降には「体罰」とされ、監督・指導者は部員を絶対に殴らない。明らかに部員に非があるとしても、殴ったらまず間違いなく処分を受け、下手をすれば解雇、さらに民事事件・刑事事件になることもあった。

「この世界でも、さすがにこれはまずいだろう」

義博が固唾を呑んで見ていると、殴られた部員が「監督、申し訳ありませんでした！」と深々と頭を下げ、ノックを受ける列から外れて黙々と球拾いを始めた。

かつては当たり前だった本来の「指導」を見た義博は、新鮮な衝撃を受けた。

翌日、その部員を連れて、その父親が、陽一、すなわち義博の自宅にやってきた。

苦情を言いにきたのかと思い身構える陽一、そして義博。

「うちの馬鹿息子が御迷惑をおかけして申し訳ありませんでした！　これからもビシビシ鍛えてやってください！」

父親は部員とともに深く頭を下げ、部員の左耳を引っ張って家に連れ帰った。

本当に清々しい。「父親たるや、かくあるべし」だ。

義博が気になったのは、陽一が「きりしまげんこつ」をするということだ。それは、この世界の義博が、子供の頃の陽一を「きりしまげんこつ」で殴ったからに違いない。

義博が前に居た世界では、ちょっとでも子供に手をあげると「虐待」「モラハラ」「DV」となり、家庭での躾ができなくなってきた。

この世界では、家庭内の躾として親が子供に手をあげても、即「虐待」にはならないようだ。だからこそ、陽一に殴られた野球部員も、その父親も、他の部員も、悪いことをしたのだから殴られて当然と考えたのだ。

義博が前に居た世界でも、かつてはこれが当然だったのに、いつからあのように変わってしまったのだろう。

義博は、深くため息をついた。

次男の文隆は七月生まれで、高校一年生だった。体格が良く、相撲部に所属している。

義博が文隆のクラスの授業を覗いてみると、ある学生が居眠りをしていた。すかさず教師がチョークを投げ、頭に命中して目を覚ました学生に「しばらく廊下で立っておれ！」と怒鳴った。教室では、誰一人おしゃべりをしていない。

これもまた、義博が前に居た世界では、平成の半ば頃までに失われた光景である。

学生を廊下に立たせることは「授業を受ける権利を侵害している」、「体罰だ」、果ては「居眠りさせるような授業をする方が悪い」と、なぜか教師の方が批判される始末だった。

親も、自分の子供の居眠りや素行の悪さを棚に上げ、教師、学校、教育委員会に怒鳴り込み、マスコミが、無責任な教育評論家が尻馬に乗る。いつからあのようになったのだろう。

街中では、小学生が騒ぎながら走り回っている。

付近の大人が「やあ！　元気だな！」と声をかけ、見知らぬ子供には「どこから来たの？」と気を使う。子供が悪戯（いたずら）をしても笑っているが、やりすぎは怒る。実際、義博の目の前で、弱い者いじめをしている子供が、見ず知らずの通りすがりのおばさんに怒られていた。これもかつては当然のことだった。地域全体で子供を育てるということは、甘やかすことではない。

義博が前に居た世界では、見知らぬ子供に声をかけると変質者扱いされることが増えてきていた。さらに、他人の子供を怒ると、その親が怒鳴り込む。次第に大人たちは、「他人の子供には関わらない方がいい」となる。

他人ではなく、親が自分の子供を怒った時も「虐待」「モラハラ」「DV」とされ、「親が虐待している」と他人や当の子供が警察や行政に通報する。こんなことでは躾もできない。

経済的理由をさておいても、そんな社会では子供を作りたくなくなるだろう。義博が前に居た世界の日本で、子供が減った要因の一つだ。

この世界では、そんなことはない。子供は、家庭で、学校で、地域で怒られることで常識を学び、立派な社会人となっていく。

義博は、数日でこの世界に慣れてきた。

この世界は、義博が前に居た世界の昭和のまま発展した世界と考えれば、義博の記憶と経験、社会常識で対応できることになる。

勤めている大学に出勤すると、大学の様子も変わっていた。

義博は、前に居た世界では、いわゆる「Fランク」とされ、その中でも、入試で名前を書けば合格できると揶揄される大学で政治学を教えていた。

学生数は少なく、その学生たちも勉強する気が全くなかった。

子供の数が減ってきているにもかかわらず大学の数は減らず、むしろ増えていたため、このような大学ならば受験すれば全員合格できる。実際、学生は、高校まで全く勉強しておらず、「ゆとり教育」云々（うんぬん）ではないレベル。政治学どころか、まず、国語を教えて言葉の意味を分からせてからでないと講義が成り立たなかった。

それが、この世界では違った。

大学の建物が立派になっており、学生がやたらと多い。構内は活気に満ちている。子供の数が増えているので、誰でも大学に入れる状況ではない。ゆとり教育は導入されず、義博が前に居た世界での、昭和の受験戦争並みの教育が行われていた。

詰め込み教育という批判はなく、むしろ、詰め込み教育によってこそ学力が伸びると考えられ、より多くの知識を高校までの間に教えるようになっていた。

景気が良かったため、多くの保護者は大学の学費を払うことができる。奨学金は、真に必要で勉強する意志がある学生だけが借りる。

義博が前に居た世界では、何のために大学に入ったのか分からない学生が奨学金を借りていた。入学後は勉強もせず、卒業後も働かずに「奨学金返済を免除してほしい」と都合のいい要求をし、マスコミと教育評論家がでたらめな数値を挙げて大学と国を批判する。

まさに本末転倒の状況であった。

この世界では、勉強する気がない学生は大学に入学できないので、そのような事態は発生しない。

大学の風景は、実態は、義博が前に居た世界の、昭和から平成初期のままの大学であった。

そして、大学に進学しない・進学できない学生は、高卒または中卒で就職し、若くして結婚するので必然的に子供の数は多くなる。

元々多い学生の数に対して大学進学率が低いことが、この世界で少子化が進まず、逆に子供が増えている大きな要因であった。

ほとんどの大学で、入試が入試として機能している。どの大学にも、基礎知識と能力、そして意欲があり、しっかりと勉強し、かつ、各家庭、高校までの学校、さらには地域で躾けられた学生が入学していた。Ｆランク大学という言葉自体、存在しない。

教える側としては、授業がやりやすいことこの上ない。

前提となる部分を省略できるので、より深く、本来の大学の授業を行うことができた。授業内容の作成も、はるかに容易だ。基礎知識のない大学生、つまり、小学生でも理解できるように大学の授業内容を準備する方が難しいのだ。

義博が担当する政治学の授業内容を見直すと、この世界では、日本の国会すなわち「皇国議会」は、衆議院と「貴族院」で構成されていた。貴族院議員は、世襲議員と、学識経験者などを指名・任命する議員で構成されている。

つまり、貴族院議員は選挙では選ばれていないため、民主主義の観点からは問題があることになる。

実際、義博が前に居た世界での貴族院は、戦後廃止され、選挙で選出される「参議院」となった。

しかし、有権者の一時的な感情に左右されがちな選挙の影響を受けず、大局的・長期的な視点で活動できるという長所があることから、この世界では貴族院が維持・支持されていた。

衆議院議員は、義博が前に居た世界と同様に、選挙で選ばれる。ただ、衆議院議員の選挙制度が異なっていることに気づいた。

義博は、宮崎の街中で政治家のポスターが多く、東京でもかなり多く掲示されていると感じていた。ただ、地方議会議員のポスターだろうと思い、あまり気に留めなかった。しかし、それらはほぼ、次の衆議院議員選挙に向けた、現職議員とさらなる立候補予定者のポスターだ。要するに、候補者が多いということを表していた。

義博が前に居た世界では、一九四七年の戦後二回目の衆議院議員選挙以降は中選挙区制で、一九九六年の衆議院議員選挙から「小選挙区比例代表並立制」が採用された。

中選挙区制は、一つの選挙区から得票上位のおおむね三人から五人が当選する選挙制度で、日本全国を人口・地理的に区分した選挙区から選出される。

宮崎県では、県の中部から北部の宮崎一区が三人、南部と西部の宮崎二区が三人（のちに二人）が当選していた。

つまり、同じ政党から複数の候補者を立てることができ、多くの場合、政党内の派閥がそれぞれ候補者を立てる。また、無所属でも当選可能で、当選後に追加公認を受けて政党に所属することもあった。すなわち、新人でも、世襲でなくとも、政党や組織・団体の政策に強く拘束されなくとも、衆議院議員になる道が開けていた。

しかし、汚職などで政治改革をしなければならない流れになり、「選挙制度を変えれば全てが解決する」と、ちょっと考えれば根拠薄弱な主張がまかり通り、「小選挙区比例代表並立制」が導入された。

これは、一つの選挙区で得票最上位の一人が当選する小選挙区制部分と、別途、政党に投票し、地域ごとに得票数を集計して各政党に議席を比例配分し、政党の比例名簿の上位から当選する比例代表制部分を組み合わせた選挙制度だ。

宮崎県では、小選挙区で、県の中部の宮崎一区、北部の二区、南部と西部の三区からそれぞれ一人ずつが当選していた。

小選挙区制では一人しか当選できないため、政党の公認・推薦を受けなければ、まず当選できない。さらに、比例代表制はまさに政党に議席が比例配分されるため、政党の公認候補になることが前提である。つまり、無所属では、当選は極めて困難ということになる。

また、候補者の「公認権」を持つ政党本部が力を持ち、かつてのような、政党内での派閥同士の力の均衡、権力の抑制が弱くなった。

中選挙区制では選挙区が広いため多額の選挙資金がかかり、それが汚職の原因とされていた。しかし、普通に考えれば、一人しか当選できない小選挙区制の方が選挙資金がかかる。そのため、新人候補、無所属候補が当選しにくくなり、政党所属議員、世襲議員、組織的支持がある議員が増えることになる。

また、議員一人あたりの人口から算出される「一票の価値」の平等を必要以上に追求した結果、人口が少ない地方の議員数が減り、人口が多い都市部の議員数が増えた。必然的に、都市部の意見が通りやすくなる。そのため、都市と地方の格差が一層拡大し、人口が地方から都市部に移動する。当然の流れでさらに都市部の議員数が増え、地方の議員数が減っていった。

義博が前に居た世界では、「選挙制度さえ変えれば政治改革が進む」と多くの有名学者、マスコミが考えていた。他方、義博を含む少数の学者は、選挙制度改革の弊害の方が大きく、中選挙区制のまま で、「政治とカネ」の問題の解決をはかった方が望ましいと主張したが、まともに取り上げられもしなかった。

そして、選挙制度改革後二十年以上経過した時点で、選挙制度改革は失敗、思ったような効果が得られず、かえって弊害の方が大きく、かつての中選挙区制の方が望ましいという意見が徐々に主張されるようになっていた。義博ら少数の学者が当初に主張した通りの結果だ。

それでも、小選挙区比例代表並立制で選挙が長期間実施されてきたことによる負の影響は、取り返しがつかない。

それが、この世界では、中選挙区制のままだった。


世の中の様子も分かってきた。

この世界では、子供を産んで育てることは、女性の「義務」ではなく、女性の「権利」ととらえられていた。

男性が育児に手を出そうとしようものなら、子猫を守るために威嚇する母猫のように「家事や育児には関わらないで、その分仕事で稼いできて！」と尻を叩かれる。義博が前に居た世界の「昭和」の世の中だった。

そのことと、男女雇用機会均等法が存在しないことにより、女性の労働者が少ない。

さらに、在留資格の審査が厳しく、外国人労働者が少ない。

そのため、労働力の需要と供給の関係で男性の賃金は下落せず、好景気もあって緩やかに上昇していった。女性が働かずとも、世帯全体としての収入も増加している。

もちろん、女性差別、女性蔑視の社会ではない。

男性が仕事に打ち込み、女性が家事・育児をすると役割が分担されている。表向きは男性を立てるが実際は女性が男性を尻に敷くという、日本古来の良さが残っている。

さらに、普段の生活では、男性は女性を大事にする。

たとえば男女が食事すると、男性は女性をエスコートして、会計は男性が済ませる。女性は「ありがとうございました」としっかりお礼を言う。

義博が前に居た世界での「昭和」では当たり前のことが、この世界では常識として受け継がれていた。

家に居る母親が子供をしっかり躾けるため、その子供は社会常識を身に付けた大人になり、犯罪発生率も低く、義博が前に居た世界よりはるかに治安が良い。

少子化は進まず、子供の数は増え一夫婦平均三人、日本の人口は一億五千万人。

寿命が長くなり高齢者数自体は増えていたが、若い人口が多いために医療制度も年金制度も破綻せず、高齢者も安心して暮らしている。

その高齢者の姿を見ているため、現役世代も不公平感がなく税と社会保険料を納める。現役世代は一生懸命働き、収入が増える。先行きの不安がないので過度に貯金せずに消費することでお金が循環し、デフレにならない。

人口増と経済の安定成長により税収が増加し、消費税がなくとも日本国の財政は黒字だ。新規国債は発行されず、発行済国債の償還が終了したため、国債の利子の支払いもない。

不況にならなかったこともあり、地方が衰退していなかった。

国鉄は分割民営化されず国鉄のままだったため、赤字路線も維持された。その後、地方の人口が増えてきて黒字に転換した。新幹線が全国に整備され、並行する在来線も第三セクターにはならず従来通り運行されている。高速道路も整備された。

つまり、地方でも不自由なく生活することができるため、地方都市の人口は増え続けている。宮崎市が政令指定都市になり、その他の都市もそれぞれ発展している。

他方、東京は適度に発展し、高層ビルが立ち並ぶ状態にはなっていない。渋谷も、義博が前に居た世界で大学生だった頃の状態に近い。地下鉄銀座線渋谷駅から、複雑なルートで京王井(い)の頭(かしら)線渋谷駅に行く楽しみもそのままだ。

インターネットやＳＮＳは、義博が前に居た世界と同様に存在していた。バブルの勢いのままに技術革新が進み、さらに政府が研究開発に潤沢な資金を投入した結果、日本企業が次世代パソコンＯＳの開発に成功し、日本製ＯＳ「窓(まど)」が世界標準だ。

この分野に限らず、先駆者、最初の開発者が特許を取得し、市場を独占または市場で優位に立てる。

つまり、「二番ではなく一番」でなければならない。

実際、世界のパソコン、そしてスマホの本体及び基本システムは、ほぼ日本製で、その特許料だけでも日本の関連企業は莫大な収入を得ていた。二番ならばこうはならない。

その他の情報伝達手段としては、電話、ＦＡＸ、メールのほか、日本企業が開発した、文字でメッセージをやりとりする「線（せん）」が普及していた。開発・運営主体は日本企業なので、外国に情報が漏れることもない。

世間はギスギスしていない。テレビも面白い。出版物も多様で、内容も自由だ。誰も、何も萎縮していない。芸能人や政治家がちょっと言い間違っただけで炎上する、義博が前に居た世界とは違う。

「こういう意見もあるよね」「テレビの設定だから」と笑って済ませる「寛容さ」が生きていた。

「炎上」という概念自体がない、真の意味で寛容な、多様性を認める社会だ。

この世界の日本は、義博が前に居た世界の「昭和」、この世界の「紹和」のまま発展していた。

不景気にならなかったこと、それぞれの収入が維持・増加したこと、家庭と社会構造がおかしな方向に変わらなかったことなどがその要因と考えられた。

第三章　異世界の門

た世界ではない。

自分の居場所は、この世界ではない。この世界は暮らしやすい世界だが、やはり自分が暮らしてきた世界ではない。

居心地の良い世界であればこそ、義博は、時間が経つにつれ居心地が悪くなってきた。不幸な状態に慣れてしまうと、幸せになってはいけないと感じることがあるらしい。まさに今の義博が、その状態にあった。

どうしても、前に居た世界に戻りたい。

やり残してきたこと、家族、友達が居る。母の朝代は一人暮らしなので心配だ。妻の弥生も仮面夫婦状態とはいえ気がかりだし、やりかかった研究、途中になっているゲーム、書斎の政治の本の裏に隠してある「オトナ」のＤＶＤなども気になる。

義博は、端的に、ホームシックになっていた。

「どうすれば前に居た世界に戻れるのだろう」

ずっと考え続け、暇さえあれば本やインターネットでその方法を調べ、実行する日々だった。

最初の手がかりは、どのような状況でこの世界に来たかということだ。

前に居た世界で、義博は、東京から新幹線「のぞみ」博多行きに乗り、名古屋を過ぎたあたりまでは前に居た世界だった。関ケ原でウトウトし、京都で揺れを感じて目を覚ましたがすぐに眠った。違和感を持ったのは広島を過ぎたあたりで、はっきりおかしいと認識したのは、「新山口駅」ではなく「小郡駅」、さらには乗っていた新幹線が「のぞみ」ではなく「ひかり」だったことだ。

ということで、逆方向、博多発東京行き新幹線「ひかり」に、小郡から名古屋まで乗ってみることが真っ先に頭に浮かんだ。念のため、行きも東京発博多行き新幹線「ひかり」に乗り、念には念を入れて「小郡」ではなく「新下関」から東京方面に戻ることにした。

東京駅を出発した。義博が前に居た世界と風景は変わらないと思いきや、途中の駅が、街が大きくなっている。静岡や浜松は大都市で、スマホで調べると人口は百万人を超えている。

名古屋駅は東京駅に匹敵する巨大なターミナル駅で、品川から名古屋、奈良経由で新大阪に至るリニア中央新幹線の工事が行われていた。駅のホームに掲示されている完成予定表を見ると、品川から名古屋までが二〇二七年、名古屋以西が二〇三七年開通予定という計画だった。

岐阜羽島駅を過ぎると、最初のポイントと考えられる関ヶ原に差しかかる。義博は身構えて座っていたが、何事もなく通過してしまった。

次のポイントは京都だ。琵琶湖を過ぎるあたりから緊張し、前に居た世界で「のぞみ」乗車中に目に入った「東寺の五重塔」をしっかりと見据えつつ京都駅に到着した。

何事も起こらなかった。

義博は拍子抜けして、前に居た世界の時と同じように眠ってみた。スマホの目覚ましをかけ、広島を過ぎたあたりで起き、再度身構えた。

「小郡」が「新山口」になっていればいい。

しかし、無情にも「次は、小郡、小郡」と、義博が前に居た世界からこの世界に来た時と同じ車内放送が流れてきた。

念のため新下関まで行き、降りたが、駅の至る所に「国鉄」と書いてある。前に居た世界には戻っていなかった。

やはり、関ヶ原から新大阪あたりが怪しい。博多発東京行き新幹線「ひかり」に新下関から乗車し、今度は新大阪から注意を払い、京都で身構えたが、何も起こらない。さらに、関ヶ原付近でも何も起こらなかった。

岐阜羽島駅で降りた。

義博が前に居た世界では、その駅前は殺風景で、駅を誘致した政治家・大野伴睦(ばんぼく)夫妻の銅像が建てられていた。しかし、この世界ではビルが林立し、戦国時代に岐阜を発展させた織田信長・帰蝶(きちょう)夫妻の銅像が建てられている。

タクシーで関ヶ原駅に向かい、在来線の普通列車で関ヶ原を往復しても何も起こらない。歩き回ってみても駄目で、関ヶ原の戦いで西軍から東軍に寝返り流れを決した小早川秀秋が陣を敷いた松尾山に立ち、東に向かうフリをして西に行き、その逆もしてみたが、それでも何も起こらなかった。

「前に居た世界には戻れないのか」

義博は、この関連では何も起こらないと判断し、失望して帰宅した。

次に実験したのは、身近な方法だ。

義博が前に居た世界同様、この世界でも、インターネット上の都市伝説などのサイトには、異なる世界に行く方法がまとめられている。さらには、異なる世界から来たと称する人たちが、その方法や、移動のきっかけを書き込んでいた。

実際に実行するのは自己責任で、不気味なことが起こる場合がある。また、心身に不調をきたしたり、前に居た世界ではない第三の世界に行って戻れないこともありうる。

それは、義博も十分覚悟の上だ。それでも、前に居た世界に戻りたかった。

まず試した方法は、「エレベーター」。

義博が前に居た世界では、有名アイドルグループのメンバーが、泊まっていたホテルのエレベーターで異世界に偶然行き、戻ってきていた。

東京都庁のエレベーターが異世界への入り口という噂があったので、そこで実験する。

この世界では、東京都は東京府で、東京府庁は新宿ではなく丸の内にあった。名称も場所も違うので少し気になったが、他の建物よりは関連性があると思われる。


「エレベーター」の途中で誰も乗ってきてはいけない。義博は、警備員以外は誰も居ないであろう深夜の東京府庁に忍び込んだ。

エレベーターに乗り、メモしてきた手順通り、四階、二階、六階、二階、十階と移動した。誰も乗ってこなかった。ここで、五階のボタンを押す。

五階に着くと、エレベーターの扉が開き、緑色の服を着た女性が、無言でつかつかと乗り込んできた。サイトの情報によると、この女性と話してはいけない。

次いで一階のボタンを押し、エレベーターが下には行かず、逆に上方に向かって十階に着くと、そこは異世界だ。

七階を過ぎるとほぼ成功、九階を過ぎると確実に成功とされる。

ところが、九階に差しかかった瞬間、エレベーターが停まり、扉が開いた。

緑色の服を着たその女性が、突如「あなたを排除します」と冷ややかに告げ、振り向きざまに義博の首根っこをつかまえ、エレベーターから放り出した。

「どこへ行くんだ！」

「あまる」

女性は謎の言葉を発し、エレベーターの扉が閉まった。

義博が同乗すると人数が「余る」のか、それとも「手に余る」のか。

考えるうちに、階数を表示する電光掲示板上ではエレベーターが十階に到着し、「0（ゼロ）」が十二個点灯してすぐに消えた。十階から降りてきたエレベーターに義博が乗った時には無人だ。やむなく、一階に降りて帰宅した。

家に帰って「あまる」を調べると、「アマル」、アラビア語で「希望」だった。

「アラブ関係」の「緑色の服を着た女性」に「希望」から「排除」された。

「0が12」ではなく「12の0」。

あのエレベーターは、義博が前に居た世界の二〇一七年秋の新宿・東京都庁につながっていたのではないかと思われたが、確かめようはなかった。

次に実験したのが、東京の地下鉄を利用する方法だ。

義博が前に居た世界とは駅名と路線名が微妙に異なっているが、原理は同じだった。

異世界に行く方法をまとめたサイトに書いてある通り、十粒の米を用意し、「秋葉原」駅から地下鉄「糸日谷」線に乗り、証券取引所がある船場町駅で降りる。

義博が前に居た世界で、たまに「しびや」と言う人が居て日比谷と渋谷どちらか分からなくなるのは、「糸日谷線」があるこの世界が干渉しているためと思われた。

そのホームを銭形親分住居跡出口方面に歩くと、鉄格子の下に盛塩が置かれているので蹴飛ばす。

そして、東西に向かうのになぜか「南北線」という名称の路線に乗り、堀部安兵衛馬場駅で降りて、コクシ電鉄新宿線乗換え方面に向かい、鉄格子の下に盛塩が置かれているので蹴飛ばす。

次に南北線で船場町駅に戻り、改札を出て、「いろはに」の「に」出口階段下に、持ってきた十粒の米を撒く。

再度、船場町駅から糸日谷線に乗って市場駅で降り、市場一向寺方面に歩くと鉄格子の下に盛塩が置かれているので蹴飛ばす。

義博は、ここまでの手順を正確にこなし、再度糸日谷線に乗った。目を閉じ、手を組みながら、戻りたい「前に居た世界」を思い浮かべて乗り続けた。

しかし、いつまで経っても「前に居た世界」にも、駅にも到着しない。

「このままでは『幽界』に行ってしまうかもしれない」

思い切って目を開けると、電車は、地下ではなく、なぜか、地上を走行していた。

並行している道沿いの看板を見ると、山陰本線、島根県の松江の東を、東に、内陸方向に向かって進んでいると分かった。車内には誰も乗っていない。

その時、電車が線路から外れ、イザナミノミコトに会いに行ったイザナギノミコトが黄泉(よみ)の国から帰ってきた「黄泉比良坂(よもつひらさか)」に直進する。電車がトンネルに入り、地中の駅に到着しかかったところで大きな衝撃で停車し、「人身事故が発生したため引き返します」と車内放送が流れた。

義博は、その衝撃で意識を失い、気づくと地下鉄丸ノ内線本郷四丁目駅に着いていた。

結局、この方法もうまくいかなかったということになる。

宮崎には、多くの神話が残っている。

ということは、異なる世界につながっているかもしれない。

「頭がおかしくなった」と思われかねないので、義博は両親にも内緒で宮崎に帰り、心当たりの場所をあたってみることにした。

まずは、宮崎市の平和台公園。

ここは市内を一望できる高台で、皇紀二六〇〇年すなわち西暦一九四〇年に建てられた、高さ三十六メートルの平和の塔・「八紘一宇(はっこういちう)の塔」がある。三十六は「ミロク」「弥勒」とも考えられる。何かいわくがありそうだ。正面で手を叩くと「ビーン」と独特の音が反響するので、日中、観光客や子供たちが柏手を打っている。

義博は、深夜誰も居ない時間に、八紘一宇の塔の正面で柏手を打ってみた。しかし、音が反響したものの、何も起こらず、付近は静寂に包まれている。ただ、公園内の埴輪の目が光った気がした。

続いて、宮崎県西部、鹿児島県との県境にある霧島連山の高千穂峰に行くことにした。

そこは、天照大神（あまてらすおおみかみ）の孫・ニニギノミコトが、高天原（たかまがはら）から地上に降り立った天孫降臨の地と伝えられる。その麓の高原町（たかはる）は、初代天皇・神武天皇ご生誕の地、幼少期を過ごした地だ。

その山頂には、イザナギノミコト、イザナミノミコトが大地をかき混ぜて日本の大地を創った際に使った「鉾」が逆さまに刺さっており、「天の逆鉾（あまのさかほこ）」と呼ばれている。

「異世界とつながっているならば、ここかもしれない」

義博は山頂に登り天を見上げたが、何も起こらなかった。

さらに、宮崎県北部の、これまた天孫降臨の地と伝えられている高千穂町にも足を運ぶ。そこで数多くの由緒ある神社を巡り、夜神楽を観賞するが、やはり何も起こらない。

ただ、宮崎県内を移動する途中、時折、何か光るものが一瞬上空を横切った気がした。

大学での授業の日が迫ってきた。

宮崎に滞在できる最後の夜、最後の場所として、宮崎市阿波岐原（あわきがはら）に向かう。

神道の「祓詞（はらえことば）」に「筑紫（つくし）の日向（ひむか）の橘（たちばな）の小戸（をど）の阿波岐原（あはぎはら）」とある、まさにその地だ。今は、「市民の森」として市民の憩いの場であるとともに、パワースポットとして有名だ。

イザナギノミコトとイザナミノミコトは、多くの島々や神々を産んだ。

しかし、イザナミノミコトが火の神・カグツチを出産した時、火傷を負って亡くなってしまった。

そこで、イザナミノミコトに会いにイザナギノミコトが「黄泉の国」に行ったところ、その変わり果てた姿を見てしまい、逃げて出てきた場所が島根県の黄泉比良坂だ。

そして、その「穢れ」を落とす「禊ぎ」をした場所が、宮崎市阿波岐原にある「みそぎ池（御池）」である。その禊ぎの際、左目から天照大神、右目からツクヨミノミコト、鼻からスサノオノミコトが誕生した。

そのような伝説があるということは、異なる世界につながっているかもしれない。

義博は、意を決して、漆黒のみそぎ池に飛び込んだ。

水中で息が続かなくなり、浮上しようと思ったその時、急に息苦しくなくなり、視界がクリアになった。

よく見ると、底の方が渦巻いている。その渦を抜けてさらに奥の方に泳ぐと、目の前に洞窟が出現した。

その中に入っていくと、水がなく、さながら「池の底の陸」のような空間が広がる。

その陸に上がり、さらに奥に進むと、道が二本に分岐している。そこに設置された青い看板を見ると、真新しい黄色い字で、直進の矢印の先には「×　通行止め」、右方向の矢印の先には「よみ市街地」とある。さらに、高速道路のサービスエリアの案内標識のような「食事」「トイレ」「宿泊可能」を意味すると思われるマークが、目立つように黄色く描かれていた。

義博は、空腹を覚えた。

すでに深夜だ。満腹だと池に潜った後の活動に差し支えると思い、昼から何も食べていない。迷わず、「食事マーク」がある「よみ市街地」への道に進んだ。

しばらくすると、「歓迎　ようこそ　よみへ」と書かれた巨大な垂れ幕が懸かっている大きな黄色い鳥居が見えてきた。その鳥居をくぐり、視界が開けると、市街地が広がっている。空が全体的に光り、地底なのに明るい。よく見ると、空全体がスクリーンで、青空と雲が映し出されている。

「歓迎」と書かれた黄色い旗や提灯を持った人々が並ぶ。観光地の駅前のような風景だ。

全員肌が黄色い。

日本人は黄色人種だが、それにしてもちょっと黄色すぎる。蜜柑(みかん)を食べすぎると肌が黄色くなるとされるが、ここまで黄色くなるには、どれだけの蜜柑を食べなければならないのだろう。黄色い髪の毛は、黄色く染めているのか、元々金髪なのか分からない。服も靴も全て黄色い。

「ようこそ　よみへ」と、平仮名ばかりで読みにくく、黄色地に黄色字で書かれているため一層読みにくい、黄色い提灯を持った中年の男性が近づいてきた。

「今晩のお宿はお決まりでしょうか？」

「いや、お腹(なか)が空(す)いているから、とりあえず食事をしてから決めるよ」

義博が答えると、これまた黄色い旗を持った若い女性が声をかけてきた。

「ぜひうちへ。『なみえ』です。よろしく。こちらは初めてですか？」

黄色いので分かりにくいが、その美貌、そして声は、どこかで覚えがあるものだった。

なみえに連れられて到着した店「イザヤ」は、ごく普通の定食屋だが、外壁が真っ黄色で、パッと見、かなり違和感があった。

店内に入ると、天井も壁も床もテーブルも椅子も、とにかく全てが黄色い。目がチカチカする。

これまた黄色いメニュー表を見ると、カレー、オムライスがメイン料理で、数の子、栗きんとん、卵焼き、スクランブルエッグが一品料理として「おすすめ」されていた。汁物はコーンスープ。デザートはバナナ、パイナップル、文旦、ザボン、晩白柚、日向夏。黄色いものだらけだ。

店内を見渡すと、他の客もほぼ全員肌が黄色い。ただ、数名、赤い肌と青い肌でガタイが大きい客が、レモンチューハイを飲んでいる。

とりあえず喉を通りそうなカレーを頼むと、付け合わせの漬物がこれまた黄色い「たくあん」。さらに、サービスとして輪切りのレモン入りのレモンスカッシュが提供された。

まずたくあんを食べようとすると、中年の男性が近寄ってきて「店主の伊佐なぎおです」と自己紹介し、続いて「女将の伊佐なみえです」と、先ほどの女性が黄色い和服姿で出てきた。

他の店員も皆、苗字か名前に、男性はヨミまたはナギ、女性はヨミまたはナミが入っていた。若い店員に事情を聞くと、「学生時代に全く勉強しなかったのでよく分かりませんが、はるか昔、『なんとかナギ』という男性と、『なんとかナミ』という女性が、この地で別れたことに由来するそうです」と、自分たちの名前のことなのに無関心なのか、他人事のように語った。

義博が「ヨミ」って何だろうと思っていると、ふと気づいた。

「全てが黄色いということは黄、ヨミというのは『黄泉』だ。ということは、ナギはイザ『ナギ』、ナミはイザ『ナミ』ということか。ここの店主夫婦の名前そのままだ。店員もそのくらい気づけよ」

その時、ハッとした。

義博がかつて読んだ『古事記』『日本書紀』によると、「よもつへぐい」と言って、黄泉の国の物を食べると現世に戻れなくなる。このカレーとたくあんを食べてはいけない。

とにかく逃げるしかない。

義博が、逃げる気配を気取られないように「僕がさっき来た道は、なぜ枝分かれしていて一方が通行止めなんですか」と尋ねると、店主のなぎおが話し始めた。

「このあたりは、元々二本の道が通っていて、その一本の道の周りに町ができたんだ。宿を中心にした宿場町みたいなものだな。もう一本がバイパスで、島根と宮崎を直接結んでいた。

はるか昔、ここにイザナギノミコトがイザナミノミコトに会いにきて、変わり果てたイザナミノミコトの姿を見てしまい、驚いて島根方面に逃げていった。イザナミノミコトが追いかけていくと、イザナギノミコトが道を島根側から塞いでしまった。そのために、島根方面の道が使えなくなってしまったんだ」

やはり、ここは「黄泉の国」だ。義博は確信した。

なぎおが続けた。

「イザナギノミコトは、その直後、島根からUターンしてバイパス経由で宮崎に向かったんだ。イザナミノミコトも、宮崎方面の道は塞がれていないから宮崎方面に追いかけていけば良かったんだけど、島根に逃げていったイザナギノミコトが、まさか逆方向の宮崎に行くとは普通思わないよね。結局、イザナミノミコトはこの地にとどまった」

地理的に考えればたしかにそうだ。

イザナギノミコトは、いったん島根に出た後で、宮崎方面にUターンしていることになる。義博は、逃げるよりも、話の続きに興味が湧き、さらになぎおの話を聞くことにした。

「この町は、宮崎方面からは道があるけど、島根方面からは、バイパスを通っていったん町を過ぎて宮崎方面から入らなければならない。町を出るときも、いったん宮崎方面に出て、そこから島根方面に行くにはUターンしてバイパスを通ることになる。要するに、袋小路になってしまった。そこで、町からバイパスにつながる近道を作ったんだけど、地元住民しか使わない。次第に町がさびれていったんだ。

ある時、たまたま、平民太政大臣がこの地にやってきた。新しい道路を作ってくれって陳情したら、バイパス部分に鉄道を通してくれたんだ。『これからは鉄道の時代だ』ってことだ。皇国議会で『こんな誰も居ない所に鉄道を通すとは、猿でも乗せるのか』って批判されたら、平民太政大臣は、シレッとして『猿のほかに、犬とキジも乗せ、鉄道の愛称を桃太郎鉄道とする予定であります』と切り返した。今の政治家に、こんなに腹の据わった人物は居ないよね。『黄泉駅』も作ってもらって、これで町に観光客が来るって期待したんだ」

典型的な利益誘導、町おこしの例だった。

「我田引水」ならぬ「我田引鉄」は黄泉の国にも及んでいたのかと、義博は嘆息しつつも感心した。

義博が前に居た世界でも、新幹線の岐阜羽島駅をはじめ、政治家など有力者が駅や路線を誘致することは珍しくない。とやかく言われるが、地元代表として地元を発展させることは、政治家・有力者としての当然の任務であり、立派な業績だ。

「だけど期待外れ。所詮は中継の駅で、観光客にもビジネス客にも素通りされてしまう。

そこでみんなで考えたんだ。イザナギノミコトは島根方面の道を塞いだ。それなら、鉄道を塞いでしまえって。

島根方面から黄泉駅を過ぎた宮崎よりの所を、落盤という名目で塞いで、復旧不能って廃線にした。こうすれば、嫌でも黄泉駅で乗り降りしなければならなくなる。観光客もビジネス客も、宮崎方面は道、島根方面は鉄道でなければたどり着けないからね。その結果、町は活気を取り戻したよ」

なぎおは得意気に話したが、冷静に考えれば、せっかくの鉄道を自分たちの利益のために潰すなんてとんでもないことだ。それに、税金の無駄にとどまらず、「列車往来(おうらい)妨害罪」にあたる。

「さらにね、『黄泉の国』ではイメージが堅いんで、平仮名で『よみのくに』にして、看板の表記も『黄泉』ではなく『よみ』にしたんだ。『黄泉』が難読駅名ってこともあって、駅名も『黄泉駅』から「よみのくに駅」って改名した。『よみ』が『よめない』ってシャレにもならないって笑い話さ」

なぎおのその話は鉄板ネタなのか、店内で大爆笑が起こった。

義博にしてみれば、笑っている場合ではない。漢字を平仮名にすることは、義博が前に居た世界でも流行っていたが、かえって分かりにくい。漢字の「黄泉」ならば、前に居た世界ではなく「あの世」

なので来なかったのに、「よみ」だからなんとなく来てしまったのだ。

それにしてもなぎおは歴史に詳しいと思い、義博が壁を見ると、「よみのくに観光ガイド」の資格証明書が掲げられていた。

その横の、「団子坂６６６　夏祭りライブ開催！」と目立つゴシック体で書かれたポスターが目についた。

この世界の人気女性アイドルグループ、東京府文京区団子坂沿いに劇場がある「団子坂６６６（スリーシックス）（通称ミロク）」は「涅槃（ねはん）に行けるアイドル」と謳っていたが、本当に涅槃に行っていた。

そのポスターには、「ご当地盛り上げゆるキャラ」として「常世（とこよ）戦隊シャンバラジャー」の五人組が決めポーズで写っているが、全員黄色なので見分けがつかない。ゆるキャラがスベりがちなのは、どの世界でも、黄泉の国でも変わらないと笑いがこみあげてきた。

平民太政大臣と団子坂６６６は招待客なので、黄泉の国で食事をしても現世に戻れる。

しかし、義博は一般客なので、食事をすると現世に戻れないだろう。

義博は、隙を見て店から逃げ出した。

後ろから「お金を置いてけ～、置いてけ～」と声がする。

これが「置いてけ堀」の話の元ネタだろうか。

ただ、「置いてけ堀」と違うのは、その声が、男の声ではなく、なみえの美声であったことだ。節回しといい、とても素人とは思えないし、やはりどこかで聞き覚えがある。

無銭飲食で手配されると面倒だ。

義博がやむなく立ち止まり、なみえにお金を支払うと、その場で領収書とポイントカードを渡された。一つハンコが押された黄色いポイントカードには、「五回来店で、一品サービス」と、黄色い文字が躍っていた。五回来店で一品とはセコい。

しかし、そもそも、黄泉の国の物は食べられないのでもう来ることはないため、クレームはつけない。「お土産に」と黄色いトウモロコシを渡されたが、それもまた食べるわけにはいかない。

逃げる必要がなくなり、落ち着いて周りを見渡すと、とにかく黄色い。義博が前に居た世界の、豊臣秀吉の黄金の茶室並みに眩しい。ひょっとして、豊臣秀吉は黄泉の国に招待されたことがあり、黄泉の国を茶室で再現したのかもしれないと思われた。

先ほどの定食屋に居た、赤い肌と青い肌の客が地下鉄の駅のような建物に入り、「地底行きエレベーター」で地下に降りていく。

「今年は結構な金になった。やっと家族に会えるよ。息子は大きくなっているだろうな」

嬉しそうに、輝く金貨を数えている。

漏れ聞こえてくる話を総合すると、この地の黄色い肌の人間とは別の世界の人間で、さらに地下の世界から出稼ぎに来ていたようだった。

義博が道なりに進むと、「よみのくに駅はこちら」と書かれた看板が目に入る。

細い通路を抜けると、誰も居ない、こぢんまりとした黄色い駅舎が目の前に出現した。宮崎県の日豊本線も島根県の山陰本線も無人駅が増えており、この駅も無人駅のようだ。

駅前には、鉄道開通に尽力した「平民」太政大臣の銅像。このあたりは黄泉の国でも変わらない。

改札には、人間ではなく、「猫駅長　トラミ」と書かれた札をぶら下げた茶トラの黄色い雌猫が、帽子をかぶってちょこんと座っていた。無人駅だが「有猫駅」だ。「ローカル線はどこも話題づくりに必死なのだろう」と、微笑ましくなる。

遠くで電車の音がして、「電車がまいります。黄色い線の内側でお待ちください」と構内放送が流れた。

しかし、ホームは真っ黄色だ。全部黄色いので、どこが黄色い線なのか分からない。

無人駅に、ホームから線路への落下防止柵などあるわけがない。

義博は、入線してきた電車の風圧に引き込まれ、線路に落下し、電車にぶつかった。

運転席は無人だ。座席に一人、男性が座っている。

義博だった。

以前、糸日谷線に乗り、前に居た世界に戻ろうとして黄泉比良坂のトンネルで人身事故に遭ったことがあった。それは、その電車が、今の義博を轢いていたのだ。

「時空の歪みが生じてつながったのか」

義博は、薄れていく意識の中で確信した。

意識を取り戻すと、そこは病院。「白衣の天使」ならぬ「黄衣の看護婦」が、小声で語りかける。

「あなたは食事をしていないから現世に戻れるわ。点滴も、食事をしたことと同じになるから、していないわよ」

その女性の呼称は「看護婦」。

義博が前に居た世界のように、言葉狩りをして言葉上の男女の差をなくすことは無意味だ。男女別の言葉が駄目ならば、ドイツ語などの男性名詞、女性名詞、中性名詞はどうなるのだろう。

義博が前に居た世界は、おかしな方向に向かっていた。

その点、この世界、さらには黄泉の国も、義博には非常に健全に思えた。

看護婦に「なみえ」から受け取ったお土産のトウモロコシをプレゼントすると、「黄泉の国警察が事故の状況調査に来ると面倒よ」と、忍び足で義博を裏口まで案内する。

看護婦は、大仰に扉を指し示した。

「さあ、お逃げなさい」

義博が前に居た世界で見て感動したドラマが、「黄泉の国」でも放映されていたようだ。

病院を出て、「よみ」から歩いて宮崎方面に向かう。来た順序の逆をたどり、池の水中を通過して岸に上がった。

義博は、島根の黄泉比良坂に出てきたイザナギノミコトが、なぜ、はるか遠い宮崎の「みそぎ池（御池）」で禊ぎをしたのか長年不思議だったが、両地点は地底・池の底でつながっているということで説明がつく。

東京に帰るため駅に行くと、朝焼けに浮かぶ巨大な和風駅舎の「新宮崎駅」には、始発の新幹線「じんむ」が停車している。

やはり、前に居た世界に戻ってはいなかった。

帰宅後、他の方法を調べていくと「レイライン」の解説が目に留まった。

レイラインとは、古代の遺跡などには直線的に並ぶものがあり、それらの遺跡をつなぐ直線を指す。実際、日本の神社仏閣やパワースポットが存在する場所を結ぶと直線になることがあり、そのラインには何か意味があると考えられている。

ただ、どのレイラインの、どの場所に、いつ行けばいいか見当がつかないし、考えうる全ての場所を回ることは時間的にも金銭的にも難しい。とりあえずは諦めることにした。

何かしら科学的に根拠がありそうな場所ということで、義博は、長野県の伊那市と大鹿村の境にある「分杭峠のゼロ磁場」に向かった。

ゼロ磁場とは、地球のプラスとマイナスのエネルギーが互いに拮抗し、大きなエネルギーを生み出している地点のことだ。ということは、何らかのきっかけで時空が歪み、異なる世界に通じる可能性がある。

そこは、日本を南北に縦断する糸魚川・静岡構造線（フォッサマグナの西のヘリ）と東西に横断する中央構造線が交わる諏訪湖に程近い。

まさに重要な意味がありそうな地点なので付近を歩き回ってみたが、何も起きない。

義博は、せっかくなので諏訪湖に立ち寄り、日本有数のパワースポットである「諏訪大社の四社参り」をすることにした。

諏訪大社の上社本宮（かみしゃほんみや）に参拝すると、不思議な気持ちになる。

平安時代末、島津氏が諏訪大社を薩摩に勧請（かんじょう）し、都城にも諏訪神社がある。義博の母の実家は神社で、母・朝代の旧姓は「諏訪」だ。

つまり、元をたどればここにルーツがあることになる。

「一心に祈り目を開ければ、前に居た世界の都城に戻っているかもしれない」

そう思い目を開けたが、そこはやはり、長野県の諏訪大社の上社本宮だった。

さらに科学的に根拠がありそうな場所として目をつけたのが、「欧州原子核研究機構（ＣＥＲＮ）」がスイスのジュネーヴ郊外、フランスとの国境にまたがって設置している「大型ハドロン衝突型加速器（ＬＨＣ）」だ。

原子核を構成する陽子を強力な磁場によって加速し、超高速で衝突させて陽子を分解、素粒子を観測することが目的の施設である。そこでは、物質に「質量」を与えるものとしてその存在が予言されていた「ヒッグス粒子」が、実際に発見された。

そこでの実験により、異なる次元、「余剰次元」を確認できる可能性があると言われている。そして、余剰次元を「並行世界」、いわゆるパラレルワールドと考える研究者も居る。

つまり、実験中に時空の歪み・裂け目が生じ、前に居た世界に戻れるかもしれないということだ。

また、そこでの実験により「小型ブラックホール」が出現して地球を飲み込む可能性があるとして、実験反対運動がある。

ということは、そのブラックホールがワームホール経由で、義博が前に居た世界のホワイトホールにつながる可能性もある。

思い立ったが吉日、義博は、所属大学に「年末年始を利用した、研究のための視察」として、スイスとフランスへの出張を申請した。

以前から、少なからぬ大学で、「学会出席のため」などと称して実際には観光や帰省をし、その旅費と宿泊費を捻出する事案が問題化している。義博も、大学当局から「なぜスイスとフランスへ出張するのか」と詳しい説明を求められた。

そこで、「永世中立国スイスの外交・国防政策と、フランスにおける『極右』とされる勢力の台頭についての研究のため」と、もっともらしい出張計画書を提出し、ようやく出張が認められた。

「日本は永世中立国スイスを見倣え」と主張されることがある。

しかし、スイスは自国を守るため強力な軍隊を持っており、男性は徴兵制、女性も志願兵が存在することは、おそらくは意図的に日本では報道されない。永世中立国だからこそ軍隊が必要で、要は、「国民皆兵・武装中立」ということだ。軍隊、それも強い軍隊があって初めて永世中立の立場を取ることができ、実際、スイス軍はかなりの実力がある。

つまり、国防強化に対して「平和を損なう」「戦争の準備」「侵略」と的外れな批判が「湧く」日本において、スイスの外交・国防政策を研究・報告する意義があることになる。

さらに、フランスでは、マットラレン大統領の親EC路線に対抗し、反移民、そして、イギリスと同様にECからの離脱「フレグジット」を求める世論が強まっている。この動きについて、日本では、なぜか否定的に報道される。

しかし、国家がまず自国民を守る・優先することは当然で、移民を無条件に受け入れる義務はない。また、国際協調・グローバリズムという一見良さげに聞こえる政策には、大きな弊害がある。

義博は、元々、ヨーロッパ、とくにフランスにおける反移民・反グローバリズムが「極右」として批判的に報道されることに対して疑問があった。そこで、外務省に勤務している帝都大学法学部の同窓生に依頼し、不法移民の追放・反グローバリズムを訴えるフランス野党「国民連帯」の女性指導者、ラ・マン党首と会談する段取りを整えた。


それらも重要ではあるが、やはり欧州原子核研究機構に行くことが主たる目的だ。

日本国外務省、スイス政府、フランスのラ・マン党首の尽力により、欧州原子核研究機構視察も日程に組み込まれた。

スイスまでどう行くか。

飛行機嫌いの義博は、なるべく飛行機に乗りたくない。

この世界では、ソビエト連邦が緩やかに民主化したため、国名がロシア連邦に変わった後も、その領空を西側諸国の民間機が飛ぶことは認められていなかった。そのため、日本からヨーロッパへの空路は、成田からアメリカ・アラスカのアンカレッジに向かい、いったん給油し、そこから北極回りでヨーロッパに向かう。

これでは飛行機に乗っている時間が長くなるし、飛行機の危険な時間帯、すなわち離陸と着陸が、往復で四回ずつ生じる。義博にとっては、想像するだけで鳥肌が立つほどの恐怖だ。

この世界は、義博が前に居た世界と異なり中国がそれほど強くなっていない。そのため、戦前に日本が作った南満洲鉄道がそのまま残り、大連（だいれん）には南満洲鉄道本社が置かれていた。領土としては中国だが、その経営権は日本の国鉄が保持している。

大連を出発し、モンゴルを通過してロシアに入り、モスクワ、ポーランドのワルシャワ、ドイツのベルリンとミュンヘン経由で、スイスのジュネーヴまで鉄道で行ける。

ロシアとモンゴルは、それぞれ日本との関係が良好だったため、南満洲鉄道、モンゴル国内、さらにシベリア鉄道を日本製新幹線が走っていた。新幹線なので、義博が前に居た世界のシベリア鉄道経由のように片道十日ほどかかることはない。乗り継ぎを考慮しても、日本からジュネーヴまで三日で到着する。


義博は、東京から新幹線で博多に向かい、博多港から大連に船で渡った。そこから、モンゴル・ウランバートル経由ロシア連邦モスクワ行きの新幹線「シベリアスーパー特急　はるお」に乗車する。

さすが日本製の新幹線と線路だ。ほとんど揺れず、ほどなく眠りについた。

モンゴルに入ったあたりで目を覚まして車窓を見ると、白い旗と「笹竜胆（ささりんどう）」が描かれた旗を持った騎馬武者集団が一気に近づいてくる。どう見ても日本人、それも武士、旗印からして源氏だ。

新幹線が緊急停車した。

ドアが開き、大将らしき若武者が乗り込んでくる。

「貴殿は日本人か？　平家か、それとも頼朝の手の者か」

島津氏は清和源氏なので、義博は「清和天皇に由来する源氏だ」と答えた。ただ、島津氏は頼朝の家系なので、その点は黙っていた。

若武者は「これはご無礼いたした」と新幹線から降り、馬にまたがって颯爽と走り去っていった。

義博が再度眠りにつき、目が覚めるとウランバートルに到着していた。

乗り合わせた隣の日本人乗客に尋ねる。

「日本の武士が乗ってくるとは、映画の撮影でしょうか？　それに、この新幹線の名称の『はるお』って、シベリア鉄道を舞台にした映画の監督の名前にちなんでいるんでしょう？」

「夢でも見たんじゃないですか。どこまでも広がる草原を突っ走っていましたよ。それに、そんな映画監督、聞いたこともないですよ」

その乗客は、怪訝そうに首をひねった。

常識的に考えて、映画撮影だとしても新幹線を停車させることはないだろう。

「やはり夢だったのか」と思い、義博は再び眠りについた。

ロシアに入るとさらに新幹線のスピードは上がり、モスクワに到着した。

そこからさらに乗り継ぎ、予定通りにジュネーヴに到着。スイス政府担当者とともにスイス軍を視察後、フランスに入り、ラ・マン党首と会談する。

これで出張の名目は果たしたので、真の目的のために欧州原子核研究機構に移動した。

施設の研究者の説明を受けながら、実験施設を一通り視察する。

しかし、真の目的は、義博が前に居た世界に戻ることで、そのために余剰次元、時空の歪み・裂け目、ブラックホールを見つけ、そこに入ることだ。

陽子が衝突する瞬間、目を閉じて「前に居た世界へ！」と念じる。

義博が何度も繰り返していると、不審に思った施設の研究者から「Ｙｏｕは何しにここへ来た？」と声をかけられた。日本の政治学者が畑違いの物理研究所の視察をするということで、最初から不審に思われていたようだ。

真の目的を告げるわけにはいかない。

「時空の歪みに興味があって見学に来た」と答えると、「ここまで来なくとも、Ｙｏｕ、出身大学に行っちゃいなよ！」と勧められた。

この世界ではヨーロッパでも日本のテレビ番組が放映され、さらに、アイドル事務所のカリスマ社長の話し方の特徴も知られているようだ。

話によると、帝都大学は日本最高峰どころか世界最高峰の大学なので、文系・理系問わず極秘裏に大規模な国際的プロジェクトが行われている。部外者には隠されているが、関係者、また、帝都大学の建物や敷地に詳しければ関係者でなくとも、それらを垣間見ることは可能ということだ。外国人研究者からすると、日本人研究者が羨ましいらしい。

「東大下暗し」ならぬ「帝都大下暗し」だった。

帰りは、パリ経由でベルリン、ワルシャワで電車を乗り継ぎ北に向かう。

ポーランドからロシアに差しかかった車内で、ロシア入国審査が行われた。入国の際にビザ（査証）が必要だったため、最初に日本を出発する際にビザを取得している。実際、行きは何の問題もなくロシアに入国し、通過・出国することができた。

しかし、帰りはなぜか違った。ビザが偽造ではないかと難癖をつけられ、ロシア入国を拒否されたのだ。

降りるわけにもいかないし、ビザは有効なので降りる必要もない。押し問答の末、電車の終点、義博が前に居た世界でのリトアニア、この世界ではロシアのカウナスで、あらためて尋問を受けることになった。

カウナスに到着し、ロシア連邦入国管理局に出向いた。

担当者によると、義博が「欧州原子核研究機構」に立ち寄ったことが問題とのことだ。

義博の行動は、逐一、現地のロシア人研究者からロシア連邦政府に報告されていた。

「本来の研究分野と異なるため、何らかの諜報活動を行っている疑いがある」

提示された文書にはそう書かれており、そのため、ビザも偽造と疑われたのだ。

このままでは、ロシア当局に拘束されかねない。

そこで、義博は、在カウナス日本国総領事館に、「邦人保護案件」として連絡を取った。

松原領事の尽力で、出発時間ギリギリにビザは有効と確認された。

「ウラジオストクで何かあったら、僕と外務省同期入省の諏訪領事が力になってくれるよ」

力強く握手をする松原領事の顔は、義博が前に居た世界の杉原千畝そっくりだ。

義博は、当初の予定通り、カウナス発、モスクワ経由、ウラジオストク行き、日本製新幹線「ちうね」に乗車することができた。

イルクーツク付近で、何かが車両にぶつかる衝撃がして、新幹線が緊急停車した。

車窓から外を見ると、ロシア人のコサックと内モンゴルあたりから来たと思われる馬賊が新幹線の前を横切り、そのうちの一頭の馬が先頭車両に激突して倒れていた。その向こうに、犬ぞりに乗った日本人とおぼしき大柄の男性がバイカル湖方面に逃げていく。

田舎でありがちな「線路に動物が入り衝突したため停車いたしました。安全が確認でき次第発車します」という車内放送が流れ、ほどなく発車した。

ウラジオストクに到着して新幹線の先頭車両を見ると、馬がぶつかった痕跡がない。

日本人運転士に聞くと、人差し指を立てて左右に振りながら「『まぼろし－！』じゃないですか？」と、行きの際の隣の日本人乗客同様に、怪訝そうに首をひねった。義博が前に居た世界の有名タレントに相当する人物は、この世界でも活躍しているようだ。


義博が何かモヤモヤしながらも、港に向かい、福井・敦賀港行きの船に乗ろうとする。そこで、乗船手続きをしているロシア人係員に「そのビザは無効だ」と止められた。賄賂を求めていると思い金をつかませるとさらに激昂し大騒ぎになり、ロシア人警察官が到着した。

そのロシア人警察官と揉めていると、西洋の甲冑を身にまとった威厳ある大将が率いる日本人武士集団が港からやってくる。整然として義博のそばを通過していった。

ロシア人警察官は気づかない。義博以外には見えていないようだ。

「僕は日本人だ。在ウラジオストク日本国総領事館に連れていってほしい」

義博はロシア人警察官に依頼し、領事館に到着した。

ロシア人警察官は、「ビザが無効だ」「この日本人は怪しい」などと領事にまくし立てている。

その領事は、義博のパスポートとビザを見ると、あらためてビザに「有効」と添え書きをしてロシア人警察官に毅然と告げた。

「このビザは有効で、この日本人は問題ない。船に乗せるように要請する」

ロシア人警察官は不服そうに去り、義博は一息ついた。

「ありがとうございます。助かりました」

「松原さんから話は聞いていますよ。安心してください」

義博は、「諏訪」と名乗るその領事の顔を見て驚いた。

写真で見たことがある、若い頃の母方の祖父だった。義博が前に居た世界では、義博の母方の祖父は外交官で、戦前に満洲、内モンゴルで領事をしていた。それが、この世界では、現代のロシアで領事をしている。

諏訪領事が、義博の顔をじっと見る。

「ところで、どこかでお会いしましたかな？」

義博とほぼ同年齢だ。

この世界では、祖父と孫ではないようだ。義博が前に居た世界で祖父と孫だった影響で、この世界では、会ったことがないのに、会ったような記憶があるのではないかと考えられた。

その時、突然、「ドーン」と建物に衝撃が走り、揺れ始めた。ロシアの建物は日本の建物ほど耐震性が高くないため、それほど大きくない地震でも建物が大きく揺れる。書棚が倒れてきた。諏訪領事が義博をかばい、覆いかぶさった。

「大丈夫ですか？」

「僕は大丈夫ですけど、領事、その腕は……」

諏訪領事は右腕に大怪我をしていた。

「気にしないでください。なぜか、あなたを他人とは思えなくて」

津波の心配がないことを確認し、日本人の領事館職員が「港まで送ります」と義博を車に案内した。

車中で、諏訪領事について確認する。

「諏訪領事は、なぜビザを有効としたり、地震の際も身を挺して僕を助けてくれたのでしょうか？」

「あの方は、薩摩藩主島津氏の家系で、宮崎県の都城出身です。あなたのパスポートを見て、同郷と分かったので助けたのでしょう。実は私も同郷で、懐かしいです」

やはり、諏訪領事は、義博が前に居た世界での祖父だった。

義博は、敦賀港に無事到着し、米原経由東京行きの福井新幹線で東京の自宅に帰ることができた。

東京に戻って数日後、欧州原子核研究機構の研究者に勧められた通り、帝都大学本郷地区キャンパスに潜り込むことにした。

時間は夜。昼だと、学生、教職員のほか、守衛も観光客も居る。夜は、守衛は居るが数は少ない。構内では、夜遅くまでゼミや会議、実験をしているので、小さい門は開いているはずだ。

東京大学本郷地区キャンパス、この世界では帝都大学本郷地区キャンパスが三つに分かれていることは、あまり知られていない。

本郷キャンパスとは、一般的には、赤門と安田講堂、三四郎池がある有名なキャンパスを指す。そこは、正式には「本郷地区キャンパスの本郷キャンパス」だ。各学部の多くの授業が行われる教室、研究室、事務室、食堂、総合図書館、附属病院が、この本郷キャンパスにある。

本郷キャンパスから北に向かい、言問（こととい）通りを渡ると、農学部などがある「本郷地区キャンパスの弥生キャンパス」がある。両キャンパスの間には、言問通りをまたぐ、細く小さい歩道橋が架かっている。

この二つのキャンパスに対して知名度がかなり低いのが、第三の本郷地区キャンパスで上野・根津側にある「本郷地区キャンパスの浅野キャンパス」。主に、工学部系の研究施設が設置されている。

義博は、帝都大学本郷地区本郷キャンパスの赤門横の小さい門から構内に入った。

構内は、義博が前に居た世界で東京大学に在学していた頃と同じ風景だ。要するに、義博が前に居た世界で建て替えた建物、新規に建てられた建物は、この世界では存在しない。逆に、取り壊された建物は、取り壊されずに残っていた。

義博は、前に居た世界と同様、この世界でも、正門から安田講堂に向かって右、法学部教員の研究室と法学部研究室図書室がある「法学部三号館」の出入り口のカードキーを所持している。

義博が前に居た世界では、教員などは三号館の研究室があるエリアから、扉を通って直接、図書室の書庫の奥に出入りできた。その後改築が行われたため、その扉は移動してしまった。しかし、この世界では以前のままのはずだ。

義博が学生の頃、図書室の側から研究室があるエリアに向かって扉を開けると、異なる世界に行けるという噂があった。

もちろん、それは、東京大学法学部教員という「異世界の人々」が居るという冗談だ。

また、有名教授がいったん本を借りると、誰も「返してください」と言えず、その教授が定年するまで本が行方不明になり、定年時に三十年以上の時を経て発見される。その意味では、まさに時空を超えた空間であった。

義博は、カードキーを突っ込んで、古めかしい法学部三号館の中に入った。さすがに無人で、静まり返っている。

回廊型になっている廊下の南西角に、法学部研究室図書室書庫へつながる扉があった。

その鍵穴にカードキーを突っ込むと、扉が開いた。

古い本独特の、インクとホコリが混じった臭いがする。いったん図書室に入り、扉を閉める。そして振り返って、扉を開ける。

何も起こらない。直前の風景と変わらない。さらに、試しに誰も居ない回廊を数周してみたが、何も発生しない。

法学部三号館界隈は、異なる世界とはつながっていないということだ。

義博が軽く落胆して外に出ると、じっと座っていた黒猫が、素早く走り去った。

やはり、何かあるとすれば工学部関係であろう。

安田講堂手前の北にある法文一号館からさらに北に向かい、工学部関係の建物周辺を歩き回る。しかし、どこも怪しい場所はなく、電気がついている部屋もない。

ここでも猫が居た。義博が猫好きなので目につくのだろうか。

続いて、ひときわ威容を誇る安田講堂に向かう。

義博が前に居た世界では、安田講堂の東側、正面から見て左奥に理学部一号館が建設され、安田講堂の美観を損ねるという批判があった。しかし、この世界では、理学部一号館はなく、安田講堂は満天の星の下、その威厳を保っていた。

「やはり安田講堂はこうでなくては」

義博が感慨に浸りながら冬枯れの銀杏並木を進むと、安田講堂前広場には、おびただしい数の猫が集まり、「猫会議」を開催していた。

それぞれの猫がじっと座り、「ゴロゴロゴロゴロ」といううなり声だけが聞こえる。虚空(こくう)を見つめ、耳がレーダーのように左右に動く。空間に向かって猫パンチをしている猫が義博に気づき、「シャーッ」と威嚇する。

義博が前に居た世界での東京大学在学中、駒場キャンパスも本郷キャンパスも猫だらけだったが、ここまで集まると壮観だ。老若雄雌、さまざまな毛並みの猫の中には、奇跡の「雄の三毛猫」や、毛並みが人の顔に見える「人面猫」が居て、それぞれ輪の中心にじっと座っている。

安田講堂前広場の地下には、広大な学生食堂「中央食堂」がある。

地下へ下りていく階段の途中にあるシャッターを上げてみると、不用心なことに、すんなり開いた。

食堂は無人だ。

義博が前に居た世界では、食堂改装時に、その壁に飾ってあった巨大な名画が廃棄されてしまい物議を醸したが、この世界ではそのままだ。

このような巨大な、かつ芸術的価値が極めて高い名画を廃棄し、その経緯も不明、そもそも誰もその名画の価値に気づかないということは、理解しがたい。

義博がその絵を感慨深く眺めていると、その額と壁の隙間からかすかに漏れている光に気づいた。

食堂の隅にあった脚立（きゃたつ）に乗り、お約束だが、絵の端をそっと押してみる。すると、その巨大な絵全体が回転した。その絵は、隠し扉になっていた。あまりにも大胆で、おそらくは誰も気づかないであろう。

裏には、さらに地下に下っていく階段が続く。

義博が薄暗い階段を下りると、遠くまで広がる巨大な空間にたどり着く。無機質な壁と床、さらに天井全体がぼうっと光っている。

義博が前に居た世界では、東京大学本郷地区キャンパスには地下空間があり、地図上で一直線に位置する東京大学本郷地区キャンパス、宇宙線物理研究所がある東京大学柏キャンパス、軌道放射物性研究施設がある東京大学つくば分室、東京大学大学院工学系研究科原子力専攻がある東京大学東海キャンパスは、相互に地下トンネルで行き来できるという噂があった。

　さらに、義博が前に居た世界の地下鉄南北線の東大前駅ホームは実は密閉可能で、原子力関係の実験の際の換気口、何か一大事が発生した際の排気口とも噂されていた。

　義博の東京大学在学当時、都市伝説としては興味があったが、実際に地下に行ったことはない。また、地下鉄南北線の東大前駅ホームから線路に降りることは一般乗客には不可能だった。

　しかし、今、実際に、この世界の帝都大学本郷地区キャンパスの地下には巨大な空間が広がり、明らかに人工的に光っている。


　無機質な空間を北へ向かう。

　義博が前に居た世界では地下鉄南北線が通っている所に、トンネルが通じていた。そのトンネルは、一方は北東すなわち筑波方面に向かっており、逆方向は西へ伸びている。

「前に居た世界に戻る手がかりがあるかもしれない」

　そう思って義博が北東方面を見ると、遠くに階段がある。

　歩いて近づくと、その上の天井から、地上を走る車の音が漏れ聞こえてくる。階段を上り、天井部分にある蓋を内側から開ける。

　そこは、帝都大学から言問通りを根津交差点に下りていく途中、向かって右すなわち南側で、帝都大学本郷地区第三のキャンパス・浅野キャンパスの角にある「弥生式土器発掘ゆかりの地の石碑」の横であった。

この石碑は、義博が前に居た世界でも存在していた。

弥生式土器がどこで発見されたかは複数の説があるが、それはともかく、この「弥生」で土器が発見されたことは間違いない。そして、地下空間への出入り口が「弥生式土器発掘ゆかりの地の石碑」の横にあるということは、この地下空間は浅野キャンパスにとって特別な意味があるということではないだろうか。

「あのー、いかがされたんでしょうか?」

不意に後ろから、か細い女性の声がした。

振り向くと、そこには、義博が前に居た世界での妻・弥生の姿がある。

若いが、たしかに弥生だった。南国風の美人・睦子と異なり、文字通り「弥生人」のような平坦な顔だが、造り自体は綺麗だ。

まさに、義博が前に居た世界で初めて出会い、一目惚れした頃の弥生。出会った当時、研究生活であまり日に当たらない生活をしていたためか、透き通るような白い肌をしていた。

「すっぴんでこれほど綺麗ならば、化粧すればどれほど美しいのだろう」

義博は、期待に胸を膨らませた。しかし、まさか、弥生が一切化粧しない主義とは思いもよらなかった。

目の前で風に揺れている黒髪の「ポニーテール」が懐かしい。

弥生は、結婚した後、突然「ポニーテールは男性に媚びている」と言い出して、ボサボサのショートカットにしてしまった。長髪好きで、「ポニーテール萌え」でもあった義博にとっては、まさに痛恨の出来事だ。

そんなことを感慨深く思い出しながら、義博は答えた。

「ちょっと道に迷って、ここに出てしまったんです。やよ……」

この世界では、自分は弥生を知らないはずだと気づき、弥生の名前を呼ぶことを思いとどまった。

「こんな夜中で寒いですし、ちょっと暖まっていきませんか?」

浅野キャンパス内の建物を指さす弥生。

義博が前に居た世界では、弥生は東京大学工学部所属の研究員だった。

ということは、この世界では、帝都大学工学部所属の研究者の卵といったところだろうか。

「どこかでお会いしたことがあるような気がしますが、勘違いでしょうか?」

弥生が義博を見つめながらいぶかしむ。

やはり、義博が前に居た世界が、この世界に影響しているようだ。

義博が前に居た世界では、二〇一〇年頃、南アフリカのネルソン・マンデラ大統領について多くの人々が、「マンデラ氏は、とっくの昔に反政府運動で拘束されて獄中で亡くなっていたはずだ」と奇異に感じたことがあった。

義博は、マンデラ大統領が獄中で亡くなった記憶はなかったが、その代わり、東京都大田区の「大田区」が「太田区」だった記憶があり、「大田区」の表記に違和感を持っていた。

この現象は、「太田区」「マンデラ効果」と呼ばれる。

並行世界・パラレルワールド間を無意識に移動した多くの人たちの記憶の影響、さらに、それらの世界の相互の干渉で、そのような現象が起こっているという説が有力になっている。

実際、ウラジオストクでの諏訪領事の反応、そして、目の前に居る弥生の反応を見ると、マンデラ効果という現象が存在することは明らかだった。

義博は、弥生とともに浅野キャンパス構内に入り、その一つの研究棟の四階でエレベーターを降りた。

目の前の電気がついている部屋の扉には、「鷹山鳩（たかやまはと）研究室」と刻まれたプレートが貼られている。

弥生が扉を叩くと、中から「おー、入れ入れ！」と甲高（かんだか）い声がした。

「教授、道に迷った方をお連れしました。休憩がてら暖まっていってもらっていいでしょうか？」

「ちょうど実験の区切りがついたところだ。入ってもらってくれ」

中から扉が開く。

「どうも、鷹山です。君は？」

かなりの長身で痩せ型の中年男性が、義博に握手を求める。

「この帝都大学法学部の卒業生で、政治学者をしている秋津義博と申します。夜分お忙しいところ、申し訳ございません」

「コーヒーでも飲んで、少し話しましょうか」

気さくに椅子を勧める。

　室内には、巨大なコンピューターと、難しい数式が書かれたホワイトボード、さらには、文系の義博にはよく分からない実験装置がある。

「何の研究をしているのですか？」

「本当は部外者には秘密なんだがね。君が帝都大学法学部の卒業生で政治学者っていうことだから、少しだけ話すよ。これは、反重力の研究をしているんだ。ある人たちと情報交換しながら実用化を目指している。実用化すれば、誰でも自由に空を飛べるようになるよ」

　鷹山鳩教授は、研究者らしく、興奮気味に語る。

「ところで、政治学者としては、前の鷹山蝶政権の評価ってどうなんだい？」

　そこで義博は、この鷹山鳩教授が、鷹山蝶前太政大臣の兄だと気づいた。同じ帝都大学卒で、兄が工学部卒業後に研究者になり、弟が法学部卒で政治家になったと、何かで読んだことがある。

「鳩」も「蝶」同様に変わった名前だ。話によると、帝都大学本郷地区キャンパスには鳩が多く、たまに教室の中に巣を作ることもあることにちなみ、研究活動する際の名前にしたとのことだ。

　兄が鳩、弟が蝶。

　一発で覚えられる名前だ。

「鷹山蝶前太政大臣は、日本とロシアの国交正常化を成し遂げ、その際に領土問題を日本に有利に解決したことで、極めて高く評価されています。まだ若いし、太政大臣再登板の可能性もありますよ」

　義博の高評価に、鷹山鳩教授は相好を崩した。

「君も、何かあったら弟を支えてやってくれ。今日は楽しかったよ。気をつけて帰ってね。弥生さん、もう今日はいいよ。送ってあげなさい」

弥生が帰り支度を始める。

「秋津さんはどこにお住まいですか？」

「赤門の近くです」

「それなら私も同じ方向なので、一緒に帰りましょう」


二人は、揃って深夜の浅野キャンパスから外に出た。

弥生は、義博が前に居た世界では妻だったので、義博としては極めて話しにくい。

また、弥生も、話したいことがあるのに話せないような様子だ。

そうこうするうち、帝都大学の正門を過ぎ、赤門前で本郷通りを西に渡り、さらに裏道に入った。

マンションに到着する。

「うちはここなんですが、不用心なので、弥生さんの家まで送っていきますよ」

「えっ？　うちもここなんです」

驚くべきことに、弥生もまた同じマンションに住んでいた。世帯数が多い分譲マンションなので、お互いに気づかなかったようだ。

義博が前に居た世界で、弥生と夫婦としてこのマンションに住んでいたことが、少しズレてこの世界に反映していると思われた。

自宅に戻ると、この世界での妻・睦子が、まだ起きて待っていた。その笑顔を見ると、義博は、この世界では独身で一人暮らしの弥生を不憫に思った。

やはり、この世界は、義博が前に居た世界とは違うのだ。


これ以降、さらに、義博は思いつく限りの行動をとった。

しばしば飛行機や船が失踪する、房総半島の野島崎・小笠原諸島・グアムを結ぶ「日本版バミューダトライアングル」こと「ドラゴントライアングル」に、現地の漁師から借りた小舟で漕ぎ出した。半ば期待通り鯨にぶつかり、海に投げ出され岸にたどり着く。しかし、残念ながら、前に居た世界には戻っていなかった。

さらに、茨城から福島にかけての沖合で定期的に地震があることに注目した。地震の瞬間に時空の歪み・裂け目ができるのではないかという仮説だ。現地に行き、地震の瞬間に車で全速力で突っ走る。しかし、何も起こらなかった。

さらに、日本のピラミッドとされる、秋田県鹿角市の黒又山、富山県立山町の尖山、広島県庄原市の葦嶽山に登山をしてみても、やはり何も起こらない。


これまで複数の方法を試し、各地に足を運んだが、どうしても前に居た世界に戻れない。

義博は、疲れた。飽きた。

そこで、「飽きた」作戦を試してみることにした。

やり方は簡単だ。五センチ四方の正方形の紙に六芒星を描き、その真ん中に赤色で「飽きた」と書き、枕の下に置いて眠る。翌朝にその紙がなくなっていると、異なる世界に移動したということだ。「これだけはやめておけ」とも言われる方法のため、義博は、かなりの覚悟で実行した。

その夜、夢を見た。

そこは秋田。ふくよかな平安美人が延々と和歌を詠んでいる。周りの観客は飽きて帰っていった。帰ると気の毒と思い我慢して聴いていた義博もさすがに飽き、会場警備の赤い肌と青い肌の男性ガードマンに「飽きたから帰る」と告げた。

そこで目が覚めると寝室で、枕の下には、眠る前に「飽きた」と書いた紙がそのままある。新聞を見ると「二〇二〇年（光文三十四年）」のままだ。

つまり、異なる世界には移動しておらず、前に居た世界には戻れなかったということになる。

せっかく覚悟を決めて実行した「飽きた」作戦だ。

義博が諦めきれず二度寝すると、今度は、夢の中で、もう一人の自分、義博が嘆く。

「こちらの世界は大変だ。そちらの世界に戻りたいよ。君は、何か気づいたことはないか？」

「こっちこそ聞きたいよ。こちらの世界は良い世界だけど、そっちに残した家族が気になる。とくに、そちらの世界には、親父が居ないんだ。おふくろが心配だ。大丈夫か？」

義博が問い返す。

「そこは任せておけ。ただ、何か手がかりはないかな。僕は、大阪であった学会の帰り、新幹線に乗っていたら、京都で新幹線が変な揺れ方をして、関ヶ原を過ぎたあたりでこちらの世界に来ていたんだ」

義博が「自分と逆方向だ」と思った瞬間に目が覚めると寝室で、やはり、枕の下には「飽きた」と書かれた紙があった。

いよいよ手詰まりだ。

「合わせ鏡」や、「東京府西部の八皇子市にある、とある電話ボックスから電話をかける」ことは、異なる世界ではなく、あの世につながってしまうのでやめた方がいい。まして、インターネット上に溢れている「あの世につながる方法」など、もってのほかだ。

最後に、「きさらぎ駅」に行ってみることにした。

「きさらぎ駅」の都市伝説。

義博が前に居た世界で、電車に乗った女性が見知らぬ「きさらぎ駅」に到着したところ、そこは異なる世界のようで、そのまま帰ってこなかったという話だ。七年後に帰ってきて、その間の記憶がないという後日談もある。

「きさらぎ駅」に行けば、異なる世界に移動でき、うまくいけば前に居た世界に戻れるかもしれない。

午後、東京から新幹線で浜松に行き、そこで遠江浜名鉄道に乗り換える。

始発の「ニュー浜松」駅は、帰宅を急ぐ通勤客でごった返していた。

各駅停車に乗る。駅間は短く、三分もあれば次の駅に着くはずだ。

この世界での「きさらぎ駅」に関するインターネット上の掲示板の書き込みによれば、いつまで経っても次の駅に着かない状態になれば、しばらくして「きさらぎ駅」に到着する。そこで降りて、付近に居る男性に話しかければ異なる世界に行けるということだ。

停車駅ごとに乗客が降りていく。ところが、誰も乗ってこない。とうとう全員降りて、乗客は義博だけになった。

「これはひょっとしたら……」

外の風景が歪んだ気がした。

電車がいくら走っても次の駅に着かず、先頭車両に行き運転席を覗き込むと誰も居ない。異なる世界に行ける気配がする。

後は、停まった駅名を確認するだけだ。

しばらく走り続けた電車が、ようやく停車した。駅名標を見ると「如月」と書いてある。

とうとう「きさらぎ駅」に着いた。

ドアが開き、義博がホームに降り周囲を見渡すと、一人の初老の男性が佇んでいる。

インターネット上の掲示板の情報によると、「きさらぎ駅」で男性に話しかけると異なる世界に行ってしまって戻ってこられなくなる。

つまり、異なる世界に行きたければ、目の前のこの男性に話しかければいい。

「こんばんは。ここは、『元』の世界ですよね？」

意を決した義博が、あえて丁寧に話しかけた。

男性が、じっと義博を見る。

「は？　ここは君が期待しているような『駅』ではないよ」

おもむろに煙草に火をつける。このホームは禁煙のはずだが、そこは問題ではない。

「えっ？　でも、ここ、『きさらぎ駅』ですよね。とうとうたどり着けたんです。ここが元の世界かどうか教えてください。もし違うなら、僕が前に居た世界に戻してください」

「きさらぎ駅？　どこが？　駅名をよく見ろ」

男性が大笑いした。

駅名標をよく見ると、「如月」の下に平仮名で「じょげつ」と書いてある。

「ここは『きさらぎ』ではないのですか？」

「だから、よく見ろ。『じょげつ』だ」

よく考えれば、「如月」と書いて「きさらぎ」と読む方が不自然で、「じょげつ」が自然な読み方だし、元々の読み方も「じょげつ」だ。あまりにも「きさらぎ」という読み方に慣れすぎて、「きさらぎ」が特別な読み方ということを忘れていた。

そう考えると、前に迷い込んだ「黄泉の国」が「よみのくに」と平仮名表記に変えたことも一理ある。何も知らない人ならば、「きいずみのくに」と読みかねない。

「黒田官兵衛、あれ、如水って書いて、そのまま『じょすい』だろ。それと同じことだ」

男性は、一本取ったとばかりにニヤリとした。

なぜ黒田官兵衛の話が出てくるのかはともかく、言われてみれば反論できない。

「残念だったな。俺は、たまに来る、君のような『ニアピン』の人間を、ここで待っているんだ。どこか別の世界から来たんだろ。前に居た世界に戻りたければ、ここに来な」

煙草をポイ捨てしながら、男性は義博にメモを手渡した。

そのメモには、新宿・歌舞伎町の住所が走り書きされている。

「じゃあ、今度の下弦の月の日、夜六時にここに来いよ」

男性は忽然と姿を消した。

振り返ると、ホームには、乗客が数人乗った「ニュー浜松」行きの電車が停車しており、駅名も本来の駅名「ときのみや」に戻っている。

義博は、メモをじっと握りしめ、乗車した。

浜松駅で最終の新幹線に乗り、東京の自宅に着いたのは深夜だった。

第四章　異世界の愉快な面々

義博は、二〇二〇年一月十七日、下弦の月の夜、「じょげつ」駅で出会った初老の男性からもらったメモに書いてある新宿・歌舞伎町の住所の場所に向かった。

それまでも、新宿に異なる世界の出入り口があるという噂を聞き、調べ、いろいろな方法を実行したが、前に居た世界にはどうしても戻れなかった。

ただ、その住所の場所は、まだ確認していない。

まだ宵の口なのに酔客でごった返す新宿・歌舞伎町。

その人波を抜けた雑居ビル。そこが指定された場所だった。

人通りが全くない。同じ歌舞伎町とは思えない静かな空間だ。

雑居ビルの地下に向かう階段を下りていくと、シャッターが閉じた空き店舗が並ぶ中、一店だけ開いているスナックのネオンが怪しげに輝く。

入り口の扉の上には、「輪廻転生(りんねてんせい)」と書かれた木の看板がひっそりとかかっている。

外からは中が見えないようになっており、一見客はとても入れない。

義博が意を決し、分厚い扉を開け中に入る。

「ちゃららららーん、ちゃららららー♪」

いかにも怪しげな店には不似合いな、コンビニ「家族市場」と同じ入店を知らせるメロディが響く。

「いらっしゃい」

「じょげつ」駅で出会った初老の男性が声をかけてきた。

「あ、どうも……こんばんは」

「俺は真田だ。よろしくな」

　中を見渡すと、店の外観からは想像できないほど多くの客の姿がある。

「新入りだ。名前は何だっけ？　まあ、おいおいでいいや。この間、例の『じょげつ』駅に来ていたのを拾ったんだ。みんな仲良くしてやってくれ」

　真田が、低く通る声で義博を紹介した。

「みんな、君と同じだ。別の世界から、この世界に来てしまったんだよ。上弦の月と下弦の月の夜にここで情報交換して、満月と新月の夜に、元の世界に戻る方法を実践している。それで元の世界に戻れた奴は、もう来ない。次にこの店に来るということは、その方法では駄目だったということになるから、それはそれで参考になるんだ」

　異なる世界に移動した原因としては、地震などの災害や戦争が多いが、中には事故や、目が覚めたらこの世界に来ていたという者も居るということだ。

　それならば、義博は、新幹線「のぞみ」で眠っていて目が覚めたらこの世界に来ていたということになる。乗車中に京都で感じた「揺れ」が原因と思われた。

　真田が続ける。

「いろいろ試して前に居た世界に戻るのを諦めたり、この世界が住みやすくて前に居た世界に戻らないと決めた連中も居る。そんな、この世界にとどまると決めた連中も、別の世界からこの世界に来た仲間が居るってことで、ここに集まってくるんだ。

　ここに来るきっかけは、口コミで誰かから聞きつけたり、君みたいに俺やここの客が声をかけて招待したり、さまざまだよ」

「ここに座れよ」

大テーブルの集団が席を用意した。

義博が席に座ると、そのテーブルの客たちから、義博がこれまで居た世界や、これまでどのような方法を試したか、その結果を聞かれる。

「君が居た世界は、この世界より大変そうだな。それでも戻りたいのかい？　まあ、この世界で暮らしながら、ゆっくり考えていけばいいよ」

隣に座っている気の良さそうな中年男性に、ポンと肩を叩かれた。

義博は、とりあえず、他の客の話を聞くことにした。

それぞれ、いろいろな世界、いろいろな時代から、さまざまなきっかけでこの世界に来ている。

その中で、興味ある世界がいくつかあった。

まず、日本が最高の状態だった世界からやってきたのが、石原さんだ。

その世界は、第二次世界大戦で分岐した世界だった。

日本が、ヒスター総統率いるドイツ、チチョリーニ首相率いるイタリアと三国軍事同盟を結び、同盟国として連合国と戦っていた。ドイツはポーランド、イタリアはエチオピアに侵攻し、日本は真珠湾攻撃に成功。

ここまでは、人名は異なるが、義博が前に居た世界と同じだ。

ただ、その後、日本はミッドウェー海戦で大勝利。軍人たちが料亭で軍事機密を話さず、さらには通信には薩摩弁だけではなく津軽弁を交えることでアメリカ軍に居る日系アメリカ軍人の解読を免れたことが大きかった。

その後、占領したハワイからアメリカ本土に向けて風船爆弾を大量に飛ばし、その混乱に乗じてアメリカ西海岸に上陸、アメリカ全土を制圧した。アメリカを抑え、アジアでは大東亜共栄圏を確立し、さらに、ニューギニアからオーストラリア、ニュージーランドまでをも勢力圏に収めた。

ドイツは、西はヨーロッパ全土を制圧しつつ、東はグルーリン率いるソビエト連邦に侵攻。難攻不落のグルーリングラードを陥落させ、モスクワを急襲し、ソビエト連邦全土からヨーロッパ全土に至る広大な領土を支配した。

イタリアは、エチオピアを拠点にアフリカ全土を掌握し、中東、さらに南米にまで勢力を伸ばしていた。

その世界は日独伊で三分割された。

そこで、日本の「王道」と、独伊の「覇道」が衝突する「世界最終戦争」が勃発し、日本が勝利。日本が世界を統一し、「民族協和、王道楽土」が実現された。

その世界の影響で、この世界では、さらに義博が前に居た世界でも、世界各地に日本の神話と似た神話が残り、また、親日国が多いということだ。

石原さんは、その世界ではマラソン選手だった。

オリンピックが「日本国民体育大会（国体）」と改称され、スウェーデン県で開催された夏の国体のストックホルムマラソンに出場した。その最中に暑さで体調を崩し、民家で介抱を受けて再度外に出て走り出したところ、なぜか鳥居をくぐって上り坂に差しかかっていた。沿道で応援しているのは全て日本人で、後ろからは車がついてきて「あと少しだ、頑張れ、お前は男だ！　往路優勝がかかっているぞ！」と急き立てられる。本能的に走り、芦ノ湖畔で往路優勝のゴールテープを切って、初めてそれが戦前からある「富士五湖駅伝」と分かった。

帰りはバスで東京・大手町に向かい総合優勝の歓喜に沸き、その後は東京に住んでいるということだ。

石原さんの口癖は、前に居た世界での経験から、「世界は一つ、みんな仲良く」。

今は、母校の駅伝部監督をしつつ、ボランティアで世界平和のための活動に励む。

石原さんは、頭が切れて仕切りがうまく、宴会の幹事を見事にこなすので、この店では「石原幹事さん」と呼ばれている。

逆に、日本にとって一番悪い世界は、丁さんが語った世界だった。

丁さんが居た世界もまた、第二次世界大戦で分岐していた。

中国出身の丁さんは、戦前、北海道の炭鉱に出稼ぎに来ていた。同僚の日本人と仲良く過ごし、十分な収入があって家族と幸せに暮らしていたそうだ。しかし、第二次世界大戦で日本が敗北。敗北したとはいえ、もう戦争は終わり、空襲などに遭うことはないと安心していたところ、ソ連軍が進撃してきた。

義博が前に居た世界では、一九四五年八月十五日の終戦後、終戦したにもかかわらずソ連軍が千島列島から侵入。千島列島東端の「占守島の戦い」で日本軍がソ連軍を食い止めたおかげで北海道はソ連に占領されず、日本は日本たりえた。義博は、この事実がほとんど報道・教育されないことに落胆していた。

丁さんが居た世界では、終戦後、ソ連が満洲から朝鮮半島に南下してきたそうだ。日本軍は、ソ連軍が朝鮮半島南部から出港し、日露戦争の時と同じく対馬海峡から日本海に入ると考え迎撃態勢を取った。しかし、実際には朝鮮半島西部の仁川港から出港してそのまま南下し、九州南部を大回りして太平洋を津軽海峡方面に向かい、南から北海道に侵入するという変化技で、北海道はソ連に占領された。

アメリカを中心とする他の連合国が日本に来た時点では時すでに遅し。連合国軍最高司令官総司令部（ＧＨＱ）はソ連の既得権を認め、ソ連が北海道以北を占領した。

その五年後、何の前触れもなく北海道駐留のソ連軍が南進し、東京を占領。一時は九州まで迫るも、「関門海峡・巌流島の戦い」でアメリカ太平洋方面軍最高司令官マック・シークワーサー率いる連合国軍が反撃して押し返し、「糸魚川・静岡構造線」を仮の国境とする「日本戦争休戦協定」が締結された。

その結果、東にはソ連支配下の共産主義国家「東日本社会共和国」、西にはアメリカを主とする西側陣営に属する民主主義国家「西日本国民帝国」が成立し、国境で小競り合いを繰り返すようになった。

その世界の影響で、この世界では、さらに義博が前に居た世界でも、電源周波数が東日本は五〇ヘルツで西日本は六〇ヘルツ、東日本が「かつおだし」で西日本が「こんぶだし」、東日本が「そば」で西日本が「うどん」、お雑煮の餅の形が東日本は「四角」で西日本は「丸」となっているらしい。

丁さんは、ソ連の傀儡（かいらい）の日本人「土呂月氏（とろつき）」による独裁政権の東日本社会共和国から自由な西日本国民帝国に逃れようと、国境の糸魚川・静岡構造線までたどり着き、諏訪湖に飛び込んだ。溺れて沈んでいく途中で湖底から恐竜が現れ、その背中に乗って地上に出ると、現代の諏訪大社のお祭りの最中。祭りの出し物と勘違いされ、不審に思われなかったようだ。

「この世界も、君が居た世界も、本当に良い世界だよ。俺が居た世界は、とんでもない世界だったんだ。今の若い人たちは、そのありがたみを全然分かっていない」

丁さんは、一気に語り終えると小さく首を振った。

今は、その経験を活かして、政府で極東政策を担当するブレーンになっている。

とくに、ソ連、ロシアについての経験と知識から、鷹山蝶政権の日露交渉を成功に導いた影の立役者だった。

この店では、丁さんは、異なる世界への亡命を成功させたということで「丁成功（ていせいこう）さん」と呼ばれている。

テーブルの端で、歌舞伎町の怪しげなスナックには場違いな、眼鏡をかけた子供がジュースを飲んでいる。面白そうな子供だと義博が声をかけた。

「君の名は？」

「僕、仲太郎！」

国民的アニメの主人公の猫型ロボットそっくりなダミ声。小学四年生の信太仲太郎君だった。

この世界に来る前に居た世界では、勉強も運動もてんで駄目な劣等生で、ママに怒られてばかり。

ある日、勉強しているフリをして机に向かい、飼っている雄猫「えもん」にどら焼きをやっていると、突然机の引き出しが開いてジョン・タイターが出てきた。

二〇三六年には、欧州原子核研究機構が開発したタイムマシンが実用化されており、タイムマシンに乗ってパソコンの部品を探しに一九七五年に向かっている途中、間違って出てきたらしい。

そこで、仲太郎君が案内役としてタイムマシンに一緒に乗っていたところ、途中で落っこちて、気づいたらこの世界の神奈川県川崎市にある猫カフェの押し入れで寝ていたということだ。

仲太郎君が居た世界では、二〇一三年に東京に隕石が落下し、中越地方から東北地方北部までが立ち入り制限区域になった。北海道には旧江戸幕府関係者の子孫が集まって「蝦夷共和国」を建国し、西は岡山改め「岡京」を首都とする「新大和皇国」になっていたという。

その世界の影響で、この世界では、さらに義博が前に居た世界でも、「ジョン・タイターが予言した二〇二〇年の日本地図」が出回っていた。

義博は、ジョン・タイターの話と地図は作り話にしては出来すぎていると思っていたが、やはり異なる世界からの干渉だった。

「この世界ではまだ隕石が落ちていないけど、絶対に隕石が落ちてくるんだ。パパとママに言っても、僕が勉強ができないから信じてくれない。だけど、本当なんだ。防災って、宇宙からの災害も考えなければならないのに、誰もピンときていないんだ。『杞憂（きゆう）』じゃないって分からないのかな」

伸太郎君が口を尖らせた。

小学四年生で「杞憂」という言葉とその意味・由来を知っている。伸太郎君は、義博が前に居た世界の大学生と比べても、決して「劣等生」ではない。

義博は、前に居た世界での「ゆとり教育」の影響の深刻さをあらためて実感した。

それぞれ興味深い話を聞くうち、店内が暗くなる。

スポットライトが当たるステージ上に、長身のイケメン金髪白人が登場し、テノールの豊かな声量で歌い始めた。

「よっ！　待ってました！」

彼は、アメリカ軍海兵隊に所属する軍人のジョーンズ。

ジョーンズが居た世界もまた、第二次世界大戦で分岐した世界だった。

一九四五年八月十五日には終戦せず、九月、アメリカ軍は、沖縄から奄美群島を伝って、九州南部の志布志・鹿屋（かのや）から九州に上陸したという。

義博が前に居た世界では、戦艦大和の奮戦や特攻隊のおかげでアメリカ軍の九州上陸を食い止めることができた。その英霊に感謝するべきなのに、なぜかそうではない風潮に、これまた義博は落胆していた。

ジョーンズが居た世界では、アメリカ太平洋方面軍最高司令官マック・シークワーサーが九州各地に新型爆弾を落とすことを提案・決行し、九州全土をアメリカ軍が占領。さらに本州に進撃するところ、枕崎台風によりアメリカ軍が大打撃を受け休戦となり、この台風は「神風」と呼ばれた。

結局、九州・奄美・沖縄がアメリカの単独占領地域となり、関門海峡・日向灘を境に中国・四国地方より東がアメリカ以外の連合国の占領地域となった。その地域は早期に独立を回復したが、九州・奄美・沖縄はアメリカの占領が続き、一九七二年になってようやく日本に返還された。丁さんが前に居た世界とは、ほぼ逆のパターンだ。

その世界の影響で、この世界では、さらに義博が前に居た世界でも、九州の「しょうゆ」は甘い。

ジョーンズは休戦後、鹿児島のアメリカ軍基地から駆逐艦に乗り、高知県沖で巡回をしていたところ海中に転落し、鯨に呑まれた。

しかし、持っていた武器を駆使し、消化される前に鯨を体内から切り裂いて脱出。近くを泳いでいた巨大なオニイトマキエイすなわち「マンタ」に乗って高知県の海岸に上陸すると、今から二十年ほど前のこの世界だった。

ジョーンズはイケメンで、アメリカ軍基地ではナイトクラブで歌手をしていたため、この世界で歌手としてスカウトされた。

キャッチフレーズは「高知出身『ジョン万次郎』の再来」、芸名は「ジョーンズ・マンタロー」として、『マンタに乗った中年』でデビュー。新人賞を総ナメにし、大みそかの「東西日本歌合戦」にも出場したことがあった。

ジョーンズは新型爆弾の悲惨さを知っており、芸能活動と並行して新型爆弾禁止運動も行っている。ジョーンズがこの世界で日本人女性と結婚して生まれ、現在高校生の息子ジョーンズ・イルカは高校球児。バンバンバンと魔球を投げ込み打者を打ち取る「バンバンバン」という愛称で、プロ野球スカウト注目の逸材だ。さらに、日米のハーフにもかかわらず純粋な日本人よりも日本人らしい魂を持つ「最後の侍」と呼ばれていた。

ジョーンズの歌に一番拍手喝采を送っていたのが、ジョーンズと同じくアメリカ軍人と思われる集団だ。義博が席を立ち、そのテーブルの席に座る。

「俺たちは、一九四三年にフィラデルフィア実験に使われた、護衛駆逐艦エルドリッジ号の乗組員だ。ようこそ！」

一斉に酒をあおる。アメリカ人、文字通りの「ヤンキー」でノリがいい。

「ニコライ・ステラ」博士の発案した、磁気で船体をレーダーに映らないようにし、肉眼でも見えないようにする実験により異空間に迷い込んでしまった、あのエルドリッジ号の乗組員だ。

実験は失敗で、実験自体もなかったことにされた。実際は、異空間に取り残されたり、戻った時には甲板など船体と一体化していた乗組員も居る。

異空間に取り残された彼らは、日本の台風による大停電が復旧した際のスパークで時空の歪みが発生し、この世界の現代の日本にやってきたという。

日本での生活が長くなり、それぞれ流暢（りゅうちょう）な日本語を話している。

「時々、アラスカまで遠征して、高周波活性オーロラ調査プログラム、ＨＡＡＲＰ（ハープ）を利用して、元の世界に戻ろうとしているんだ。これまで何人かは成功して元の世界に戻っている。奴らは、再びアメリカ海軍に所属して、エルドリッジ号に乗船したのさ」

一枚の写真を見せてくれた。

終戦間際、エルドリッジ号は沖縄に来ており、その時の写真が沖縄の新聞社で発見され、人づてに入手したとのことだ。

アラスカに行った乗組員が元の世界に戻ると、この写真に新たに出現するので、元の世界に戻れたという確認に使われていた。

「こいつは三年前、こいつはこの間戻った奴だ。終戦後、退役軍人として悠々自適の生活を送っている。戻れた奴は何度も日本に来て、このスナックにも立ち寄っているんだ。俺たちは若いままなので、会うと『お前、老けたな』って大笑いさ」

壁を見ると「Ｔｈａｎｋ　ｙｏｕ！　輪廻転生！」と落書きがあった。

「だけど、この世界と彼らが戻った世界は別だから、彼らが戻った世界には、このスナック『輪廻転生』は存在しないんじゃないの？　それに、別の世界の人が写真に写るの？」

義博が疑問を口にすると、横から真田が答えた。

「いい質問だ。異なる世界、並行世界いわゆるパラレルワールドは、無限にあるわけじゃない。近接する世界の進む方向は似ていて、収束する傾向があるんだ。

だから、このスナックが存在する世界もこの世界だけではなく、複数の世界に同時にこのスナックが存在することはありうるし、このスナックに元の世界に戻った『彼ら』が来ることもありうる。また、名前が違っても、ここと同じようなスナックがある世界もあるだろうし、スナックではなく、たとえば料亭かもしれない。近接する別の世界の人が写真に写ることも当然あるよ」

義博も、この理論を聞いたことがあった。

「世界線収束理論」

たとえば、過去に戻って歴史を改変しても、それはどこかで調整され、未来はそれほど変わらないという「歴史の修正力」として読んだ記憶がある。

伸太郎君が「タイターおじさんも、そんなことを言っていた」と口を挟んできたので、勉強がてんで駄目な小学四年生にも理解できることなのだろう。

スナック「輪廻転生」の客たちの話を総合すると、真田の話の通り、災害、戦争、事故、高速移動などの際に意図せず異なる世界に移動することが多く、時間と場所がズレる場合があること、移動する前に居た世界の記憶は基本的に保持されることなどが分かった。

さらに、それ以外の原因で異なる世界に移動する場合もあった。

中でも多かったのは、いわゆる「２０００年問題」の際に発生したものだ。

義博が前に居た世界、さらにはこの世界でも、とくに何も起きなかった。

しかし、ジョン・タイターが話しているように実際に大混乱になった世界があり、二〇〇〇年一月一日になった瞬間に世界が真っ暗になり、多くの人々が、それも、複数の異なる世界に移動したらしい。

その一団が集まっているテーブルがあった。

「なんで、プログラムの西暦を下二ケタしか設定しなかったんだ！」

「今後はプログラムの西暦を下一ケタにして、十年ごとに元の世界に戻るチャンスが欲しいものだ！」

「今度、コンピューター会社に押しかけよう！」

それぞれ、酒を飲みながら気勢をあげていた。

義博がいくつか試みたように、意図的に異なる世界に行こうとして成功し、この世界に来た者も、たまにこの店に来るらしい。ただ、前に居た世界が嫌で飛び出してきたので戻る気もなく、酒を飲んだり交流目的ということだ。

「異なる世界に行く方法を遊び半分でやったら本当にこの世界に来てしまった」という者は、自業自得なのでこの店では肩身が狭く、店の隅にひっそりと座っていた。


ここの客がこの世界に来る前に居た世界は、先ほど聞いた世界以外にも多くの世界があった。

第二次世界大戦が勃発しなかった世界、江戸幕府が今も続いていて第二十五代将軍が居る世界、日本が大陸とつながっている世界、人類が恐竜と共存している世界など実にさまざまで、その手の話に興味がある義博は、時を忘れて聞き続けた。

それぞれ、前に居た世界に戻る方法を情報交換して実践したり、他の者が前に居た世界からこの世界に移動してきた経緯をまねることが多い。

とくにここ数年は、ニュージーランド沖や南太平洋で大地震があるたびに、その数日後に関東から東北で大地震が発生するのではないかと、東北方面の新幹線や高速道路を往復している者が居る。ただ、前に居た世界に戻れるような大地震は発生していない。

首都直下型地震が起こった場合も前に居た世界に戻れるかもしれないということで、多くの者は東京に住んでいる。東京滞在時に地震が発生すれば、異なる世界に移動する条件が満たされる可能性があるからだ。

富士山噴火を予測して、富士山界隈に住んでいる者も居た。

とにかく、何か災害があれば、時空の歪み・裂け目が生じて、前に居た世界に戻れるかもしれないということだ。

他方で、都市伝説を実行するパターンもある。

義博が試した「エレベーター」「東京の地下鉄」「飽きた」作戦、「きさらぎ駅」捜索。さらには、帝都大学などの理工系の実験施設がある大学・研究施設に入り込んだり、スイス・フランス国境の欧州原子核研究機構まで出向く。

鹿島神宮から伊勢神宮を結ぶ直線などの「レイライン」を往復したり、分杭峠などの「ゼロ磁場」に行ったり、房総半島の野島崎・小笠原諸島・グアムの日本版バミューダトライアングル・「ドラゴントライアングル」や、台湾・ギルバート諸島・ウェーク島を結ぶ「フォルモサトライアングル」、フロリダ沖・カリブ海の本物のバミューダトライアングルを飛行機や船で通過する者も居る。

「そろそろ、君が前に居た世界をみんなに話してくれないか」

真田に促され、義博はステージに上がり、語り始めた。

「男性も女性も働き、家事・育児も分担、不況が続き世帯収入が減り、子供が減って高齢化が進んでいた。世間はギスギスしていて、世界情勢も不穏な世界だった」

「そんな世界、男女ともに大変で、とても暮らしにくい世界じゃないか。義博って言ったな。義博、この世界に来て良かったな！」

「おめでとう」

「コングラッチュレーションズ！」

全員総立ちで拍手をしながら義博を取り囲み、祝福する。

「ありがとう。この世界の方が良い世界なんだよね。しばらく暮らしてみるよ」

義博が戸惑いながら応じると、一層拍手が沸き起こり全員で乾杯。それぞれの手にある酒が一斉に飲み干された。


そんな和やかな雰囲気をぶち壊すように、奥のテーブルで喧嘩が始まった。

「貴様、それでも帝国軍人か！　根性を叩き直してやる！」

「精神論では戦は戦えんということが、まだ分からぬか！」

旧日本陸軍の将官が怒鳴ると旧日本海軍の将官が怒鳴り返し、お互いに胸ぐらをつかみあっている。

着流し姿の大柄な男性が、薩摩弁で仲裁する。

「喧嘩は良うなか。おいどんの顔に免じてこらえてくだい」

「『どん』は初代の陸軍大将なので陸軍の味方なのでありますか。この陸軍の体たらくをどうお考えでありましょうか？」

　義博は、「どん」に反論するその旧海軍の将官の顔に見覚えがあった。

「ひょっとして、先の大戦で、日本軍の特攻機に空中で接触したことはありませんか？」

「大分基地から飛び立って南方に向かう途中、不意に前方に友軍機が出現して接触してしまった。貴官の機であったか。その折は失礼した」

　旧海軍の将官は、義博に向かい、日本海軍式の最敬礼をした。

　やはり、義博が前に居た世界で何度も見た夢の中、特攻隊としての出撃中に後方から接触してきた別の特攻機に乗っていた人物であった。

　宇賀勤（うがつとむ）海軍中将・航空艦隊司令長官で間違いない。

　宇賀中将は、その接触後、グアム方面に飛行中、突然白い霧に包まれた。

　接触した箇所から白煙が上がったと思い不時着先を探すと、前方に、白線が引かれた広大な平原が出現した。飛行場と思い着陸したところ、そこは現代のペルー、ナスカの地上絵だったということだ。

　おそらく、九州の南、「フォルモサトライアングル」を通過している間に、フロリダ沖のバミューダトライアングルに移動したのであろう。そのまま南に飛べば、南米大陸だ。

　その後は日系ペルー人アツモリ大統領の側近として軍を仕切り、ペルー大統領官邸占拠事件の混乱に紛れて日本に戻ってきていた。

　喧嘩が一段落して落ち着いたのか、旧陸軍の将官も義博に語り始めた。

「自分は、戦争中は南方諸島を転戦していた。とくにガリクソン島では、『アメリカの赤鬼』と恐れられたホーナー将軍を撃退し、戦後はその名声をもって政治家になったんだ。
その後、『インドシナの山猫』と称えられた芦屋清(あしやきよし)大将の財宝を隠してあるラオスの洞窟に財宝を捜索しに行った時、落盤事故に遭ってしまったんだ。
やっとの思いで地上に出てくると、現代の日本、群馬県の徳川埋蔵金発掘調査番組の撮影現場だった。『この洞窟は別の世界のラオスの洞窟とつながっている』といくら説明しても、番組関係者には『仕込み』と思われてスルーされた。ただ、その縁で、今はテレビ局でディレクターをしておる」

「ということは、あなたは土田義信(つちだよしのぶ)陸軍大佐ですね」

義博がフルネームで呼んで敬礼する。

「久しぶりにその呼び名で呼ばれたよ。今は『土田D』とか『つっちー』と呼ばれているからね」

土田大佐は、感慨深げに日本陸軍式の最敬礼をした。

宇賀中将が、義博を味方にしようと説得する。

「貴官は、我が海軍と陸軍、どちらが正しいと思うか？　当然、貴官出身の薩摩・日向は海軍関係者が多いから海軍であろう。
そもそも神武天皇のお船出の地、宮崎県日向市美々津は『日本海軍発祥の地』とされておる。初代連合艦隊司令長官・仁藤祐行(にとうすけゆき)閣下は薩摩、東吾平五郎(とうごへいごろう)閣下、山上勘兵衛(やまがみかんべえ)閣下も薩摩であろう。海軍大臣財前毅(ざいぜんたけし)閣下は、貴官と同じ宮崎県都城出身だ。特攻などについて自分と意見が分かれたが、最後の連合艦隊司令長官小川誠二郎(おがわせいじろう)閣下は宮崎県高鍋出身だしな」

これに対し上田大佐が反論する。

「何を言う。薩摩といえば陸軍だ。大城岩男(おおしろいわお)元帥を知らぬのか。

それに、貴官と同じ宮崎県都城出身の上田裕策(うえだゆうさく)陸軍大臣は、軍部大臣現役武官制により西温神公道(さいおんじんきんみち)太政大臣政府を倒したと日本史の教科書にも載っているほどの有名人だ。そもそも、そこにおられる『どん』初代陸軍大将は薩摩出身ではないか」

「海軍も陸軍もいがみあっていては戦争に勝てませんよ。今の時代も各省庁について『局益あって省益なく、省益あって国益なし』と言われますが、昔からそうだったんですね」

義博が嘆息すると、二人とも恥ずかしくなったのか、沈黙してしまった。

「そげんこっ、今さらゆてもしょがなか。こっから仲良くすればよかよか！」

「どん」と呼ばれている大柄の男性が、豪快に大笑いして場を和ませた。

その男性が誰かは明らかだ。

義博が「さいご……」と言いかけた時、「おいどんは、この世界では菊池源之助(きくちげんのすけ)と名乗っちょりもす」と遮られた。

「版籍奉還、廃藩置県では、島津の殿には悪かちゅうこつをしもした。おはんがそん縁者っちゅうこって、謝りもす。すんもはん」

「どん」がこの世界に来た経緯を聞くと、やはり、西南戦争が原因だった。

鹿児島・城山の洞窟にこもり、最後の突撃の前に英気を養うために眠っていたところ、官軍の砲撃の衝撃で目を覚ました。ただ、すぐに静かになったので外に出て周囲を見渡すと、そこはロシア帝国の中央アジア山岳地帯の洞窟。日本政府に「ロシア帝国で生きている」と密かに連絡した情報が漏れて、「どん」がロシアで生きているという噂が立ったらしい。

「おいどんは、当分は日本に帰れんごたるんで、ロシア帝国、ロマノフ王朝の軍事顧問になっちょったと。いざっちゅうとき日本陸軍を率いないかんかいよ。

ロシアには火星に行くジャンプルームがあいもしたんで、ちょいちょい火星にもいっちょったでごわす。じゃかい、おいどんが火星になった、火星が『どん星』って言われちょった。火星には『人面岩』のほか、『前方後円墳』もあって、元々日本とつながりがあったたっち」

薩摩弁が懐かしい。

義博は、薩摩弁を話すことはできないが、聴き取ることはできた。

「ニコライ皇太子が日本に行くちゅって、一緒に日本に帰るつもりじゃったどんが、たまたま火星に『ニコライ』が来るっちゅうんで行ってみたらよ、それ、アメリカの『ニコライ・ステラ博士』じゃったんじゃ。

人違いじゃって、ひったまがってロシアに戻ったらよ、ニコライ皇太子が日本で警察官に斬りつけられたっち。斬りつけたそん理由がよ、おいが日本に戻ると西南戦争での功績がなくなるっちゅう理由でよ、こいで、日本に帰れんくなった。

おいのせいで死刑になるのはその警察官がぐらしからよ、ニコライ皇太子に頼んで日本政府に働きかけたもんで、死刑にはならんかったげな」

義博は法学部出身なので、ニコライ皇太子が日本人警察官に斬りつけられた「大津事件」とその理由を知っており、目の前の菊池源之助が「どん」本人だと確信した。

「どん」は、その後、皇帝となったニコライ二世に仕えた。

一九一七年のロシア革命で追われる身となり、愛犬の「ツン」の仔の「ツソ」「デレ」の引く犬ぞりでモスクワからバイカル湖方面に逃げていた。その最中（さなか）、ロシアのコサックと内モンゴルの馬賊集団に追い詰められ「もはやこれまで」という時、どこからか新幹線が出現し、追手の馬と衝突したおかげで逃げられたということだ。

以前、義博が新幹線でカウナスからウラジオストクに帰る途中に遭遇した、コサックと馬賊の集団に追いかけられて犬ぞりに乗って逃げていた大柄の日本人男性は、この「どん」だった。

新幹線で高速移動していたので時空が歪んだのであろう。実際、その時の新幹線の先頭車両には、馬がぶつかった痕跡がなかった記憶がよみがえった。

その後、「どん」は、バイカル湖で追い詰められ身投げする。すると、なぜか鰻が周りを泳いでいて、恐竜が助けにきた。その恐竜に乗って湖底に行くと、警察の交番のような建物があり、大柄で金髪碧眼（へきがん）の白人たちに介抱された。しばらくして回復し、地上に戻ると現代の鹿児島の池田湖だったそうだ。

身投げして助かるのは二度目で、「これも何かの縁、まだ生きよう」と思って鹿児島に住んだ。しかし、鹿児島ではどうしても「どん」と分かってしまうので、東京に出てきたとのことだった。

「上野公園の銅像はおいどんには似ちょらんもんで、東京では身バレせん」

複雑な表情を浮かべ、首を振る。

たしかに目の前にいる「どん」は、痩せていて精悍だ。

義博が前に居た世界で見た、幕府方も新政府方も問わず幕末オールスターが一堂に会している謎の写真・「フルベッキ写真」に写っている「どん」の姿に似ている。

「一緒に助かった犬の『ツソ』『デレ』と上野公園を散歩してかい、ダイエットに成功したもんで、元の体型に戻ったでごわす」

豪快に笑う「どん」を、義博がたしなめる。

「今の鹿児島では、そんな言葉は使わないですよ」

「それは分かっているけどさ、イメージを守らないといけないんだよ」

「どん」は普通に標準語で答えた。今は、この世界の国営放送の「銀河ドラマ」の薩摩弁監修をしているが、やりすぎて、字幕をつけることになったと苦笑いする。

義博が前に居た世界では、あのテレビ局は主として視聴者からの受信料で成り立っている「公共放送」であり「国営放送」ではなかったが、この世界では、文字通り「国営放送」だった。

奥のＶＩＰ室から「敵は新宿にあり！」「是非に及ばず」「がはは」「ほほほ」という笑い声が聞こえる。

「ＶＩＰ室は、大政奉還・明治維新前の歴史上の人物が入れる。ただ、君は島津氏関係者だし、俺が声をかけて連れてきたから、入っていいよ」

真田が扉を開けた。

正面奥に座っているのは、どう考えても織田信長だ。

義博が前に居た世界での肖像画そのもの。

横で「敵は新宿にあり！」と叫んでいたのは、やはり明智光秀だった。

その横には、いかにも教養人らしく微笑をたたえる細川藤孝が座っている。

明智光秀の「敵は新宿にあり！」と織田信長の「是非に及ばず」は、お約束のやりとりらしく、大笑いしている。

それぞれがここに居るということは、本能寺の変は、義博が歴史の授業で習った内容とは異なる結末を迎えていたということになる。

「おお、島津殿の縁者か。余の使者、近衛前久（このえさきひさ）公を歓待してくれた島津殿には感謝しておるので、貴殿には教えてやろう」

信長は、予想通りの甲高い声で本能寺の変の真実を話し始めた。

信長は、かなり早い段階から、「自分には日本は狭い、ここでは満足できない」と感じていた。そこで、当時の宣教師たちから話を聞いて興味を持っていたヨーロッパに行き、世界の支配者になりたいと考えるようになったそうだ。

しかし、自分が日本から居なくなれば、また争いが起きる。

そこで、明智光秀、細川藤孝、羽柴秀吉、徳川家康と示し合わせ、次は秀吉、その次は家康が天下を治め、光秀は家康を補佐、信長は本能寺で殺されたことにしてヨーロッパに行き、ローマ教皇になる計画を練っていた。

その伏線として、丹波に明智光秀、丹後に細川藤孝を配置していたのだ。

本能寺の変の当日は、光秀は本能寺には向かわず、信長も本能寺には居なかった。二人は光秀が治める丹波篠山で合流して丹波を北上、藤孝が治める丹後に入った。

光秀は、秀吉と家康との連絡のため丹波へ引き返した。

信長は、藤孝とともに宮津港から大陸に向け出港した。今のロシアのウラジオストクの場所にある、当時は明国領だった港に上陸後は内陸に進み、シルクロード経由でローマにたどり着いたということだ。

たしかにそれならば、多くの謎のつじつまが合う。

義博が前に居た世界では、「当時のバチカンに信長そっくりの枢機卿が居て、その名前に『ＯＤＡ』が隠されている」と、まことしやかにささやかれていた。

「あと一歩でローマ教皇になるところじゃったのに、伊達政宗が余計なことをしおって。支倉常長をよこして、『豊臣を名乗った秀吉の息子の秀頼と家康を仲裁してほしい』と頼んできたのでの、船に乗って日本に帰ることになったんじゃ。

大西洋を渡ったところ、フロリダ沖で視界が悪くなり、視界が開けたら現代の房総半島沖。海上保安庁の巡視船に捕まってしもうた。犯罪性がないということで無罪放免になったんじゃが、光秀と家康が居るはずの江戸に来てみたら『東京』になっておった。

今は、かつてわしの弟の館があって、その名前がそのまま地名になっている『有楽町』に住んでおる。貴殿が前に居た世界では『いつの間にか行方不明』とされたであろう帰蝶も、わしと一緒にローマまで行き、その後もわしと一緒にこの世界に来た。今は岐阜に住んでおり、別居婚じゃ。その方がお互いずっと新鮮な気持ちでおれるからの。新幹線の岐阜羽島駅前にある、わしと帰蝶の銅像はよく似ておる。ただ、身バレするから良し悪しじゃ。『どん』の上野公園の銅像くらいの微妙さならば良かったのじゃろうがの」

義博は、岐阜羽島駅前で見た、目の前の信長そっくりの銅像を思い出した。

「それならば、帰蝶様もさぞお美しい方に違いないでしょう」

おべんちゃらを言ったところ、信長は上機嫌になった。

織田だけに「おだて」に弱いようだ。秀吉もおべんちゃらで信長に取り入ったに違いない。

「そういえば、大陸に渡った時、貴殿とすれ違って目が合った記憶があるのじゃが、記憶違いであろうか。貴殿が見張りと揉めていたおかげで、すんなりと上陸できたんじゃ。あらためて礼を申したい」

信長はしっかり頭を下げた。

たしかに、義博が欧州原子核研究機構から日本に戻る途中、ウラジオストクの港でロシア人警察官と揉めている時に日本人武士集団とすれ違った。その中の、西洋の甲冑を身にまとった威厳ある大将だ。

その時は他の人々には見えていなかったようなので、異なる世界から来た義博だけに見えたのであろう。

「兄が余計なことをして申し訳ありませんでした」

横から、伊達政宗の弟・小次郎政道が信長に謝った。

小次郎政道は、伊達家を守るために政宗に殺された形になり、密かに秩父の寺の住職になっていた。ある日、修行中に崖から落下。気を失ってしまい、気づいたら東京タワーから落下して尻もちをついていたそうだ。かつて、東京タワーによじ登る「タワー男」は一種の風物詩で、お咎めなしだったようだ。

今は、伊達家の子孫と漫才コンビ「ホットドッグマン」を結成して芸能活動をしており、好感度ランキング上位の常連とのことだ。たしかにその顔は、テレビでよく見る顔だった。

「わしの子孫は、肥後で島津殿と国境を接しておった。世話になったな」

話が途切れたタイミングで、細川藤孝が、教養人の評判にたがわず丁寧に頭を下げた。

藤孝は、信長を船で大陸まで送って帰る途中、日本海で座礁し、出雲(いずも)の海岸に漂着した。京都を目指して歩いているとトンネルがあり、そこは黄泉比良坂。

「このままではあの世に行ってしまう」と思い引き返したところ、現代の東京・千駄ヶ谷(せんだがや)トンネルに出てきてしまったそうだ。

千駄ヶ谷トンネルは心霊スポットに分類されるが、実は、異なる世界につながる出入り口だった。

「わしの子孫が日本の『首相』になった世界もあるが、この世界では『東京府知事』じゃ。たまに顔を見かけるが、SPのガードが固く、とても『わしが先祖じゃ』と声をかけられないわい」

苦笑する藤孝。では、義博が深夜の東京府庁のエレベーターで出会った「緑色の服を着た女性」は、この世界では何をしているのだろうか。疑問に思ったが、調べる方法はなかった。

明智光秀が話を引き継いだ。

光秀は、秀吉とは示し合わせていたため、やはり「山崎の戦い」は見せかけの戦いだ。ほとぼりが冷めるまで領地の丹波にこもり、徳川家康と合流し「天海」と名を変え、江戸から少し離れた下野の中禅寺湖畔に居を構えた。地名を「明智平」とし、秀吉の次の家康、さらに秀忠、家光の天下を支えたそうだ。

まさに、義博が前に居た世界での「光秀伝説」は事実だった。

「百歳を過ぎても体を鍛えておって、華厳の滝で滝行をしていたら、ある日、寒さで気を失って流されてしまったのじゃ。流される間に時空を超えたんじゃろうな。気づいたら、素っ裸で神田川の岸に打ち上げられ、危うく身元不明の『どざえもん』として処理されるところじゃった」

光秀はしっかり者のイメージがあったが、案外そうでもないようだ。

「それにしても家康は来ないのう。あれは死なずに行方不明になったので、この世界に来てもいいのじゃが」

信長が遠くを見やった。家康が来たら、「奥さんと息子さんには悪いことをした」と謝りたいと真剣な顔をしている。

やはり、最近の研究で明らかになりつつあるように、信長は真面目な性格だ。

その時、「大先輩！」「御大！」と皆が立ち上がった。

見ると、華奢な体つきで端正な顔立ちの若い男性が颯爽と入室し、ホステスたちがキャーキャーと黄色い声をあげ歓待する。

義博が立って挨拶する。

「頼朝、ここで会ったが百年目！」

殴りかかってくるその内容からして、明らかに源義経だ。

武士にとってみれば「大先輩」で「御大」であることは間違いない。

「この人は秋津義博さんで、この時代の別の世界から来た人だ。頼朝ではない」

真田がとりなした。

「それにしても、頼朝兄貴によく似ておる」

義経はしげしげと義博の顔を見ている。

以前、新幹線の隣の座席の男性に「桂小五郎に似ている」と言われたことがある。源頼朝とは顔の系統が違うと思うが、それはともかく、隠しても仕方ない。

「島津氏と縁があるものです」

義博が小声で白状する。

「島津氏初代、忠久殿は頼朝の子という話もあるので、貴殿が似ておっても不思議はない。ただ、わしは、島津忠久殿が子供の頃しか会ったことがないからよく分からん。ともかく、貴殿が頼朝でないことは分かった。失礼いたした」

義経によると、頼朝と対立して奥州藤原氏に身を寄せた後、「衣川の戦い」で影武者を置いて北に逃げ、蝦夷を通過、樺太から大陸に渡ろうとしたという。

これは、義博が前に居た世界で聞いた「義経伝説」の通りだった。

「樺太が島であることは、間宮林蔵ではなくわしが発見したので『間宮海峡』を『義経海峡』に改称するべきだ」と、世界の地名を定める「国際連合地名標準化会議」に要求し、また、世界各国で宣伝活動をしているが、相手にされないと憤慨した。

「大学教授をしているのならば、貴殿の大学の学生の署名を集めてほしい」

今後も呼称変更の署名活動をする予定とのことで、義博に署名用紙を手渡した。いつも持ち歩いていることからして、その執念がうかがえる。

義経は、樺太の北部から海峡を船で渡ろうとした。あと少しで大陸というところで、点々と岩が海面に出ていた。格好をつけて八艘飛びを決めようとしたところ、その一つが沈み、そのまま流されてしまったそうだ。

気づくと、この世界の一八六八年、戊辰戦争中の蝦夷江差沖、嵐の中沈んでいく「開陽丸」の船中で、かろうじて脱出。その後しばらくして「箱館戦争」が始まり、蝦夷共和国の裏の参謀として指揮をしたということだ。

旧江戸幕府方・蝦夷共和国がかなり粘ったのは、義経の計略によるものだったのだ。

その頃からずっとこの世界に居るので、その意味でも、この店では「大先輩」「御大」なのだろう。

義経が怒っていたのが、本当はイケメンなのに、頼朝が妬んでブ男に描かせた一部の「義経の肖像画」だ。逆に、頼朝の肖像画は、かなり「盛って」いるし、そもそも別人だと力説した。幸い、国営放送の銀河ドラマでは毎回イケメン俳優が義経を演じており、源平合戦が題材になる年は欠かさず見ているとのことだ。

義博が思い出して尋ねる。

「ちょっと前に、モンゴルで、白い旗と『笹竜胆』が描かれた旗を持った若武者に会ったのですが、あれは誰ですか？　義経殿にしてはちょっと若い気がしたのですが」

「鎌倉で海に投げて殺されたとされる我が息子じゃ。殺されたのは当然影武者で、わしが樺太で八艘飛びに失敗して海中に沈む時、息子だけは大陸に渡ってほしいと、岸に投げた。前に投げるのは、ラグビーだと反則じゃが、アメフトでは反則にならないからな。

それでも届かずに息子が海中に落ちかけた時、『空飛ぶ魚』に跳ね返って岸に届いたのは幸運じゃった。息子は生きておったのじゃな」

安堵の表情を浮かべる義経。父親の顔になっている。

源平合戦の頃にラグビーやアメフトがあるわけがないし、そもそも何の関係があるのか不思議な回答ではあるが、義経が息子の無事を喜んでいるならそれでいい。

その義経の息子がモンゴルを制圧し「モンゴル帝国」を建国。その孫、つまり義経のひ孫が、頼朝が開いた鎌倉幕府に復讐するために「元寇」を企てたということになる。

　これは、義博が前に居た世界での義経伝説とほぼ一致するので、おそらく事実であろう。

「この中で位が一番高いのは、正二位、右大臣・右近衛大将の信長殿でしょうか？」

　義博が信長に確認すると、「畏れ多い！　あの『やんごとなき方』がいらっしゃる」と振り向いた。

　その視線の先には、御簾がかかっている。その奥に誰か座っており、左右には平安時代の衣装を着た貴族たちと女官たちが控えている。

　よく見るとまだ小さく、近所のファミレスからデリバリーされた「お子様ランチ」が御簾の中に運び込まれていく。

　つまり、子供だった。その言葉は京ことばで、所作は極めて上品だ。

　子供、京ことば、平安時代、貴族、女官、行方不明。

　安徳天皇だ。

　女官によると、壇ノ浦の戦いで源義経に追い詰められて入水した時、渦に巻き込まれ、気づくとこの世界の徳島沖、鳴門の渦潮から浮上したという。

　渦同士が時空を超えてつながるとは、まさにブラックホールとホワイトホールのようなものだ。

　義博が女官に提案する。

「なぜ前に居た世界に戻らないのですか？　まだ帝は幼いので、戻っても記憶や人格形成への影響は少ないのではないでしょうか」

「今のこの世界の方が、武士に担がれて右往左往するより幸せでおじゃりまする」

本当にこのような話し方をしていたのか疑問が残るが、京ことばが返ってきた。

たしかに、子供用のおもちゃもあるし、お世話もしやすい。

それに、前に居た世界に戻ってしまうと、東日本が源氏で後鳥羽天皇、西日本が平家で安徳天皇の「東西朝」時代になる。それを避け、平和を維持するために戻らないと決意しているようだ。

後鳥羽天皇は、その後、鎌倉幕府と対立して承久の乱を起こすので、安徳天皇が前に居た世界に戻って後鳥羽天皇を抱きこめば東西朝にはならない。ただ、義博はあえて黙っていた。この世界に居た方が幸せそうだ。

目下の悩みは、女官たちがそろそろ「ママ友デビュー」しなければならないが、まさか帝の身分を明かすわけにもいかず、どうしたものかということだった。

壇ノ浦の戦いで敵方だった源義経も同席していていいのか疑問だったが、「前に居た世界のことはそれはそれ、この世界では恨みはない」ということだ。

さすがに天皇陛下は、いつの時代でも、年齢に関係なく器が大きい。義博は、あらためて感動した。

それに、信長はやはり「尊王」で、義博が前に居た世界での最近の研究で明らかになりつつある姿だった。

義経が話に割り込んできた。

安徳天皇と一緒に海に消えた三種の神器「草薙剣（くさなぎのつるぎ）」を、この世界で見つけることができたらしい。

『草薙剣』を見つけられなかったことも頼朝兄貴に怒られた原因じゃ。兄貴に『見つけたぞ』と叩きつけてやりたいのじゃが、兄貴は落馬して本当に死んでしまって、この世界には来ない」

この店には女性が少ないと義博が周囲を見渡すと、すらりとした女性が入ってきた。

「いらっしゃいませ。ごひいきに。次は指名してね」

名刺に「小町　こまち」と書いてある。絶世の美女だ。

「この店ナンバーワンの小野小町さんですよ」

真田があらためて紹介する。

「平安時代のお酒を再現したんだけど、お飲みになる？」

慣れた手つきで酒を勧める小町。

義博の記憶では、小野小町は行方不明になったとされていた。

しかし、実際は、平安時代、京都で、祖父の小野篁（おののたかむら）にこっそりついていったところ、小野篁があの世との行き来に使っていた井戸に落っこちて、出てきたら現代の京都だったとのことだ。

平安貴族の衣装のままでも、京都・祇園の芸妓（げいこ）として働けたので不自由なく過ごせていた。しかし、それでは満足できず、「東京でてっぺん取ったる！」と、新宿・歌舞伎町に乗り込んできていた。

京ことばではなく大阪弁なのが気になったが、動機としては十分すぎる動機だ。

「衣装はともかく、外見が平安美人、小太りで一重。現代では残念な顔と体型で、最初はどの店でも門前払いされたわ。体調も悪くて病院に行ったら、太っていることで生活習慣病予備軍と診断されたのよ。そこで、『結果にググッとくる』ダイエットをしたの」

美人の基準は時代によっても違う。

時代の違いを克服しようとした小町に、義博は感心した。

「平安時代の食事って栄養バランスが悪いのよね。やっぱり肉を食べないと。菜食主義だと老けるし、炭水化物を抜くと頭に栄養が回らなくてお客さんとの会話に差し支えるの。それに、運動のしすぎも心臓や関節に負担がかかるわ。

インストラクターの指示通り、バランス良く食べて、よく眠り、適度な運動をしたら、三ヶ月で見違えるほど痩せたのよ」

義博がイジっていいかどうか躊躇（ちゅうちょ）していると、「さっきから、じっと目を見ているわね。そうよ。一重を二重にプチ整形したの。これで印象が変わるなら安いものよ」と、あっさり整形を認めた。

その努力の結果、歌舞伎町の高級ラウンジでナンバーワンになり、異なる世界から来た客が集まると聞きつけて移籍してきたこのスナック「輪廻転生」でもナンバーワンだった。

「最近、人、とくに女性を『見た目で判断しないで』とか、『中身で勝負』とか言われるけど、美しいこともまた個性よ。それが評価される世界なら、それを目指すって自然なことでしょ。それなのに努力もせず、批判ばかりするのは『逃げ』よね。『何もしなければそこで試合放棄』よ。

大体、外見も整えられない人が、中身を整えられる？　外見は中身の反映。何もしない自分を正当化しているだけよ」

小町が一気に持論をまくし立てると、安徳天皇に仕える女官たちが「そうよ、そうよ」と拍手をした。

よく見ると、全員、衣装は平安時代のものだが、今風の外見をしている。小町の姿を見て、それぞれ現代の「美」を追求しているということだ。

「本人がそう思って何もしないのはまだ許せるけど、美しくなろうって努力している人を批判することは、価値観の押しつけよ。それに、『人を容姿で判断するな』って、人を容姿で判断する・判断されたいって価値観を全否定しているわよね。私は、この仕事のほかに、『そんな一部の人たちの声に惑わされてはいけない』ってメッセージを世の中に伝える活動をしているの」

「前に居た世界と似たようなことが、この世界でも発生しつつある」

そう思った義博は、小町を応援することにした。


義博があらためて「どこかでお会いしませんでしたか？」と尋ねると、小町は「あなたの夢の中で出会ったのは私よ」と笑って義博を見つめる。

前に居た世界に戻ろうとして、「飽きた」と書いた紙を枕の下に置いて眠った時の夢の中、秋田で、平安美人が延々と和歌を詠んでいた。

「あの時、あなたは飽きて帰ってしまったでしょう。だから、目が覚めた時もこの世界に居たの。秋田で飽きた、それは、マイナス×マイナスがプラスになるのと同じで、『飽きない』ってなるのよ。私の和歌に飽きてなければ別の世界に行けたわ。

ひょっとしたらあなたが前に居た世界に戻れたかもしれないんだけど、そうだとここで会えなかったし、飽きて良かったわね。

私はあの時、まだ京都に居たの。あなたは夢の中でちょっと前の時間に行ったのね。秋田県主催のお米『あきたこまち』の宣伝のイベントに呼ばれたのよ。文字通り『秋田の小町』ということね」

義博がこの世界に来た経緯を小町に話すと、小町が少し考え、提案する。

「京都で揺れたのなら、それは、一五九六年九月の慶長伏見地震の影響じゃないかしら。大地震は、時間や世界を超えて影響することがあるのよ。異なる世界も相互に干渉しているからね。あなたが京都付近で一度目を覚ました時に『東寺』が目についたのも、慶長伏見地震で東寺が倒壊したからに違いないわ。私が落っこちた『小野篁の井戸』には行ったの？　今度の新月の日、一緒に京都に行ってみない？　あなたが前に居た世界に戻れるかもしれないわよ」

たしかに、「小野篁の井戸」は考えに浮かばなかった。

それに、伏見城は関ヶ原の戦いの直前、会津征伐に向かった徳川家康が島津義弘公に留守居を頼んだ場所だ。島津義弘公が伏見城に入城しようとした時、命令が伝わっておらず、徳川家康の家臣の鳥居元忠に入城を拒否された。この時、島津義弘公が伏見城に入っていれば、島津は東軍・徳川方になり、歴史は大きく変わっていたはずだ。

義博は、次の新月の日、小町と東京駅で待ち合わせして、京都・伏見に行く約束をした。

突然ＶＩＰ室の扉が開き、旧陸軍の土田が「小町ちゃん、髪切った？」と話しかけてきた。

小町は、新宿のスタジオから平日の正午に毎日生放送されていた『異世界に帰っていいとも！』という番組のＭＣをしていたことがあり、その番組は土田ディレクターが担当していた。

ただ、異なる世界からこの世界にやってきた人はあまり表に出たがらないため、すぐに「ネタ切れ」

になった。

そこで、やむなく芸能事務所所属のタレントに「異世界からやってきた設定」を依頼して出演させていたことが発覚、番組が打ち切りとなり、土田はドラマ部門に転属された。

その土田が復活を期して企画した『小野小町ドラマ　渡る世界に鬼はなし』というドラマについて、この後、小町と打ち合わせをすることになっていた。

義博が、二人に疑問をぶつける。

「異なる世界のことを大っぴらに番組にしていいのですか？」

「世間の人に、異なる世界のこと、異なる世界から来た人のことを知らせる意味があるのよ」

つまり、冗談の設定、ドラマの設定として少しだけ真実を伝え、徐々に慣れさせていくという手法は、ＵＦＯ・宇宙人関係、幽霊・あの世関係でも、映画やテレビ番組・本などで行われている。その「異世界」版ということで、社会的意義がある番組に分類されるということだった。


義博には、まだ疑問があった。

歴史上の人物が、この世界に来て時間が経つのに、老けもせず生きていることだ。源義経に至っては、百五十年以上この世界に居るのに、若いままだ。

真田が「それは徐福さんのおかげだ」と、一般席の奥を指さす。

そのテーブルでは、中華風の服を着たお爺さんが、淡々と紹興酒（しょこうしゅ）を飲んでいる。

徐福さんとは、紀元前三世紀、秦の始皇帝の命を受け、日本に不老不死の薬を探しに来た徐福のことだった。

徐福は今の和歌山県に流れ着き、秦には戻らなかったという伝説がある。

義博が前に居た世界では、和歌山県新宮市に徐福公園が整備されている。また、宮崎県延岡市には、徐福が流れ着いて船をつないだ「徐福岩」がある。さらに、徐福は富士山麓に足を運び、富士古代王朝の記録『富士古文書（宮下文書）』を書き留めていた。

この世界では、徐福は不老不死の薬を持っており、時空を超えて、異なる世界からやってきた者の中の希望者に売っていた。

この世界、この店に来た人は、前に居た世界に戻らないと決めると、この世に「飽きた」らあの世に行く。しかし、大半の人はこの世が面白く、「また生まれ変わって一から人生をやり直すのは面倒、もう少しこの世に居たい」と思っているので、徐福から不老不死の薬を購入し服用していた。

この不老不死の薬は、富士山すなわち「不死山」で製造されている。徐福は独占販売代理店の権利を持ち、定期的に富士山に仕入れに行っていた。「ある組織」が、イワナガ姫に特許料を支払って製造法を聞き、あえて大量生産せず「手作り」にこだわることで希少性、ブランドの価値を維持している。

天孫降臨したニニギノミコトが、美しいコノハナサクヤ姫とともにやってきた、不細工だが不老不死の秘法を知るイワナガ姫を送り返さなければこのようなことにならなかったのに、運命とは分からないものだ。

義博は、「人を見た目で判断してはならない」ということも一理ある気がしてきた。

「じゃあ、徐福さんが、ここでは最も格上の方なんですね。さすがの風格です」

義博が徐福におべんちゃらを言うと、徐福はグイッと紹興酒をあおった。

「一番古参なのはわしじゃが、格が一番上の親分は、わしから二百年ほど後に日本に来た『存在』で、わしなど足元にも及ばないよ」

その「存在」は光り輝いていて、実際どんな姿形か、誰も見たことがないらしい。

中東からはるばるシルクロードをたどり、海を渡り、今の長崎県諫早市に上陸。日本各地を巡り、最後は今の青森県三戸郡新郷村で亡くなったことになっていてお墓もある。さらに、その周辺には「大石神ピラミッド」があり、知る人ぞ知る名所だ。

トイレに行くためにVIP室から出てきた信長が、義博の耳元で「本能寺の変の後、日本を抜け出したわしがローマ教会でお仕えしていた『存在』じゃ」と声をひそめた。

義博はすぐにピンときた。

「ひょっとしてその『存在』は……」と言おうとした時、全ての客が「シーッ」と反応した。

その「存在」に会うと、元の世界、それも元の時間に戻れるかもしれないが、その「御名」を口に出すと、もう会えなくなる。

そのため、皆、口に出さない。その代わり、その「存在」について語るときは、「yes！」と言うと説明された。「yes！」という言葉自体は一般的な言葉なので、「存在」の御名を口に出したことにはならないということだ。また、「yes！」のアクセントは「e」に置くことになっていた。

いつかその「yes！」に出会えれば、前に居た世界、それも元の時間に戻れるかもしれない。

義博に、わずかながら希望の光が見えてきた。

ここまでの話を総合すると、このスナック「輪廻転生」は、日本人のほか、国籍は関係なく日本で行方不明になったか、世界の他の地域で行方不明になって日本に来てしまった人たちが、口づてに集まってくる場所だった。

閉店時間が迫ってきた。

最後はチークタイムだ。スモークが焚かれ、スポットライトに浮かぶ織田信長が、「人間五百年　下天の内をくらぶれば　夢幻の如くなり」と一般客席の間をぬって華麗に舞う。

ステージ上では、国民的歌手、ナミエ・オキナワ最大のヒット曲『ギブ・ミー・チョコレート』を小野小町が平安調に優雅に歌い、アメリカ軍海兵隊の軍服を着たジョーンズとエルドリッジ号乗組員が客席を回りチョコレートを配る。

時代を超え、国籍を超え、男女がゆったりとチークダンスを踊る。

実に荘厳で国際色豊かだ。

義博が帰ろうとすると、真田が見慣れない酒を飲みながら、スマホで誰かに電話していた。「雪丸」「谷山」と聞こえる。義博は薩摩出身なので、その地名に心当たりがあった。

「ひょっとしたら、あなたは真田信繁さんですか？」

「俺を『幸村』でなく本名で呼ぶとは、『通』だね。そうだよ。家康があれほどの力を持つ前に、三方ヶ原の戦いで武田の殿に負けて逃げ帰った家康を叩こうと思って、一五七三年の三方ヶ原に時々移動しているんだ。

ついでに今の浜名湖の東、『ときのみや駅』にも寄って、君みたいな『きさらぎ駅』を探しに来た奴を拾ってくるんだ」

真田はスマホをいじりながら得意気に答えた。

道理で、如月駅を「じょげつ」と読むたとえで、戦国武将の黒田官兵衛、つまり黒田如水を出してくるわけだ。

「ただ、俺が声をかけるのは、気に入った奴だけだよ。『きさらぎ駅』を探すほとんどの人は、異なる世界に行けなくて帰っていく。たまに本当に『きさらぎ駅』に着いても、その時に俺が『じょげつ駅』に居ることもあるし、『きさらぎ駅』に居ても声をかけなければ、元の世界に戻るか、どこかに行ってしまって行方不明になる。

君は、薩摩出身で、島津氏の血を引いているから声をかけたんだ。島津の殿には世話になったからね」

義博が「電話で話した相手は誰ですか？」と尋ねた。

「秀頼さん、あ、秀頼さんだけじゃ分からないか。豊臣秀頼さんの息子。世間では『天草四郎』って呼ばれているよ。俺は、天草四郎じゃなくて、本名の益田四郎時貞、普段は四郎さんって呼んでいる。四郎さんは何人も居たとされるけど、みんな同じ四郎さんだ。

量子力学って君なら分かるよな。その応用で、四郎さんは同時に複数の場所に存在することができるんだ。だから、島原の乱で戦死したとされているけど、同時に別の場所に存在する四郎さんが生き延びたんだ」

誇らしげな真田。

同じ人間が同時に複数の場所に存在するいわゆる「ドッペルゲンガー」現象は、義博が前に居た世界でも発生していた。有名な例としては、文豪・芥川龍之介が自身のドッペルゲンガーを見たという。

ただ、量子レベルでは同時に複数の場所に存在できるが、大きくなると存在できない理由がいまだ解明されておらず、「とにかく量子レベルでは同時に複数の場所に存在でき、また、観測するまでは重ね合わせ状態である」と主張されていた。関連して「シュレーディンガーの猫」「コペンハーゲン解釈」「エヴェレットの多世界解釈」などが議論されていたが、ここまでくると文系の義博の理解を超える。

しかし、この世界では、量子力学の謎が解明されていた。

真田が続けた。

「実際、同時に複数の場所に存在することが可能なんだ。だけど、江戸時代にそんなことができたのかって思うだろ？　そもそも、四郎さんが『神の子』って呼ばれるのはなぜだろうね。まあ、今に分かるさ」

神とはひょっとしたら「ｙｅｓ！」のことで、天草四郎はその「存在」から方法を教えてもらったのかもしれない。

義博が考えていると、真田が店のシャッターを閉め始めた。

「閉店だよ。まあ、まずは小町さんと、次の新月の日に京都に行って、君が前に居た世界に戻れるかどうか試してみるんだな。戻れなかったら、次の上弦の月の日にまた顔を出しな」

次の新月の日、二〇二〇年一月二十五日の午後、義博は、小町とともに、新幹線「ひかり」で東京から京都に向かった。

小町には「前に居た世界からこの世界に来る直前、関ヶ原から何かおかしかった」と話してある。そのため、名古屋を過ぎたあたりから二人とも注意していたが、何も発生しなかった。

京都に着くと、まず、京都駅からそれほど遠くはない「小野篁の井戸」に向かう。

すでに日は沈み、暗くなっており人影はない。

思い切って井戸の蓋を開け、中を覗き込む。

中も真っ暗で、「底知れぬ」とはまさにこのことだ。しかし、どうこう言ってはいられない。

「これで僕が帰ってこなければ、前に居た世界に戻った、またはさらに別の世界に行ったということです。真田のマスターをはじめ、皆さんによろしく」

小町に告げるやいなや、義博は井戸に飛び込んだ。

最初は加速していたが、途中でスピードが遅くなり、軟着陸のように井戸の底にゆっくり落下していく。

その時、足に何かがぶつかり、跳ね返され、井戸の外に放り出された。義博が我に返ると、小町に乗っかっている。

「す、すみません！」

謝る義博の足元を、小町がじっと見る。

そこには、「おしろい」がべっとりとついていた。さらに、ほのかな「お香」の香りがする一メートルはあると思われる長い黒髪が数本、義博の体にまとわりついている。

小町が笑い出した。

「これ、私のよ。平安時代に居た頃は、おしろいを塗りまくって、髪は伸ばし放題。それに、焚きこんでいたお香の香りがする。前に居た世界で一度この井戸に落ちた時、井戸の底で誰かにぶつかって跳ね返されたんだけど、それ、あなただったのね」

もし、その時の小町がこの世界に来ていれば、小町が二人になってしまう。

同じ世界・同じ時間に同じ人間が二ヶ所以上に存在することは可能だが、別の世界・別の時間の同じ人間が同じ世界・同じ時間・同じ場所に存在することは不可能で、だから跳ね返されたとしか説明できない。

科学がさらに進めば、別の世界・別の時間の同じ人間が同じ世界・同じ時間・同じ場所に存在することも可能になるかもしれないが、平安時代と現在の時点の科学では不可能なのだろう。

よく考えれば、「黄泉の国」で電車に乗った義博とホームから落下した義博についても、同じ世界だが別の時間に居る同じ人間が同じ時間・同じ場所に存在することになったので、義博を乗せた電車が引き返していったのだ。

さらに、小町の話によれば、この井戸は現時点では平安時代につながっている。つまり、この井戸に再度飛び込んでも、義博が前に居た世界に戻ることはできないということになる。

平安時代の小町は、再び平安時代のこの井戸に落っこちて、今より少し前のこの井戸から出てきた。その時は、小町がこの世界には居なかったため、井戸から出てこられたのだ。

「小野篁の井戸」を後にし、義博と小町は、京都南部の伏見に向かった。

一五九六年九月の「慶長伏見地震」と、一六〇〇年七月の「島津義弘公　伏見城入城拒否」が、義博が前に居た世界からこの世界に移動したことに何らかの影響を与えている可能性がある。そうならば、義博が伏見に行けば、何か発生するのではないかということだ。

まず、宿泊するホテルで、異世界に行く方法、「エレベーター」を実験することにした。

義博が前に居た世界では、有名アイドルグループのメンバーが、泊まっていたホテルのエレベーターで偶然異世界に行ってしまったという話があった。それは京都のホテルだ。つまり、京都のホテルで「エレベーター」を実験する価値は十分あると思われた。

さらに、義博は、今回はエレベーターで異世界に行く方法の「三階版」を試すつもりだ。前に東京府庁で試した「十階以上版」と異なり、「三階版」の場合、いざとなれば逆順をたどればこの世界に戻ってこられる。全く意図しない世界、たとえばスナック「輪廻転生」で聞いた丁さんが前に居たようなとんでもない世界に行ってしまったら、とりあえずはこの世界に戻った方がいい。


出発前に小町が予約した、伏見城跡に近い三階建てのホテルに到着した。

部屋は別々だが、傍目(はため)には不倫カップルに見えているであろう。

案内された部屋は、入り口は別々だったが、室内の扉でつながっていた。

小町があえてこのタイプの部屋を予約したとすれば、「夜這い」を求めているのかもしれない。平安時代では当然のことで、荷物を置くために自分の部屋に入っていく小町も、そういう目で見れば、まんざらでもなさそうだ。

それはともかく、「エレベーター」の三階版は、人数制限がない。小町も一緒に行ってみると申し出たため、二人でエレベーターに乗る。

まず、三階のボタンを押し、「閉」のボタンを押しっ放しにする。扉が閉まる直前に今度は手早く「開」ボタンを押し、開いたら「閉」を押し、三階のボタンをキャンセルして「開」を押す。次に、三階↓一階↓二階↓一階↓三階↓二階↓一階↓二階↓三階↓二階↓一階↓三階と移動する。この間に誰も乗ってこなかったので、ここまでは成功だ。

三階に着いた。そこで降りずに、一階のボタンを押してキャンセル、二階のボタンを押してキャンセルし、続いて一階のボタンを押して一階に移動する。自動で扉が開いても降りずに扉が閉まるまで待ち、次に二階のボタンを押す。

二階に着いたら女性が乗ってくることが多いとされている。果たして、平安貴族の衣装を身にまとった身分が高そうな女性が乗ってきた。その女性に話しかけてはいけないので黙ったまま、一階のボタンを押してキャンセル、その後で再度一階のボタンを押すと、一階に行くが扉が開かず、そのまま三階に上がっていく。

三階に着き、扉が開いた。

踏み出すと、そこは異なる世界。

エレベーターを降りる時、後ろから「源氏の君はいずこ」と問いかけられた。

二階で乗ってきたその女性は、「光源氏を探す六条御息所（ろくじょうのみやすどころ）」だった。

伏見は、京都中心部から宇治に行く途中だ。光源氏は宇治には向かわず嵯峨で亡くなり、宇治は光源氏の子・孫たちの物語の舞台だが、分からないようだ。

義博が教えてあげようと思ったその時、『源氏物語』は架空の物語と気づいた。

しかし、その登場人物が実在する世界が存在しても不思議ではない。とにかく、二階でエレベーターに乗ってきた女性が誰であれ、話しかけてはならない。黙ってその幸運を祈るしかなかった。


エレベーターを三階で降りると、そこは、慶長年間の伏見城の天守最上階だった。

外が騒々しい。

「鳥居殿、開けられよ！」

大声が聞こえる。

まさに一六〇〇年七月、関ヶ原の戦い直前の伏見城だ。

鳥居元忠が「家康様の指示書がござらぬのでお断り申す」と答え、押し問答が続いていた。

島津義弘公は、それに先立ち、領地・薩摩の都城で発生した「庄内の乱」、まさに義博の出身地で発生した乱の解決のお礼を述べるために徳川家康を訪問し、家康から「会津の上杉景勝を攻める際は、伏見城の留守居を頼む」と託されていた。

なぜ指示書がないのかは謎だが、ここで鳥居元忠が島津義弘公を伏見城に入城させていれば、島津は東軍・徳川方になり、歴史は大きく変わっていたはずだ。

「あいや、鳥居殿、先般、それがしも家康様からその旨聞き及んでおりまする。今、島津殿を入城させねば、当方が家康様に叛意ありとみなされかねませんぞ！」

義博がとっさに天守から大音声をあげた。

すると、鳥居元忠が「あい分かった！　島津殿、お勤めご苦労でござる！」と城門を開ける。名馬に乗った島津義弘公が威風堂々と入城してきた。

「この方が義弘公か。名将、名君と呼ばれるにふさわしい」

義博は感嘆した。

これで歴史が変わり、関ヶ原の戦いは東軍大勝利、ひょっとしたら圧倒的戦力差で関ヶ原の戦いすら起こらないであろう。

「このことで時空が歪み、前に居た世界に戻れるかもしれない」と義博が思ったのも束の間、「歴史を変えてしまったのかもしれない」という不安が頭によぎった。

その時である。

突然地鳴りがし、すぐに激しい縦揺れがきた。この揺れ方は、直下型地震だ。

「地震だーっ！」「殿を守れ！」「火を消せ！」と怒号が飛び交い、伏見城内がパニックになった。

柱が軋み、建物がメリメリと音をたて、天井が落下する。

外を見ると、瓦、漆喰がバラバラと崩落し、人が馬が逃げ惑う。阿鼻叫喚とはまさにこのことだ。

義博が前に居た世界で、新幹線「のぞみ」に乗車中、京都付近で見た夢の風景そのままだ。義博が前に居た世界からこの世界に来たのは、やはりこの地震が時空を超えて影響したためと確信した。

これは、慶長伏見地震のはずだ。ただ、一五九六年九月に発生したはずなのに、義博がこの世界線に介入したことで、発生日時が変わったと考えられた。

義博が前に居た世界では「時間は一方向、過去から未来に向かうのではなく、未来から過去にも向かっていると証明された」と科学者が発表していた。

その時は「眉唾（まゆつば）」と批判されていたが、実際、義博の目の前で、四年前に発生したはずの地震が、今起きている。時間が同一平面にあり、向きが存在しないならば、島津が伏見城で徳川方になったことで、歴史上はその四年前にあった慶長伏見地震が四年後にズレて発生したと考えられた。

このままでは、この時代で義博と小町は死んでしまい、持っているスマホなど現代の物は、この時代になかったはずの物、つまり「オーパーツ」として将来発掘されるだろう。「戦国時代にスマホがあった」に類するニュースは、前に居た世界でも義博は見聞きしていた。ただ、自分がその当事者になるとは思いもよらない。

急いで「エレベーター三階版」の逆順をして、エレベーター三階版をする前の世界に戻るしかない。

一足先に逃げた小町が、エレベーターの扉を開けて待っている。義博も乗り込んだ。

エレベーター三階版は手順が複雑で、さらにその逆順をしなければならない。頭がパニックになっているため、エレベーターのボタンを押し間違える。

こういうときに備え、義博は、スマホではなく紙に手書きで、エレベーター三階版の手順と逆順をメモしていた。やはりアナログが一番確実だ。

落ち着いてそのメモの通りに逆順をたどり、義博と小町は、「エレベーター三階版」をする前の、現代の京都・伏見のホテルに戻ってきた。

島津が徳川方になった影響で、歴史が変わったのか気になる。

スマホで調べたところ、伏見城に入った島津義弘公が石田三成と内通しているとの讒言があり、島津は徳川方ではなくなった。関ヶ原の戦いは歴史通りに発生し、島津は西軍になり、関ヶ原の戦いは東軍の勝利となっていた。

地震は、一五九六年九月に一度目の慶長伏見地震があり、一六〇〇年七月の地震は、その余震の第二慶長伏見地震とされている。

要するに、世界線が収束しており、現代への影響はほぼない。歴史の修正力は、かなり強いものであることが確認された。


義博はその夜、東京に居る妻・睦子には気が引けたが、平安女性への礼儀として、夜這いすることにした。

ホテルの部屋の室内、小町の部屋につながる扉の前に立つと、その扉には、たおやかな文字で和歌が書かれた和紙が貼られている。

「花の色はうつりにけりな いたづらに わが身世にふる ながめせしまに」

小町は、平安美人だった頃からすると、今は、良い方に「うつりにけりな」だ。

しかし、かつて小町を口説いた在原業平が今の小町を見たら、やはり驚いて逃げ出すだろう。

それでも、小町の記憶の中の在原業平には絶対にかなわない。夜這いは諦めることにした。

小町は少し前、「業平橋」から「とうきょうスカイツリー」への駅名変更の反対運動の代表をしていたらしいが、さもありなん。

「わたの原 八十島（やそしま）かけて 漕ぎ出でぬと 人には告げよ 海人（あま）の釣舟」

小町の祖父・小野篁の和歌を返歌として書き残し、義博は、釣舟ではなく始発の新幹線で一足先に東京に戻った。

結局、京都では、義博が前に居た世界に戻ることはできなかった。

次の上弦の月の日、二〇二〇年二月二日の夜、義博は、新宿のスナック「輪廻転生」に行き真田に事の顛末を報告した。

「そうか。それなら、今日は四郎さんが顔を出すから会っていくといい」

奥のテーブルに案内されると驚いた。

隣のテーブルの席に、義博が前に居た世界での妻、先日、帝都大学本郷地区浅野キャンパスで出会った弥生が座っていたのだ。

弥生の前には、呪術の化粧をした彫りの深い顔立ちの女性が偉そうに座る。テーブル上の水晶玉とタロットカードを指さしながらしたり顔で話し、弥生が神妙な面持ちで聞き入っている。

義博が弥生に挨拶した。

「先日はどうも」

一瞬驚く弥生。

「ここに秋津さんが居るということは、秋津さんも別の世界から来たのね。『弥生式土器発掘ゆかりの地の石碑』の横で会った時から、なんとなくそうじゃないかと思っていたの。だから話しかけたのよ」

自らの直感が正しかったことに安堵したような口調で説明すると、目前の女性を紹介する。

「こちらはヒミコさん。私がこの世界に来て悩んでいる時に、新宿を歩いていて声をかけられたの。このスナックを紹介されて、ここでたまに占ってもらっているのよ。今、悩んでいることがあって相談中でね、本当によく当たるわよ」

「ヒミコさんって、あの『卑弥呼』さん？　本物だ！」

義博が声を弾ませる。

「たしかに私はヒミコです。あなたが今日ここに来るのも分かっていました。これもまた運命です〜」

妙に語尾を伸ばす、イラッとする口調で話し始めた。うさんくさいことこの上ない。

それに、「倭の女王」のヒミコがなぜ西洋式の水晶玉とタロットカード占いをしているのか、極めて疑問だ。

ヒミコは、しげしげと義博の顔を見て、「あなたは悩みがありますね」と、さもたいそうなことかのように告げた。

「悩みがない人が居るわけないでしょう。みんなにそう言ってるんじゃないんですか？」

「あなたは怒っていますね。私に分からないことはありません」

今度はドヤ顔だ。

不毛なやりとりが無限に続きそうなので、言い返す気もなくなる。真田によると、ヒミコはこの世界で姉御肌の占い師をしており、「新宿の姉御」として有名ということだ。

義博は、ヒミコに占ってもらうのではなく、元々興味があった質問をした。

「邪馬台国はどこにあったのですか？」

義博が前に居た世界では、北九州説と畿内説が激しく争っていた。

さらに、『魏志倭人伝』に書かれている通りに移動すると、その位置が九州のはるか南になってしまい、そこには陸地がないという疑問もあった。

決定的な証拠がない以上、やはり、ヒミコ本人に聞くのが一番だ。

「首都が一つじゃなきゃいけないんですか？　二つじゃ駄目なんですか？」

どこかで聞いたような答えが返ってきた。

ヒミコによると、首都は二つ。つまり、北九州説も、畿内説も両方正しい。

「東京府が首都ですけど、大阪県も『大阪府構想』で副首都になろうってしているでしょ。邪馬台国も、平和な時は北九州の首都で大陸の国々と交流し、大陸の国々との関係が悪化すれば畿内の首都を文字通りの首都にする。首都が複数あるって大切なことよ」

言い方は癇に障るが、もっともな話だ。

「ヒミコさんは、どちらの首都に居たのですか？」

「北九州でもあり畿内でもあるのよ」

どうやら、古代でも、巫女だったので量子力学の知識があり、二ケ所に同時に存在できたようだ。

また、大勢の移動には「空飛ぶ船」を使っていたということで、おそらくＵＦＯと考えられた。

「『魏志倭人伝』のルートだと、邪馬台国の位置は九州のはるか南、海になってしまうんですが？」

「それもまた正しいわ。リゾートも兼ねた第三の首都として沖縄付近にも首都があって、今は海底に沈んでいるの」

たしかに、義博が前に居た世界では、沖縄本島沖の海底に巨大遺跡があり、さらに与那国島付近の海底でも遺跡が発見されていた。

北九州の首都で魏の使者と会談した後、魏は北方なので暖かい所で接待することになり、沖縄のリゾートでどんちゃん騒ぎをしてお土産も持たせた。魏の使者は大喜びで、お礼として「親魏倭王」の金印をもらったとのことだ。

義博が宮崎県出身と話すと、「その途中で今の宮崎県にも立ち寄ったわ」と懐かしそうに語った。実際、宮崎県西都市には、『魏志倭人伝』の「投馬国」に由来する「妻」という地名がある。

ヒミコによると、二三八年に魏の明帝・曹叡に使者を送り、二四〇年に魏の少帝・曹芳が邪馬台国に派遣した魏の使者をもてなした。ここまでが、先ほどの話だ。

その後、二四三年に魏に再度使者を送る。そして、二四七年にはヒミコが国費として魏に招待され、ヒミコ自ら魏の首都・洛陽に出向いた。

その歓迎の宴席に、かの曹操をも手こずらせた仙人・左慈が登場し、一緒に鶴に乗って四川省の山奥にパンダを見に行き、パンダと遊んでいたところ押しつぶされ気絶。目が覚めたら現代、一九七二年の日中合同声明によって国交を回復した際、両国の友情の証として中国から日本に贈られたパンダを輸送する船の中だったそうだ。

スタッフが多く、ヒミコが一人増えても怪しまれない。そのまま上野動物園で働きながら、生活の足しにと呪術の知識を活かして御徒町（おかちまち）のガード下で占いをしていた。

ある時、新宿の方が稼ぎがいいと思い新宿で占いデビューしたところ、たまたま新宿で生放送中の『異世界に帰っていいとも！』の街頭ロケで取り上げられ、今では引っ張りだこということだ。その『異世界に帰っていいとも！』の土田ディレクターとＭＣの小町の紹介で、このスナック「輪廻転生」にも顔を出すようになっていた。

「ある日、私の前を弥生さんがフラフラ歩いていたの。『悩みがあるのではないですか？』と声をかけると『別の世界から来て困っています』と嘆くんで、この店『輪廻転生』を紹介したのよ。毎月一回、上弦の月の日、ここで占いとセミナーをしているの。あなたも会員にならない？　加盟金と会費はそれなりに頂くけど」

ヒミコが怪しいセミナーに義博を勧誘してきた。

義博は、ＵＦＯ、宇宙人、ＵＭＡ（未確認動物）、地底人、あの世、前世、来世、幽霊、未来人、予言、預言、占い、パラレルワールド、都市伝説など、スピリチュアルなことは全て信じている。しかし、このようなセミナーには一切関わらないことにしており、丁重にお断りした。

すると、ヒミコは「会員を五人連れてきたら昇格して、毎月ロイヤリティが入るわよ。考えておいて」と、怪しげなパンフレットを取り出す。

この勧誘の熱意は見倣うべき点もある。

しかし、巻き込まれるのはごめんだ。

「ねずみ講もしているとは、この手の話のロイヤルストレートフラッシュですね」

「ねずみ講じゃなくて、『ネットワークビジネス』よ。それに、トランプ占いもしているのよ。実は、私、アメリカのポーカー大統領の裏の政策ブレーンなの」

これ以上関わらない方がいいことは明白だった。

目を輝かせてヒミコの怪しい話を聞いていた弥生が、前に居た世界のことを話し始めた。

弥生がこの世界に来る前に居た世界は、女性は働かなくてよく、勤めても、結婚すれば「寿退職」という世界だった。

弥生は、子供の頃から勉強が好きで研究者になりたかったのに、女性なので大学には行けない。高卒で就職した民間の研究所では主にお茶くみとコピーなどの雑用係で、日に日に不満が高まっていた。

ある年の三月下旬、職場で花見をすることになり、雑用係の弥生が上野公園の桜の下で場所取りをすることになった。満月の日、ブルーシートを広げて満開間近の桜を眺めていると、ホームレスと間違われ警察官から職務質問を受け、とうとうキレた。

「なんで私がこんなことをしなければならないの？」

ブルーシートに退職届を書き置きして逃げ出すと、見知らぬ駅の入り口があり、地下に向かう階段があった。

「あれ？　上野公園の中の駅は廃止になったんじゃないかしら？　花見の時期限定の臨時駅？」と思いながらその階段を下りていくと、ホームがあり、線路があり、駅名標には「きさらぎ」と書いてある。東の隣駅は「むつき」、西の隣駅は「やよい」で、ホームは無人だった。

ほどなく、「むつき」駅方面から、運転士・車掌も客も乗っていない無人の電車が到着し、ドアが開く。誘われるように乗り込むと、「次は、やよい、やよい。お出口は左側です」と車内放送が流れた。

自分の名前だ。

反射的に弥生が「やよい」駅で降り、無人の地下ホームから地上に向かう階段を上がると、言問通り沿いの「弥生式土器発掘ゆかりの地の石碑」の横に出た。上野公園からは、ほぼ地下鉄一駅分の距離にあたる。

遠くから、男性数名が「弥生さーん」と叫ぶ声が聞こえた。

「弥生先輩、捜しましたよ。弥生先輩の誕生会なのに、酔い醒ましで出ていって戻ってこないんで、事故に遭ったんじゃないかと心配していたんですよ」

弥生は「帝都大学大学院工学系研究科博士課程二年生」で、重力研究をしている鷹山鳩教授の研究室所属となっていた。

弥生は喜んだ。

やっと自分の能力を発揮できる、望む世界に来たと。

しかし、現実は甘くなかった。鷹山鳩教授自身は女性が働くことに理解があったが、この世界もまた女性は家事・育児、男性は仕事で、前に居た世界より少しマシという程度だった。

弥生は、博士課程修了後は鷹山鳩教授の助手になった。

世間的にはほぼ知られていないが、研究者は、博士課程を修了しても任期付き・非常勤の研究員になり安定した職に就けない、いわゆる「ポスドク問題」がある。男性でもそうなることが多い。まして女性の弥生は、常勤の助手となっただけでも幸運と言える。

先日、弥生は、自分がこの世界に来た「弥生式土器発掘ゆかりの地の石碑」付近をウロウロしている義博を見て、義博が弥生と同じく地下鉄に乗って別の世界から来たと直感し、声をかけた。ただ、義博が安田講堂前広場の地下から来たと分かり、別の世界の話はしなかったということだ。

そして、今日、このスナック「輪廻転生」で出会ったことで、義博が別の世界から来たと分かり、自分の経験を話すことにしたのだった。

「初めて会った時から、秋津さんが他人とは思えないのよ。なぜかしら?」

首を傾げる弥生。

義博が前に居た世界で夫婦だった影響だろう。

「袖すりあうも多生(たしょう)の縁」ならぬ「袖すりあうも異世界の縁」だ。

前に居た世界よりは良い世界とはいえ、弥生はこの世界にも満足しておらず、今後どうするかについて、時折ヒミコが占って相談に乗っているということだ。

「きさらぎ駅が、まさか東京、それも上野公園の地下にあったとは初耳だ。浜松に行っている場合ではなかった。今度行ってみるか……」

義博が考えていると、その胸の内を見透かすように、真田が説明した。

「きさらぎ駅は、いつも一定の場所にあるんじゃないよ。人にもよるし時間にもよる。弥生さんの『条件』が揃ったから、その日、その場所に出現したんだ。君が今、上野公園に行っても、きさらぎ駅は出現しないいだろうね」

「条件」とは何だろう。それを解明すれば、前に居た世界に戻れるかもしれない。

義博の頭の中に、考える手がかりができた。

「ボンソワール！」

入り口の扉が開き、大声のフランス語が聞こえた。

それに続き、「こんばんは」「グッドイブニング」「グーテンアーベン」「ボナセーラ」「ブエナスノーチェス」「ボアノイテ」「晩上好（ワンシャンハオ）」。

「分かった分かった、もういいよ、サンジェルマン。止めないと何ケ国語で挨拶するか分かったものじゃない」

真田が呆れた表情で遮る。

「サンジェルマン？　あの、時空を超える、不老不死のサンジェルマン伯爵だ！」

義博は二度見した。

いかにもフランス貴族然としており、若い。音楽室にある作曲家の肖像画のような髪型をしている。

義博が前に居た世界では、一九八四年から日本に住んでいると噂されており、それは某有名漫画家という都市伝説もあった。

「ジョフクサーン！」

サンジェルマン伯爵が笑顔で手を挙げる。

「おう、さっき富士山から帰ってきたところだ。ちょうどいいブツが入ったよ」

奥の席の徐福が、手元の鞄から「不老不死の薬」を取り出した。

サンジェルマン伯爵は、時空を超え、異なる世界を行き来できるので、徐福から不老不死の薬を仕入れて希望者に売っていた。

二人の話によると、ドイツから南極に逃げたヒスター総統は大のお得意様で、さらにロシア連邦のラスプーチン三世首相も愛用者だ。

義博は、ヒスターが生きていることは知っていたが、ロシア連邦のラスプーチン三世が不老不死の薬を愛用しているとは知らなかった。

よく考えれば、ロマノフ王朝末期の怪僧ラスプーチンの孫にしては見かけが若い。年齢は詐称できても、見かけと肉体年齢は操作できないはずだ。ラスプーチン三世の百年前の姿と言われる写真が出回っているが、当時と今の外見は、ほとんど変わっていない。不老不死の薬を飲んでいるのならば納得がいく。

もちろんサンジェルマン伯爵自身も愛用者で、全く年を取っていない。

サンジェルマン伯爵は、いつもこの店でパンケーキを食べるということで、注文も受けずに真田が作り始める。

義博がその理由を尋ねると、サンジェルマン伯爵が流暢な日本語で話し始めた。

話はフランス革命に遡る。

処刑されたマリー・アントワネットは替え玉、サンジェルマン伯爵が作ったクローンで、急造のため髪を染めきらず、白髪のままで本人と入れ替えることになった。そのため、マリー・アントワネットが一晩で白髪になったという話が語り継がれていた。

クローンにも人格が宿るので、倫理的に問題があるはずだ。ただ、初対面でそのことを指摘して雰囲気を悪くすることは得策ではない。

サンジェルマン伯爵が救出した本物のマリー・アントワネットは、現代の日本で「ホットケーキ」屋を開いたが、売上がパッとしなかった。そこで、「パンがなければケーキを食べればいいじゃない」という自らの失言にかけて「パンケーキ」と名前を変えるとうまくSNSでバズッた。一種の炎上商法だ。

義博が前に居た世界で、この十年くらいで「ホットケーキ」が「パンケーキ」と呼ばれるようになったのは、この世界のマリー・アントワネットの影響だった。

義博は、意地でも「ホットケーキ」と呼んでいるが、五十歳にして「老害」の表れであろうか。

サンジェルマン伯爵は「また来るよ」「オウ・ホウヴァ」と言い残し、颯爽と立ち去った。

第五章　未知との邂逅（かいこう）

サンジェルマン伯爵と入れ替わるように、若き美少年が入ってきた。

天草四郎だ。

言われなくとも分かる。神々しいオーラがあり、全身が光って見える。いや、本当に光っている。

真田が語り始めた。

「大坂夏の陣で、俺と秀頼さんは、大坂城の地下通路を通って逃げ出したんだ。関ヶ原の戦いでは西軍だったのに領土を減らされなかった島津氏を頼って、薩摩・鹿児島まで逃げた。豊臣家の再興のためには島津氏の力が必要だったこともあるし、江戸から遠い薩摩は地理的にも好条件だったからね。島津義弘公も、よく分からない理由で伏見城から追っ払われ、関ヶ原の戦いでは意に反して西軍になったうえに東軍を中央突破した際に多くの犠牲者が出たことで面白くなかったんだろうな。俺たちをかくまってくれたんだ。いつか立つその日のために、豊臣家の財宝は桜島に隠すことにした」

義博は、前に居た世界で、子供の頃、母・朝代から「花のようなる秀頼さまを 鬼のようなる真田がつれて 退(の)きも退(の)きたり加護島(かごしま)へ」というわらべ歌を教わった。

それは事実で、やはり真田信繁は、大坂夏の陣の際、豊臣秀頼とともに薩摩に逃げていたのだ。

「秀頼さんは、その後、薩摩で亡くなってお墓もあるけど、男の子が居た。それが四郎さん。島原の乱はキリシタンの決起というだけではなく、豊臣家再興の戦いだったのは知っているよな。一六三七年のことだ。四郎さんを大将にして、七十歳の俺も参加したよ。大坂夏の陣で徳川家康をあと一歩まで追い詰めたのに負けてしまって悔いを残したからね。

島原の乱は、俺が作戦を立てたからあそこまで粘れたと思うよ。とくに原城に籠城して戦ったのは、大坂城に籠城した経験があったからさ」

　真田は自慢げに語り続けた。

「多勢に無勢で負けたけど、前に話した通り、戦死した四郎さんとは別の四郎さんが生き延びたんだ。俺は四郎さんとともに鹿児島に戻って、ほとぼりが冷めるまで、島津光久公にかくまってもらってた。その四年後、もう一度立ち上がろうと思って、隠してある豊臣家の財宝を掘り出す最中に、桜島が大爆発した。記録では『一六四二年の噴火』ってされている噴火さ。火砕流が迫って『もう駄目だ』と思った時、気を失って、気づいたら桜島と本土が陸続きになっていた。通行人に声をかけたら『大正三年』『一九一四年』ってびっくりしたよ。大噴火で時空が裂けて、一六四二年と一九一四年の桜島がつながったんだ。

『廃藩置県』で藩がなくなっていて、島津の殿の子孫に頼るわけにはいかない」

　たしかに、「大正三年の大噴火」によって、桜島は大隅半島とつながった。

　義博が前に居た世界で修学旅行に行った桜島も、当然ながら陸続きだった。

「たまたまその大噴火で、桜島の地中に埋まっていた豊臣家の財宝が地表に出ていたんだ。それをお金に換えて、徳川に一矢報いたいって江戸に出てきたら、『東京』って名前が変わっていて、江戸幕府もなくなっていた。徳川家の子孫も居たけど恨みはない。

　ただ、徳川家には複雑な思いはあったから、千駄ケ谷の徳川家の屋敷周辺を、四郎さんとよく散歩していたんだ。そして、時は流れて一九二三年、今度は関東大震災に遭って、瓦礫（がれき）に埋もれた。それで気づいたら、現代の国立競技場解体の瓦礫の中だったのさ。

徳川家の屋敷跡に『国立競技場』が建設されていたんだな。関東大震災で歪んだ時空が瓦礫の下でつながって、俺と四郎さんはこの世界の今の東京に来たってわけだ」

少なくとも、場所はたしかに一致している。

東京オリンピック関連で、準備段階から何かとトラブルが起こるのは「徳川家の呪い」と言われているが、「豊臣家の呪い」なのかもしれない。

「新宿に来たのは、このスナック『輪廻転生』の噂を聞いたからさ。

俺と四郎さんは二回異なる世界に移動したってことと、豊臣家の財宝でちょっとしたお金持ちだったんで、ここを経営していた『東洲斎写楽(とうしゅうさいしゃらく)』から権利を買い取ってここを仕切ることになった。

東洲斎写楽は、江戸時代に戻って『歌川国芳』って名前で浮世絵を描いたんだ」

歌川国芳は、現代で実際にその目で「塔」を見た後で江戸時代に戻り、東京スカイツリーが建てられた位置に「塔」を描いたということは明らかだ。

義博がこの世界に来た当初、本郷の自宅マンションからその「塔」を眺めた時の推理は、ほぼ当たっていた。

天草四郎は、元の世界に戻る気はなく、その力で、この世界の日本、世界を守ると決めていた。

「義博、君が前に居た世界に戻りたければ、次の満月の夜、高尾山(たかおさん)に来い」

義博が「何をするのか」と何度問いただしても、四郎は「その場で話す」の一点張りだ。

どうやら、他の客には秘密にしているらしい。

「島津の殿にはお世話になったから、その縁者の君は特別だ。口外無用だよ」

真田からあらためて口止めされた。

「あまり人の悪口は言いたくないけど、あの自称『ヒミコ』には注意した方がいい」

帰り際に真田に告げ、義博はスナック「輪廻転生」を後にした。

次の満月、二〇二〇年二月九日の夜、義博が国鉄・高尾駅に着くと、真田と四郎がラフな格好で待っていた。すっかり現代の東京に馴染んでおり、ポップな父親と息子に見える。ラップでも歌い出しそうだ。

三人で高尾山を登る。すでにケーブルカーもリフトも止まっており、歩いて登らなければならない。山頂に着くと、誰も居ない広場に行き、四郎が「今からＵＦＯを呼ぶ」と高らかに宣言した。

真田が秘密を明かす。

「俺と秀頼さんが豊臣家の財宝を隠している時、桜島の中からＵＦＯが出てきて、宇宙人と知り合いになった。その宇宙人と仲良くなって、秀頼さんの息子の四郎さんは『神の子』と呼ばれる力を得たんだ。同じ人間が、同時に別々の場所に存在するということは、魔術ではなく、量子力学の話さ。その方法を宇宙人が教えてくれたんだ」

義博が前に居た世界でも、桜島にはしばしばＵＦＯが出現し、噴火口に基地があるという噂があったが、それは事実だった。

宇宙人の力を借りれば、前に居た世界、それも、元の時間に戻れるかもしれない。

ただ、人間を異なる世界に移動させることは宇宙人の本来の任務ではないため、その存在自体、異なる世界に来てしまった者の中でも一部にしか教えられていなかった。

三人で三角形になり手をつなぎ、雲一つない夜空に輝く満月に向かい「ユン、ユン、ユン」と唱える。さらには「ベントラ、ベントラ」と唱える。

この「ベントラ」の呪文は、帝都大学法学部の先輩、世界に誇る文豪・八十島公夫（やそしまきみお）も唱えたということで義博も知っていたが、実際に唱えるのは初めてだった。

四郎が「来ましたね」とつぶやくと、満月が二つに分かれたように見えた。

満月が一つ急接近してきて、葉巻型に分類されるであろう光り輝くUFOが頭上で停止した。なめらかな流線型で、表面の金属それ自体が発光している。

その底の扉が音もなく開いた。いよいよ宇宙人が降りてくる。

「挨拶は日本語でいいのか、英語だろうか。握手かハグか、日本式にお辞儀だろうか」

義博がそう考えた瞬間、突如UFOの底の扉が閉まり、急反転して視界から消えた。

地球上の物体ではありえない動きだ。

何が起こったのかとUFOが飛び去った方向を見ると、満月の数倍の輝きを放つ流星らしき眩しい光が目に入った。

流星は、普通、東西南北いずれかの方向に流れ、燃え尽きていくので尾を引く。

しかし、この光はほぼ動かず、次第に大きくなっていた。流星が燃え尽きず、そのまま真っ直ぐ、地球、それも日本、それも東京に落下してきているということだ。

爆音がする。

爆発音ではない。流星が燃え尽きず、大気圏に突入した流星が空気を切り裂く音、ソニックブームだ。強烈な衝撃波が襲ってきた。大気圏突入後も流星はそのままの形を保ち、超高速で真っ直ぐ東京に向かって落下しつつあることになる。

このままでは、流星が、隕石として東京に落下してしまう。

百年以上前の一九〇八年六月のロシア・ツングースカ大爆発、六千五百万年前の恐竜絶滅の原因とされるメキシコ・ユカタン半島への隕石落下に匹敵するかもしれない。東京、日本、いや、人類存亡の危機になることは間違いない。

義博が瞬時にそう考えた時、横からレーザービームのような閃光が飛び、流星、その明るさから判断すると「火球」が大爆発を起こした。轟音とともに四方八方に明るい火花が散り、数秒後、「ドスン」と、近くに何かが落下する音が響く。三人が駆け寄ると、隕石らしき物体の破片が白煙を上げていた。

義博は、前に居た世界で、二〇一三年二月、ロシア・チェリャビンスク州での隕石落下の際に、ＵＦＯが隕石の後ろから隕石を追い抜いて爆破・粉砕した動画を観ていた。そのため、今回も、ＵＦＯが急反転して隕石を撃ち落したと分かった。

真田にそのことを話すと、二〇一三年二月のロシア・チェリャビンスク州の隕石落下は、この世界ではなかったとのことだ。つまり、義博が前に居た世界とは時間と場所がズレて、今日、東京に、同様の隕石が落下してきたということになる。

この隕石は、ジョン・タイターのタイムマシンから落っこちてこの世界にやってきた小学四年生・信太伸太郎君が「絶対に落ちてくる」と警告していた隕石であることは明白だ。伸太郎君の言葉は真実と証明された。ただ、隕石は撃ち落とされたので、大災害にはならなかった。つまり、伸太郎君は、現代版「杞憂」の本人になってしまったわけだ。

義博たちがＵＦＯをこの時間に東京に呼び出したおかげで、偶然にも隕石を撃ち落とすことができた。三人は、間接的に、東京を、日本を、世界を、人類を、地球を救ったことになる。

ＵＦＯは、しばらく空中で停止し、天空へと舞い上がっていった。

宇宙人との接触は、仕切り直しということになった。


夜遅く、義博は終電で本郷の自宅にたどり着いた。

まだ起きていた妻・睦子が「どこに行っていたの？」と怪訝そうな顔をすると、義博は「急な学者の会合があって、とにかく疲れたから寝る」と話を逸らした。

居間のテレビをつけると、東京直撃の隕石の出現、さらに謎の物体がそれを撃ち落とし、隕石の破片が首都圏に降り注いだニュースで蜂の巣をつついたような騒ぎだ。

まさか睦子に、「僕が天草四郎、真田信繁と三人でＵＦＯを呼び出して、そのＵＦＯがこの隕石を撃ち落とした」とは話せない。

寝室の布団に入って二時間ほど経ち、興奮が収まりようやく眠りについたところで、義博は、眩しさを感じて目を開けた。

廊下が明るい。

外はまだ暗い。別の部屋で寝ている睦子がトイレか何かで電気をつけたのだろうと、再び目を閉じた。

次の瞬間、寝室の入り口の扉が開き、金髪碧眼の白人男女が室内に入ってきた。

「泥棒！」

義博が声を出そうとしたが声が出ず、起きようにも起きられない。金縛りだ。

その時、直接頭の中に、声が聞こえてきた。

「この人だよね？」

「そうよ」

テレパシーだ。

ならば、こちらの心の声も聞こえるはずだ。

義博は反射的に英語で「Ｗｈｏ　ａｒｅ　ｙｏｕ？」と念じたが、テレパシーならば日本語でも通じるはずだ。

「あなた方は誰ですか？」

「先ほどは、せっかく呼び出してもらったのに、申し訳ないことをした。隕石を撃ち落としたことについて、宇宙警察銀河太陽系本部の事情聴取を受けていた。やっと解放されたんで、事情の説明とお詫びに来たんだ」

義博の頭の中に、直接メッセージが届いた。

「ということは、あなた方は宇宙人？」

義博は元々、宇宙人やＵＦＯは当然存在すると考えており、その形態についても知っていた。この二人は、「ノルディック型」と呼ばれる、北欧の人々と区別がつかないタイプの宇宙人と確信した。

二人が北欧のカフェでランチをしていれば、地球人と区別がつかないであろう。

義博が前に居た世界でも、アメリカのアイゼンハワー大統領が一九五〇年代にノルディック型の金星人と会談し、その写真が出回っていた。

そのため、実際に会っても義博は全く驚かず、むしろ「本当に居たんだ」と胸が弾んだ。


ノルディック型宇宙人の男性が、「話が早いな。お決まりの『ワレワレハ　ウチュウジンダ』って言わなくても済む」と笑う。

「僕はアダムで、彼女は妻のイブ。夫婦で宇宙警察の警察官をしている。ノルディック型宇宙人は金星人ってされてるけど、僕たちはシリウスから来たんだ。金星には、宇宙警察銀河太陽系本部があって、宇宙警察の公務員宿舎がある。格安だけどオンボロさ」

義博の記憶では、シリウス星人は善良な宇宙人で、はるか昔から地球にやってきたり、また、その魂を持って地球人に転生することもある。

つまり、シリウスは地球人の出身地の一つと知っていたので、嬉しくなった。

「僕は秋津義博っていうんだ。よろしく」

「知っているよ、ヨシヒロ。男らしい、いい名前だ。僕たちは日本語も話せるから、普通に口で話してもいいよ」

アダムは義博を褒め、話を続けた。

「アダムとイブって、シリウスだけじゃなく、宇宙の男女で最も多い名前なんだ。日本人なら太郎と花子というところだ。地球には、はるか昔、アダムとイブがリンゴを食べて神の怒りを買い、楽園『エデンの園』から追い出されたっていう神話があるだろ。それは、僕たちの先輩のアダムとイブが、シリウスから地球に来た時の話なんだ」

義博は、かねてからその神話は宇宙人の話ではないかと考えていたので、その説明に合点した。ただ、日本人の名前についての情報が古いことは引っかかったが指摘しなかった。

「そのアダム先輩とイブ先輩は、リンゴを食べたんじゃなくて、宇宙警察銀河シリウス本部の『新年仕事始め式』の最中に、スマホ『リンゴ』の電源を切らずに文字でメッセージをやりとりする『線』をしていたのがバレて上役の怒りに触れ、銀河シリウス本部から銀河太陽系本部地球支局に左遷されたんだ。その日本支部に配属されたから、日本風の通称名、アダム先輩は『彦』、イブ先輩は『乙』と名乗ったんだ。

二人が地球で『できちゃった』結婚したのが救いだった。結婚式ではタイやヒラメが舞い踊りを披露し、僕たちも出席して、夫婦で『三百年目の浮気』『五百年目の破局』を歌った。シャレのつもりだったのに、どヒンシュクを買ったよ。

最後は、国民的歌手で、結婚して引退、今は夫婦で『黄泉の国』で定食屋をしている、伊佐なみえさん最大のヒット曲、結婚式の定番、『ギブ・ミー・チョコレート』を全員で歌って、新郎新婦が各テーブルにチョコレートを配ってお開きだ。

そのアダム先輩とイブ先輩の波乱万丈の半生は、シリウスでは『スマホを見ていただけなのに』っていう映画になっている。今度観るといい」

黄泉の国での、あの「お金を置いてけ～」という美声の主は、女将の「伊佐なみえ」さんだった。よく考えれば、あの顔は、声は、義博が大ファンだった国民的歌手、「ナミエ・オキナワ」だ。

彼女の最大のヒット曲は『ギブ・ミー・チョコレート』だが、義博は、「ナミエ・オキナワ　ｗｉｔｈ　スーパーキャッツ」としてデビューしたデビュー曲『トラスト・ミー』がお気に入りだった。

ということは、「伊佐なぎお」さんは、神楽の舞い手ということになる。

たしかに、あの顔は、先日、宮崎県高千穂町の夜神楽で見た顔だ。

二人は、普段は現世に居る。そして、かつて黄泉の国の招待でライブをした縁で、黄泉の国で定食屋を経営していた。

屋号が「伊佐屋」ではなく、カタカナで「イザヤ」なのも意味があった。「イザヤ」は、旧約聖書に登場する預言者「イザヤ」と「伊佐」をかけていたのだ。

義博が前に居た世界では、イザヤとイザナギノミコトとイザナミノミコトは関連する、または同一人物とする説があったが、そうなのかもしれない。

義博が、あらためて「なんでわざわざ、ここに来てくれたんですか？」と尋ねる。

「今日のお詫びもあるけど、君はシリウス星人の魂を持っているシリウス出身者なんだよ。だから、僕たちの仲間なんで話したくなったんだ。

シリウス出身者は、他の星の出身者と比べて、別の次元、別の世界、さらには、君たちが『あの世』と呼んでいる世界と行き来できる能力がはるかに高い。実際、君は別の世界からこの世界にやってきただろうし、『黄泉の国』にも行けただろ。それが、君がシリウス星人の魂を持っている証拠だよ」

アダムが、そのことを確認するように、動けない義博の顔を覗き込む。

義博は、子供の頃からＵＦＯや幽霊を見たり、不思議な体験をすることが多かった。

それは、シリウス出身ということならば説明がつく。そのような話をすると変人扱いされることもあったが、「変」ではなかったことになる。

アダムが、とくに日本とシリウスは縁があると話を続けた。

「日本には『天孫降臨神話』があるよね。あれは、はるか昔、シリウス星人が、今の宮崎県に降り立った話だ。

ちょっと調べさせてもらったんだけど、君が宮崎県出身ということも、神をお祀りする神社の家系ということも、シリウス星人の魂を受け継いでいる証拠だ。

神武天皇が即位する時は、その助けとなるようにシリウスから使節を派遣したんだけど、その記録があるはずだよ」

たしかに、『日本書紀』には、天照大神から「十種神宝（とくさのかんだから）」を受け取ったニギハヤヒノミコトが「天磐船（あまのいわふね）」に乗って河内の国に降臨し、神武天皇に先立って大和の国に鎮座していたという話がある。

また、日本の超古代史を記した『竹内文書（たけうちもんじょ）』には、神武天皇以前の天皇、「ウガヤフキアエズ王朝」の天皇は、「天の浮船（うきふね）」で世界を飛び回っていたと記述されている。

この「天磐船」「天の浮船」は、まさにＵＦＯであろう。

義博は、その話を聞いて驚く・怖がるどころか、「やはりそうだったんだ」と嬉しくなった。

その気持ちもテレパシーで伝わったのか、アダムとイブが「ヨシヒロ、ＵＦＯに乗りたいかい？　乗せてあげるよ」と語りかける。

飛行機嫌いとはいえ、ＵＦＯは絶対墜落しないはずだ。義博は、二つ返事で「乗る！　乗る！」と答えた。宇宙人に会えた興奮のあまり、一九四七年七月、アメリカ・ニューメキシコ州ロズウェルでＵＦＯが墜落したロズウェル事件のことをすっかり忘れていた。

「ちょっと待って。ゆっくりと体を起こすんだ」

アダムが注意する。

義博がゆっくりと体を起こし、立って振り返ると、布団には義博が眠っていた。

幽体離脱だ。

「アダム、僕は子供の頃からたまに幽体離脱していたんだ」

「ほら、ヨシヒロ、君はやっぱりシリウス星人の魂を持っているよ！」

アダムとイブが満面の笑みでハグしてくる。

最初にＵＦＯに乗る時は、実体の体ではなく、幽体で乗ってＵＦＯや宇宙空間の耐性があるかを「お試し」する。

もし「アレルギー」が出た場合、実体の体だとダメージが大きいからだ。

幽体の「お試し」で免疫ができるので、二回目以降は、幽体でも、実体でも、どちらでもＵＦＯに乗ることができるとのことだ。

義博は、「幽体離脱中に体が動いてしまうと元の体に戻れなくなる」と聞いたことがあった。

そこで、いったん自らの体に戻り、左手と左足をビニール紐で寝室の机の脚にくくりつけた。そうすれば、幽体離脱中に体が動くことはない。

再度幽体離脱し、アダムとイブと、旧知の仲のように肩を組みながら寝室から廊下に出た。

二人とも、ノルディック型宇宙人についての情報通り背が高い。アダムは二メートル、イブも一八〇センチはある。イブはハイヒールを履いているのでやはり二メートル級だ。一七〇センチの義博がアダムとイブに挟まれて肩を組むと、有名な「宇宙人捕獲写真」のようになってしまう。

落ち着いて二人を見ると、日本の警察官と自衛官の制服が混ざったような服を着ている。

アダムは透き通るような白肌、そしてサラサラ金髪のイケメンで、ロシアのフィギュアスケート選手のようだ。さぞモテるだろう。

イブは情熱的な顔立ちで、宇宙人の冷静なイメージとは程遠い。肌の色は白いが、陽気なブラジル人女性を思わせる。ノルディック型宇宙人の女性は極めて美人で魅力的と本で読んだことがあったが、まさにその通りだ。

義博が前に居た世界では、地球とは太陽を挟んで反対の位置にある太陽系第十二番惑星、反地球「ヤハウエ」に住む「クラリオン星人」の女性の写真が新聞に掲載され、そのあまりの美しさに世間は衝撃を受けた。

イブは、クラリオン星人ではなくシリウス星人だが、やはり、ミス・ユニバースも裸足で逃げ出すレベルの美人でスタイルも抜群だ。歩くと、腰まであるツインテールの金髪が左右に揺れる。義博は、古風な大和撫子(やまとなでしこ)が好みだったが、金髪白人女性も悪くないと初めて思った。

玄関から外に出ると、日本の国鉄と同じブルートレインが空中に浮かんでいる。それも、「富士」仕様の24系25形とセンスがいい。十六両編成で、後部の車両が隣のマンションを突き抜けている。シリウスをはじめとする宇宙人の社会では、量子力学の応用で、同じ場所に複数の物体が重なり合うことができる技術が確立されている。実際、マンションを突き抜けていても問題はないらしい。ただ、付近住民が驚くので、義博以外には見えないようになっていた。

一九四三年のアメリカの「フィラデルフィア実験」では、実験によってエルドリッジ号が異空間に存在していた時に船体と乗組員の体が重なり合った。そして元の世界に戻った時に重なり合い状態が維持できなくなり、船体に乗組員の体がはまっていた。

しかし、宇宙人の技術では、マンションにブルートレインがはまることはない。

「量子力学を使えば、同じ物体が同時に複数の場所に存在できるし、複数の物体が同じ場所に重なり合って存在することもできる。

また、『量子もつれ』、これは君が前に居た世界でも発見されていただろうが、それにより、どんなに離れていても、一方の動きが他方の動きに瞬時に連動する。それも、別の時間、別の世界、別の次元でも連動するんだ。

見えてなくても、重なり合った世界、別の世界は、すぐそばにあって、影響しあっている。それが『マンデラ効果』や、一度も経験したことがないのにすでに経験したことのように感じる『デジャヴ現象』の原因の一つだよ」

アダムがブルートレインに乗り込みながら説明した。

ＵＦＯがブルートレインの形態になっている理由は、地球で食料などを補給するためにどこかに停める際、夜中の駅が一番目立たないからだった。

たしかに、夜、ブルートレインが駅に停まっていても、通行人は気にもしないだろう。それに、十六両編成ならば、かなりの食料などが積載できる。

補給が終わって発車した後で、たまにＵＦＯ形態に変形するのを忘れることがあるらしい。宮沢賢治の『銀河鉄道の夜』は、うっかり見られてしまった時の話だった。

「列車と間違って乗り込む地球人も居るんだ。終電後の駅にこっそり停まっているんで、普通は乗ってこないんだけどね。たまに疲れてたり酔ってたりで潜り込んでくることがあると大変なんだ。だから、僕たちは、出発前に車内の見回りをして、地球人が乗っていると降ろすことになっている」

この作業は、日本の終電後の車掌の仕事と同じだ。

「前に、見回りを忘れて、うっかり出発してしまったことがあるんだ。

東京の西、国鉄の高尾駅で離陸して別の世界に行ったところで僕がトイレに行ったら、女の子が入っていて『キャー！　どこ見てんの！』って悲鳴をあげてトイレットペーパーを投げつけられた。ヤバいと思って、悪いけど眠ってもらったんだ。

どこかに降ろそうとしたけど、朝になっていてどこの駅も駄目でね。東京上空から見ていると、山手線の原宿駅の近くに、駅舎があるのに誰も居ない駅があった。そこには立派な客車が停まっていたんで、ブルートレインが停まっても目立たない。新幹線の形なら目立つだろうけど、このＵＦＯは僕の趣味でブルートレインに変形するように設計されていたのが幸いだった。そこに着陸して、女の子をそっとホームに置いてあげたんだ。

そこが日本の皇室専用の『宮廷ホーム』だっていうのは、後で分かったよ。あの列車は『お召し列車』っていうのかな？」

義博が「うっかり忘れるとは、地球人とあまり変わらないな」と茶化すと、アダムは「ちげぇねえ。こいつは一本取られた」と肩をすくめて笑った。

江戸弁が話せるとは、愉快なシリウス星人だ。

イブは、毎年、日本で行われる年末恒例の男性アイドルグループのカウントダウンコンサートを楽しみにしていると話しかけてきた。

「あなたの好きな歌手は？」

シリウス星人もアイドルの話題が好きらしい。

「東京府文京区を拠点とする『団子坂６６６』の大ファンだよ」

「やっぱり地球人の男性も、かわいくて綺麗な女の子が好きなのね。アダムも宇宙各地のアイドル好きで困っちゃうの。私もアイドル好きなんで、お互いさまなんだけどね」

アイドルは宇宙共通の存在だった。

これまで「いい年をして、まだアイドル好きなのか」と呆れられてきた義博にとっては、心強い情報だ。

イブによると、ノルディック型宇宙人だと、形態を変化せずとも、地球人に紛れて地球のライブやイベントに普通に入場できるので便利らしい。これが、爬虫類型宇宙人のレプティリアンやドラコニアンだと、うっかり形態変化を忘れたり「シェイプシフト」で本当の姿が出てしまったりすると「動物入場禁止」に引っかかるということだ。

ただ、ライブやイベントへの入場にも、食料などの仕入れにもお金が必要なはずだ。

「地球、日本のお金にどこで両替しているの？」と義博が尋ねると、アダムが「日本では、葉っぱを拾ってお金に変えて使っている」と口を滑らした。

「キツネに化かされた」とは、ノルディック型宇宙人に騙されたことかもしれない。たしかに、金髪で肌が白く、「シュッ」とした姿は、キツネに見えても不思議はない。

そもそも、葉っぱをお金に変えて使うのは、通貨偽造・行使罪が成立する。

「それは犯罪じゃないの？　宇宙警察がそんなことしていいの？」

「ちゃんと埋め合わせはしているよ。『鶴の恩返し』『笠地蔵』って話があるように、僕たちは、地球人や動物、お地蔵様の姿になって恩返ししているんだ」

アダムは口を尖らせた。

「日本昔話」がリアルになって夢がなくなってしまうので、義博はそれ以上は追及しなかった。

古びた形態をした、しかし、最新機能を搭載したブルートレインは、はるか上空でＵＦＯ形態に変形した。

「ヨシヒロ、どこに行きたい？　どこでも行けるよ」

「月に行きたい」

「合点承知の助！」

「アダムはいったいどこでそんな言葉を覚えたのだろう？」と義博が考えている間に、ＵＦＯはあっという間に月の上空に到着した。

地球を仰ぎ見ると美しい。心の底から「地球は青かった」と感じる。

「君が前に居た世界で、一九六九年にアメリカのアポロ１１号が月に着陸しただろ。あれ、実際は月に行っていないんじゃないかって噂があるけど、行ったことは行ったんだ。ただ、大気圏から宇宙空間に出た後は、僕たち宇宙警察のＵＦＯが護衛・誘導した。

予定通り月の『静かの海』に着陸したけど、あそこは全然静かじゃない。ＵＦＯの発着所になっていて、離着陸の騒音や出迎え・見送りの声でうるさいんだ。

アポロ１１号が到着した時は、月から見たオリオン座が重要な意味を持つ位置にあって、オリオン座に向かってみんなで儀式をした。逆にいえば、そのタイミングを狙って、あの時、『静かの海』に着陸したんだ」

噂では聞いていたが、やはり、全ては理由があった。

それにしても、実状を知りもしない地球人が勝手に「静か」とか名付けるべきではないだろう。実際に「静かの海」発着所に着陸してみると、むしろ、「うるさい海」だ。窓を閉めているＵＦＯ内部にも、発着所を出発するＵＦＯを見送る『蛍の光』のメロディと汽笛が聞こえ、見送る人も見送られる人もお互いに紙テープを投げている。これが宇宙空間に漂うと、宇宙ゴミになるだろう。

「『蛍の光』は、イギリスのスコットランドに降り立った僕たちの先輩が地球人に伝えたんだ。いい歌だろう。それに、日本の学校の卒業式の定番、『仰げば尊し』を地球人に伝えたのはアメリカに降り立った僕たちの先輩だ。君が前に居た世界の日本では、『教師を尊敬することを学生に強制することになる』とかわけの分からないいちゃもんがついて、歌わなくなったよな。学生が教師を尊敬するのは当たり前じゃないか。絶対おかしいよ」

シリウス星人のアダムの方が、日本の一部の妙な教師や保護者よりよっぽどまともだ。学生が教師を尊敬しないようにするから、教育できなくなる。

この世界の日本の学校の卒業式会場には国旗・日の丸が掲げられ、国歌・『君が代』を全出席者が起立・脱帽して歌う。そして当たり前のように『仰げば尊し』を歌い、卒業生も教師も保護者も感涙(かんるい)にむせぶ。

月の裏に回ると噂通り地表に都市があり、地球人のみならず、多くの星から移住してきた宇宙人が住んでいる気配がある。よく見ると、大きな穴が開いており、月の内部と行き来している。その内部は光り輝く。やはり、月の内部は空洞だった。

「月の老舗家具屋の娘だから『かぐや姫』って呼ばれてるかぐやは、月の内部の都市に住んでる。地球観光に行った時の話を基にした、かぐや主演、シリウス星人監督の映画『銀河竹取物語』は『全宇宙が泣いた！』と大ヒット、シリウス映画の歴代興行収入二位になったんだ」

アダムが月の内部に関する情報をぶっ込んできた。

「ただ、後日談があって、かぐやの実家の家具屋に泥棒が入ったことで、かぐやが日本の貴族から巻き上げた宝物をこっそり売っていたことがバレて、炎上したんだ。

泥棒が捕まって、宇宙警察銀河太陽系本部地球支局月出張所捜査三課に並べられた押収品の中に、売り物って値札付きの『龍の頸の珠』とか貴族が献上した宝物があったから言い訳できない。世間では、泥棒なんかそっちのけで、『# 宝物を貴族に返せ』運動が起きた」

地球でもありがちな話だ。

高級クラブのホステスが、客からもらったブランド物を速攻で買い取り屋に売り払うなんて、よくある話だ。

「かぐやは、転んでもただでは起きない。続編『物取物語』で、今度は盗賊の女親分『女マウス小僧』のかぐやと、普段は貴族をしている裏の窃盗集団が、宇宙で不当に金儲けしている連中から宝物を盗み庶民にばら撒くという映画が話題を呼んだ。

かぐやは、かぐやがプロデュースしているという設定の『女マウス小僧』ってキャラで歌まで歌って復活したよ」

ただ、そこから問題が複雑化したようで、アダムが真面目な口調で話し始めた。

「かぐやたちは調子に乗って映画を制作していった。老人医療に取り組む社会派映画『こぶ取り物語』までは『飛ぶ鳥』を落とす勢いだったけど、次の、相撲部屋の女将を描く『関取物語』で失速。

そこで、起死回生を狙って、ピンク映画『寝取（ねとり）物語』を制作した。平安貴族って寝取りが仕事だったからいい出来だったんだけど、『教育上良くない！』って、一部の親たちから抗議運動をされて、映画館は『閑古鳥』が鳴いていた。

シリウスでも、『映画は映画』『芸術は芸術』って分かっていない連中が居るんだよ。大体、子供がピンク映画を観るわけがないって分からないんだ。シリウスも地球と同じさ」

たしかにそうだ。

有害と思うなら自分の子供に観せなければいい。無理に親が止めようとしても、子供は観たければどんなことをしても観る。そうやって大人になっていくものだ。「純粋培養」された子供は、どんな大人になるのだろう。

アダムが続けた。

「シリウス政府も一部の世論に過剰反応して、『寝取物語』をわいせつ映画と認定、映画館に『上映自粛』を要請したんだ。そのせいで収入が激減したかぐやは『表現の自由の侵害だ』って、シリウス政府を相手に裁判を起こした。

全宇宙が注目した判決は、『今のシリウスの一般社会において行われている良識、すなわち、社会通念に従って判断したところ、わいせつとまでは言えないので、政府の上映自粛要請は表現の自由の侵害にあたる』として、かぐやが勝訴。

『手練れ夫人の愛人』『美徳の衰え』と並ぶ『シリウス三大わいせつ事件』として、この『寝取物語』事件判決が宇宙各地の大学の法学部学生が勉強する憲法の本に載った。そのこともあって、映画『寝取物語』は話題を呼んで大ヒット。

それをチャンスと考えたかぐやは、今度は裁判で勝つまでの過程を『勝取物語』って映画にしたら、狙い通りこれまた大ヒットした。かぐやは、取り巻きの貴族に囲まれて、羽振りのいいセレブ生活をしているよ」

法学部出身の義博は、学生の頃、憲法の授業で「わいせつと表現の自由」について勉強していたので、シリウスでも同じような事件が発生していたことが興味深い。

義博自身、ドキドキしながら有名な事件の原作を読んだり映画を観たりした時、子供騙しレベルのエロでがっかりした記憶がよみがえった。

世間の過剰反応は、地球もシリウスも変わらない。

義博が映画の話題に興味を持っていると分かり、アダムはシリウスの映画事情についてさらに語り始めた。

「歴代興行収入一位は『ETO えーと』。宇宙人が地球を訪れ、地球人の子供と初めて会った時に『えーと、えーと』とお互いになかなか話せなかったことから始まる、宇宙人と子供の交流を描いた感動の物語だ。名シーン、月の前をバイクで飛ぶシーンはＣＧじゃなくて本当に撮影したんだ。ただ、そのバイクが『盗んだバイクじゃないか』とか『前かごに宇宙人を乗せるって道路交通法違反だ』ってクレームが入って、今はバイクの車検証の名前の部分を撮影して『※　これは本人のものです』とか、『※　前かごに宇宙人を乗せることについては、特別に許可を得て撮影しています』ってテロップが入ってしまって、名シーンが台なしだ。

地球と同じく、野暮なことを言う連中がシリウスにも居るってことだ」

歴代興行収入三位は、地球人少年がロボットスーツをリモコンで操作して悪い宇宙人をやっつける『機動ロボット２８号』。以下、地球共通言語エスペラント語で「優しい」を意味する「アメマ」の名前通り、宇宙を優しさと友愛で平和にする『宇宙イージス艦アメマ』、宇宙の全銀河に店を出店したパチンコ屋チェーンを一代で築いた創業者の伝記『銀河パチンコ７７７』、さらに、「気に入る服がないならば自分で作ろう」と全宇宙からアクセス可能な洋裁教室を開設し、ファッション界に革命を起こした企業の戦いを描く『超時空洋裁教室アクセス』が続く。

歴代興行収入ランキング上位は、地球の日本で密かに制作されたドキュメンタリー映画やアニメ映画が目白押しであった。

「日本映画は、日常生活、ギャンブル、いや、パチンコはギャンブルではなく分類上は『遊技』だったな。さらに、企業モノ、宇宙での戦いなど、オールジャンルで高い評価を得ていて、地球一どころか宇宙一だよ」

アダムが感嘆し、話が終わった。

「あまり長く幽体離脱していると心配だ。そろそろ地球に戻ろう」

義博が提案すると、奥に居たイブが「お茶でも飲んで一服しましょう」と、都城名物の緑茶それも玉露と、島津義弘公が朝鮮出兵の際に持ち帰ったお盆のお菓子「これ菓子」、さらに「おしぼり」を持ってきた。

「どこで仕入れたのだろう?」と思いつつ、義博は「おしぼり」で手を拭き、緑茶をすすって「これ菓子」を平らげた。

「地球のカレンダーを見るか? 怖いならやめとくぜ」

アダムが急に真面目な顔になり挑発する。

義博は、それが、青森のリンゴ農家の人がUFO内部で見たという「地球のカレンダー」とすぐに分かった。「知らぬが仏」という言葉もあるが、やはり見ておきたい。

義博が覚悟を決めて「見る」と告げると、アダムが隅の金庫からカレンダーを持ち出した。そのカレンダーは丸められており、広げると、義博が前に居た世界で、吉田茂首相が一九五一年のサンフランシスコ講和会議で読み上げた巻紙に匹敵する長さだ。

その内容は、予想に反して、はるか先のことまで書かれていた。

「あれ? 僕が聞いていた話と違う。青森のリンゴ農家の人が見たカレンダーでは地球人類の歴史の先が短いという話だったはずだけど、どうなっているの?」

「それは君が前に居た世界の話だろ。この世界では、アメリカ、ロシア、そして日本がしっかりしているから、地球人類の歴史はずっと長いんだよ。良い世界に移動できたことを感謝するんだな」

アダムが遠くを見て、ぼそりとつぶやく。

「予言者」や、神の言葉を預かる「預言者」の中には、宇宙人からこのカレンダーのようなものを見せられて、未来のことを知った者も居るのではないかと思われた。

ただ、義博は、未来のことを知ると面白くないので、すぐにカレンダーを丸めてアダムに返す。

「ヨシヒロ、君が前に居た世界は、この世界から三番目にズレた世界なんだ。近い世界ほど移動しやすくて、移動したことに気づかない人たちも居る。そういう人たちが、別の世界で経験した記憶が残っていることで発生する現象が『デジャヴ』で、それが集団で発生すると『マンデラ効果』と呼ばれるんだ。

僕たちは時間、世界、次元を超えて移動できるから、その世界それぞれの歴史のストックを持っている。普段はデータとして一部を持っているけど、宇宙が始まってから未来までの全ての事柄、思い、感情が記録されている『アカシックレコード』にアクセスすれば、その他のことも全て分かる。時間に方向はなくて、過去も現在も未来も同じ平面上にあるイメージなんだ。

もちろん、それぞれの世界の住民には、その世界の歴史しか見せられない。ただ、中には、アカシックレコードにアクセスできる権利と能力がある地球人も居るよ。そういう人たちが、『予言者』『預言者』と呼ばれているんだ」

アダムによると、地球人類の文明は過去に四度滅びていて、今は五番目の文明だ。そして、マヤの予言通り、この五番目の文明の終わりとされていた二〇一二年十二月二十一日に地球人類・文明が滅亡した世界もあるということだった。さらに、「ノストラダムスの大予言」の通り、一九九九年七月に地球人類・文明が滅亡した世界もあるらしい。

ただ、この世界も、義博が前に居た世界も、それらの世界とは別の世界なので、地球人類・文明が存続していた。


義博が前に居た世界の日本では大地震が発生し大きな被害をもたらしたが、この世界では、大地震は発生したが大災害にならなかった理由もアダムが説明した。

この世界では、日本で政権交代がなく、景気も良かったので、東北に限らず各地の海岸に「スーパー堤防」が整備されていたことが大きい。

とくに三陸沖の大地震については、スーパー堤防の設置により三陸沖で海流がズレて、宇宙警察銀河太陽系本部地球支局日本支部の三陸沖海底基地が別の場所に移設された。そのため、偶然にも震源に近くなり、大地震発生を検知した時、すぐにその揺れを抑えることができたということだ。

義博は、前に居た世界でも、海底には宇宙人の基地があると噂には聞いていたが、本当だった。はるか昔から海底には宇宙人の基地があり、ＵＦＯ・宇宙人が頻繁に出入りしていた。

たとえば、モーセの目の前の海が割れた話だ。

モーセは宇宙人と地球人のハイブリッドなので海に入っても溺れない。しかし、モーセについてきたユダヤ人たちは普通の地球人なので溺れてしまう。そこで、モーセは海を割って道を作り、全員が海底基地に入ったところで海を元に戻し、追いかけてきたエジプト軍を溺れさせた。

海底に宇宙人の基地ができたきっかけは、一万二千年前に、堕落した地球人をいったん「リセット」

するために宇宙人が地球に大洪水を起こした時、海底に基地を作ったことに始まる。その際、『死海文書』によると宇宙人と地球人のハイブリッドであるノアに命じて、生物のＤＮＡを保存したＵＦＯが「ノアの箱舟」だ。

レムリア大陸、ムー大陸やアトランティス大陸は、その時の洪水と、三千六百年ごとに地球に接近する太陽系第十番惑星ニビル、さらに、地球とは太陽を挟んで反対の位置にある太陽系第十二番惑星「反地球」ヤハウェの重力の影響による地殻変動で、海底に沈んでいた。

アダムが示した地図によると、水中基地は、海底のほか、湖の底、川の底などにもある。

フロリダ沖・「バミューダトライアングル」の海底には重要な基地があり、そこから出発したＵＦＯが、一四九二年にコロンブスと出くわしたと注記してあった。

また、ナスカの地上絵の近く、チチカカ湖の湖底基地は南米の重要基地だ。

日本付近では三陸沖や日向灘、能登半島沖には主要な海底基地があり、それぞれにさらに支部が設置されていた。

「ｙｅｓ！」のあの「存在」は、はるか昔、今の青森県から海に出て、三陸沖海底基地からＵＦＯに乗って宇宙に帰っていったと注記してある。そこに描かれている迎えに来た宇宙人の姿は、青森県など東北各地で出土している「遮光器土偶」そのものだ。

勤務している職員の癒しのために、ペットとして恐竜や鯨・イルカなどを飼っている水中基地もあるということだ。

予想通り、イギリス・スコットランドのネス湖の湖底基地は「ネッシー」を飼っていた。「どん」が助けてもらったのは池田湖にある湖底基地の「イッシー」で、丁さんが助けてもらったのは諏訪湖にある湖底基地の「スッシー」だ。注記事項によると、それぞれ、人命救助で表彰されていた。

各基地の備品一覧を見ると、ペットは「備品」扱いのようだ。

たしかに、法的にはペットは「物」で、正しい扱いだ。「うちの『子』は動物ではない」とか「家族だ」とごねて動物持ち込み禁止の店内に持ち込む飼い主は、迷惑極まりない。他人にとっては、ただの「物」にすぎない。

「宮崎県日南市の鵜戸神宮には、ワニ（サメ）の姿をしたトヨタマヒメが、ウガヤフキアエズノミコトを出産している姿を山幸彦に見られて海に帰っていったという神話があるけど、海底基地の話？」

義博がアダムに尋ねると、予想通り、日向灘にある海底基地との往復の話だった。

サメの姿というのは、元はノルディック型だったシリウス星人の一部が、長い間海底生活をしているため次第に形態が水棲動物に変化していったということだ。ただ、サメに進化するシリウス星人は少数派で、多くは鯨とイルカに進化するらしい。

義博は子供の頃の給食で鯨を食べており、今でも大好物だ。しかし、鯨がシリウス星人と知ってしまった以上、「魂のレベルでは共食いになるのでもう食べられない」と、変な悩みを抱えてしまった。

ただ、疑問が残る。鯨とイルカは哺乳類だが、サメは魚類だ。シリウス星人も人間つまり哺乳類なので、魚類には進化しないだろう。

それに、「サメ」を「ワニ」と言うだろうか。中には、トヨタマヒメは「龍」という主張もある。

トヨタマヒメが文字通り「ワニ」「龍」だとすると、レプティリアンかドラコニアンということになる。神話は、何かを隠しているのかもしれない。

アダムがさらに続けた。

「『浦島太郎』も本当の話だよ。日向灘海底基地の職員が、目立たないように亀型の小型ＵＦＯに乗って食料を買い出しに行く途中、故障して海岸に打ち上げられていたんだ。子供たちがつついても、故障していたから動かないのは当然さ。浦島さんが助けてくれなかったら、海底基地は飢えていたんだ。助けてくれた浦島さんを、常識的な範囲で基地の予算で『接待』するのは当然のことさ。

だけど、浦島さんには悪いことしたな。海中では光速で動いていたから、『特殊相対性理論』の通り、時間の進み方が遅かったんだ。浦島さんが戻ったら三百年経っていたって、うっかりしてたものだ。

日向灘海底基地の司令官は、例の、スマホを見ていて地球に左遷された『イブ』先輩すなわち『乙』、名前の据わりが悪いんで通称名『乙姫』で、責任を感じて辞職して、ルーツがある『こと座のベガ』に帰ったんだ。

その後、名前を少し変えて政治家に転身、ベガ史上初の女性のトップになっているよ」

たしかに、浦島太郎伝説は鵜戸神宮や宮崎市の青島神社が舞台とされており、さらに、浦島太郎が戻ってきてお祀りされている宮崎市の野島神社、宮崎県川南（かわみなみ）町の白髭（しらひげ）神社がある。いずれにせよ、『浦島太郎』の話が日向灘海底基地と関連していることは間違いない。

また、光速に近い高速で移動していると時間の進み方が遅くなるという「ウラシマ効果」は、やはり本当のことだった。

ここでも気になるのは、浦島太郎が「龍宮城」に行ったということだ。「龍」ならば、ドラコニアンということになる。そういえば、日本の南の海域には「ドラゴン」トライアングルもある。トヨタマヒメの件といい、ひょっとしたら日向灘海底基地は、「良いレプティリアンかドラコニアン」の拠点にもなっているのかもしれない。

「五十年くらい前、高知県の介良(けら)って場所で子供たちが小型UFOを捕まえたっていう事件も同じようなものさ。高知県沖には、日向灘海底基地の支部がある。普段から、職員が、目立たないようにUFOを小型化して買い出しに行っていたんだ。その途中で故障して墜落してしまって、子供たちに捕まった。

高知県沖海底基地支部長は、例の、スマホを見ていて地球に左遷されて『彦』と名乗った『アダム』先輩だった。アダム先輩とイブ先輩は夫婦だから、隣接する基地と支部のトップだったんだ。

UFOは子供たちにお湯をかけられたりつつかれたりで、中に乗っていた乗組員は熱中症になった。

結局自力で修理して戻ったけど、乗組員はその不始末で謹慎処分だ。

アダム先輩も監督責任を問われて辞職さ。イブ先輩を頼って『こと座のベガ』に帰った後、今はルーツがある『わし座のアルタイル』で政治家になり、アルタイルのトップになっているよ」

　アダムが一息つくと、「出産」の話に戻った。

「世界には、宮崎に伝わっているのと同じような、出産に関する神話があるよね。トカゲとか爬虫類の姿で出産していたって神話があったら、そこはレプティリアン型の宇宙人が支配している地域だから注意が必要だ。あと、大蛇が居るという伝説がある場所も同じ。たとえばオーストラリア・クインズランド州のブラックマウンテンはその典型だな。

ただ、レプティリアンは悪い宇宙人と言われるけど、必ずしもそうじゃなくて、善良なレプティリアンも居る。たとえば、ノアは、外見はノルディック型宇宙人に似ているけど、実はレプティリアンと地球人のハイブリッドなんだ。

地球人でもそうだろ。多くの日本人は真面目だけど、悪いことをする日本人も居るのと同じさ」

そこで、義博が、「宇宙人の種類について詳しく教えてほしい」と頼んだ。

地球にある情報は、やはり偏っていたり、間違っていることがあると考えられるからだ。宇宙人、それも警察官の情報ならば正確だろう。

義博の今後のために重要な情報ということで、アダムが資料を持ち出して説明した。

「まず前提として、宇宙人のタイプと、どこの星の宇宙人かは分けて考えなければならない。ノルディック型では、アンドロメダ星人、プレアデス星人、ベガ星人とその先祖のリラ星人、プロキオン星人、アルデバラン星人、アルタイル星人、アンタレス星人、アルクトゥルス星人、シグナス星人、ウンモ星人とかが有名で、みんな基本的には善良な宇宙人だよ。君の魂の故郷で、僕もイブもそうであるシリウス星人も善良な宇宙人だ。

ただ、ノルディック型の中でも、その高い能力を悪いことに使う奴が居るんだ。頭を使う悪いことが多い。とくに、経済犯や、マインドコントロールをする奴が居る。

地球人のルーツはいくつかあるけど、シリウス出身者は頭が良く好奇心旺盛、あえて困難な体験を楽しむアトラクションとして地球に来ているというパターンがある。だから、君も、せっかく良い世界に移動したのに、住みにくい前に居た世界に戻ろうとするんだろうな」

義博は思い当たるところがあった。

この世界は良い世界なのに、なぜか居心地が悪い。元々、あえて難しいことに挑戦し、困難な道を進もうとする性格だ。シリウス星人特有の思考回路のような気がする。

「ニャントロ星人はシリウスCの惑星『ニャン・トロ』に住んでいて、元をたどればシリウス星人なんだけど、どうでもいいようなくだらない悪戯をしてシリウス星人は困っているんだ。『ネコババ』『泥棒猫』って言うだろ。

日本で日曜日夕方に放映されている国民的アニメ『アワビさん』のオープニングの歌で、魚をくわえてアワビさんに追いかけられているドラ猫は、典型的なニャントロ星人なんだ」

それならば、あのオープニング画面の右側で、季節の果物の中から出てくる白猫の「シロ」もニャントロ星人なのだろうか。

「ニャントロ星人には、猫の格好で情報を集めてもらっている。日本の江戸時代の岡っ引き、今なら情報屋、民間の探偵ってところだ。エジプトで猫が神の使いって言われているのは、昔、ニャントロ星人がシリウス星人との連絡係をしていたからさ。

たまに猫がじっと空間を見つめているのは宇宙警察と交信しているからで、耳をレーダーのように動かしているのは宇宙警察からの暗号放送を受信している。猫パンチは、空間に浮かぶ情報端末の仮想画面をタッチする動きだ。

猫会議をするのは、横の連携で情報交換しているんだ。たまに猫同士が喧嘩するのは、所轄争いで、他の猫に手柄を取られたくないんだよ。

実は、『アワビさん一家』は日本のとある町に実在していて、その沖野家の白猫『シロ』は、国民的家族である沖野家の情報を探っている。たまにピンクの猫とデートするよね。あのピンクの猫は、宇宙警察本部公安情報部門の精鋭諜報員だ。大体、ピンクの猫って見たことあるかい？　明らかに普通の猫じゃないよね。

今、日本、世界で『猫ブーム』が起きているのは、監視網が発達しているってことだから注意した方がいい。犬だと吠えて情報収集の邪魔になるから、やはり猫が適任だ」

たしかに、『アワビさん』オープニング画面の「シロ」をよく見ると、直立して、両手で果物を持ち上げて腰を振って踊り、最近では時々「フライング」をすると話題になっている。やはり「只者」、いや、「只猫」ではない。

ここ十年で、世の中が猫、猫となってきているのは、地球の監視社会化が進んでいることを意味していた。大の猫好きの義博が散歩すると、見知らぬ野良猫さえ集まってくる。これは、シリウス星人の魂を持つ者として、とくに猫に監視されていたのかもしれない。義博は、大好きな猫に裏切られたような気分に陥った。

「ヨシヒロ、君が『黄泉の国』に行っていたことも、夜の帝都大学本郷地区本郷キャンパスで安田講堂前広場地下の学生食堂に入っていったことも、全部報告されているよ」

アダムが報告書を持ち出した。その表紙には、「部外秘」の印と担当「猫」の確認肉球印が押されている。道理で、義博が黄泉の国に行っていたことを初対面のアダムが知っているわけだ。

「電子化するよりも『紙』の方がセキュリティ上も安全なんだ。ハッカーは入り込めないし、誤送信、誤爆もない。大体、紙の方が『温もり』があるしね。それに、やっぱり印鑑は重要だよ」

どうやらシリウスにはハンコ文化が根付いており、ペーパーレス化は進んでいないようだ。

「『部外秘』の書類を、部外者である自分に渡して『セキュリティ』も何もあったものじゃない。シリウスの文明が進んでいるといっても、これじゃあ日本の田舎の役所と変わらないな」

義博はぶつぶつつぶやきながら、分厚い書類をめくった。

綴じ込まれている『駅運営事業受託について』の稟議書を読む。

「黄泉の国」が、鉄道経営の合理化のため「よみのくに駅」を無人化し、駅の業務をシリウス星人に委託した際、黄泉の国の情報を探るためにシリウスから「猫駅長」が送り込まれていた。

これでは、黄泉の国の情報が宇宙警察に筒抜けになる。「スパイ防止法」がない日本の一部である黄泉の国は、文字通りスパイ「天国」だった。コストしか考えずに外部に業務委託するから、情報も技術も盗まれ放題になる。黄泉の国もまた、「平和ボケ日本」そのままだ。

義博が黄泉の国に行った際に「よみのくに駅」に居た猫駅長「トラミ」は、素知らぬ顔をして、「よみのくに駅構内で男性一名がホームから線路に落下、入線してきた電車に衝突し、人身事故発生」としっかり記録・報告していた。

さらに『帝都大学関連資料』という分厚い冊子には、帝都大学の各学部、学生、教職員、授業、研究の情報が克明に記されている。宇宙警察に情報が集積されており、情報操作されかねない。

帝都大学は日本最高峰、世界最高峰の大学のため、駒場キャンパスにも本郷キャンパスにも、とくに優秀な猫が配属されていた。構内至る所で見かける猫は情報収集活動中の猫で、夜に定期的に会議をしていたのだ。

猫会議の議事録をめくっていく。

「夜、男性一名が、帝都大学本郷地区本郷キャンパスに侵入したとの報告を受け、即時に各所轄担当猫に連絡した。その男性は法学部、工学部を探った後、安田講堂前広場地下の学生食堂に入っていった。再度その男性が侵入した場合の対応について、当夜の猫会議で協議した」

担当の黒猫「ノラクロ」は、先日、義博が法学部三号館から外に出た時に走り去った黒猫に違いない。それぞれの報告書は、丁寧に「こより」で綴じられ、担当、係長、課長、部長の「肉球印」が押されていた。

書類の中に、「部外秘」とともに「異なる世界秘」と赤い太字で書かれた書類が混じっている。さっき、「別の世界の歴史は見せられない」と話したばかりなのに、いい加減にもほどがある。

その書類の表題は『ジョン・タイターと信太伸太郎君について』。

伸太郎君が前に居た世界のことが詳細に記され、担当猫は、伸太郎君の飼い猫「えもん」だった。

備考欄には、ジョン・タイターを案内する重要な任務を負っている劣等生の伸太郎君を、シリウスから四次元空間を使って輸送した秘密道具で「えもん」が密かに援助しているとの記載がある。

人事、いや、「猫事」記録にある「えもん」の写真を見ると、毛並みが青く、耳がないように見えるスコティッシュフォールド。伸太郎君は、青い猫を不審に思わなかったのだろうか。その家族欄には、「よみのくに駅長のトラミの兄」と書かれている。

青い猫「えもん」と黄色い猫「トラミ」が兄と妹。

「土田ディレクター」が制作している、猫型ロボットが主人公の国民的アニメは、その存在を「匂わせ」ているとしか考えられない。

黄泉の国にも異なる世界にも監視網を張り巡らせているとは、恐るべし、宇宙警察。

「ここまでしっかり『ホウ・レン・ソウ』すなわち報告、連絡、相談をし、相互に情報共有されているとは、日本警察に匹敵、凌駕するかもしれない」

義博は感心した。しかし、その「集まった情報」や、「部外秘」文書、「異なる世界秘」文書を、このように杜撰に管理していることは疑問だ。その管理を外部に委託していないように願いたいものだ。

書類をアダムに返す時、アダムとイブの「戸籍謄本」が床に落ちた。二人はたしかに夫婦で、千歳の同い年だった。しかし、このような最重要の個人情報の書類が公の書類に混ざるとは、本当にどうなっているのだろう。それに、シリウスにも「紙の戸籍謄本」があるとは、ハイテクなのかアナログなのか分からない。

イブが居るであろう奥の方に義博が使った湯呑・皿・おしぼりを下げたアダムが、なぜか海賊のコスプレをして戻ってきた。羅針盤の前に立ち、肩に乗せたおでこに星がある「雄の三毛猫」を撫で、あくびをする。

「今、地球、とくに日本担当を希望する猫が少なくなっているんだ。うっかりすると去勢・避妊手術されるからね。どうにかならないかな」

情報を漏洩したことを認識していない。能天気にもほどがある。

それにしても、文明が進んだシリウス星人が、宇宙航海の安全の守り神としてＵＦＯに「雄の三毛猫」を乗せるということは、迷信ではなく科学的根拠があることなのだろう。

義博は、元々、猫の去勢・避妊には反対の立場だ。男性として、「モノ」を取られることは想像しただけでも身震いする。

しかし、アダムの話からすると、去勢・避妊をしなければ、シリウスから大量の猫が日本に送り込まれて「一億五千万総監視社会」になってしまう。

少なくとも、今後は猫を見たら「ニャントロ星人」と思って警戒しなければならない。猫好きの義博にとっては厄介なことだ。

猫の話から、宇宙人の話に戻った。

「今の地球人類とその文明を創ったのは、太陽系第十番惑星『ニビル』に住んでいる『アヌンナキ』だ。地球人類最古の文明と言われているシュメール文明は、最初は日本にあった。聞いたことあるよね。そのはるか前の文明、レムリア、ムー、アトランティスや、遺跡が残っているトルコのギョベクリ・

テペは、それぞれ災害や戦争で滅んでいる。だから、今の地球人類、文明の基礎を創ったのはアヌンナキで、その始まりは日本ということになる。

文明の名称『シュメール』が『スメル』、そこを治めるのが『スメラミコト』と呼ばれるようになった。天皇のことを『スメラミコト』と言うだろ。つまり、天皇は地球人類最古の文明のトップということなんだ。もちろん、富士古代王朝ともつながっているよ。

アヌンナキが地球人類を創った目的は、地球にある金（きん）の採掘のためだ。だから、アヌンナキが善良な宇宙人かどうかは分からない。ただ、体が桁違いに大きい、いや、大きすぎて突き抜けているから、『神』って思われている。空気を読めずにそのままの姿で表に出てくるから、『巨人伝説』になるんだ。

日本にも多くの巨人伝説があるよね。東京だと『だいだらぼっち』はアヌンナキのことさ。そういえば、ヨシヒロ、君の地元にも『弥五郎どん』って巨人伝説があったな」

たしかに、義博の出身地、宮崎など南九州では「弥五郎どん」という巨人伝説がある。義博が子供の頃、地域の「弥五郎どん祭り」で「弥五郎どんは宇宙人だ」と言い張って、自治会長に「罰当たり」とぶん殴られたことがあった。しかし、弥五郎どんは、やはりアヌンナキ、宇宙人だった。

義博が「この話を、あの自治会長に聞かせてやりたい」と「思い出し怒り」をしていると、ふと、部屋の隅にある、アメリカ人と思われる白人の等身大の人形に気づいた。縦じまのユニフォームに縦じまの帽子で、背中には「１９８５」と書かれている。

「あれは何？」と義博が人形を指さすと、アダムは「君もプロ野球ファンか？　どこのファンだ？」と尋ねてきた。

義博が「大江戸」と答えると、アダムは残念そうな顔で、しかし、嬉しそうに語り始めた。

「僕たち夫婦は六甲ファンなんだ。一九八五年、六甲イエローキャッツが日本シリーズでコクシ電鉄ホワイトキャッツとの『キャッツ対決』に勝って日本一になった時に、六甲基地で記念に作ったサンダース人形さ。

僕たちの先輩がシリウスから地球に移住してきた時、多くはイギリスと、アメリカのケンタッキー州に降り立ったんだ。サンダースはケンタッキー州出身だろ。僕たちの仲間が六甲イエローキャッツを日本一に導いたって、シリウスでも大ニュースになったんだ。まさに神様・仏様・サンダース様だよ。『ミスター・イエローキャッツ』習志野が六甲の次の監督になって、監督『江顔・習志野対決』を見たいね」

大江戸ファンの義博に気を使ったのか、アダムは大江戸について続けた。

「日本初のプロ野球球団が『大江戸ジャイアンズ』ということも意味があるんだ。巨人伝説がある東京の日本初の球団だからジャイアンズ。『ジャイアンズの選手は紳士たれ』って、アヌンナキの精神が受け継がれている。

ジャイアンズのキャンプが、天孫降臨の地、宮崎っていうのも意味がある。前は兵庫県の明石キャンプだったよね。明石が、イザナギノミコトとイザナミノミコトが創った淡路島と、宇宙人の基地がある六甲山地に近いからだ。ただ、関西は六甲イエローキャッツファンが多いから、どうしても『気』

が乱れる。そこで、飛行機で移動しやすくなった宮崎キャンプになった。日向灘には海底基地もあるしね。

大江戸が強すぎても面白くないから適度に弱くなっているけど、本気でやれば九連覇どころか百連覇するくらい強いんだよ」

それでも、アダムはやはり六甲ファンらしく、最後は六甲の話で締めくくった。

「六甲が大江戸のライバルというのも理由がある。その本拠地『甲寅園』球場は、さっき話に出た『ニギハヤヒノミコト』が降臨した今の大阪『県』の交野(かたの)市、さらに淡路島と六甲山地に近い。まさに東の大江戸に対抗するにふさわしいんだ。

『イエローキャッツ』って『黄色い猫』で弱そうだけど、日本と同じ太陽神信仰を持つエジプトでは猫が神の使いだ。やはりジャイアンズのライバルにふさわしい」

アダムは、話を宇宙人の種類に戻した。

「話が逸れた。宇宙人の種類だったな。レプティリアンは悪い宇宙人って言われるけど、悪い奴の割合が多いってことだ。善良なレプティリアンは困っているよ。頭を使う悪いことをする奴が多いけど、ちょっと荒っぽいこともする。

これに対抗して、最近、宇宙各地で勢力を伸ばしているのがドラコニアンだ。いくつか種族があって、善良なドラコニアンが日本を創ったとも言われている。ただ、基本的にドラコニアンはヤバい。ガタイはデカいしオラオラ系だ。

今は、レプティリアンとドラコニアンが『地球の裏社会をどちらが仕切るか』で争っている。一般の地球人には迷惑をかけないようにしているけど、どうしても影響が出るよ。一五六一年四月には、ドイツのニュルンベルク上空で激戦を繰り広げて地球人に迷惑をかけたことがある。その戦いを描いた絵が残っているはずだ。

宇宙警察は双方を『指定宇宙人』として取り締まりを強化しようとしているけど、なかなか難しいよ」

義博も、レプティリアンが「シェイプシフト」、すなわち正体を現した瞬間の写真や動画を見たことがある。目や肌が爬虫類そのものになったり、指が伸びたりしていた。「キニニゲン」と発音させれば、レプティリアンは滑舌が悪いので正体を見破ることができるらしいが、怖くて試したことがない。

レプティリアンもドラコニアンも、まだ直接見たことはない。巨大で残忍ならば会わずに済ませたいものだ。

義博がそう考えていると、アダムが「グレイ」について付け加えた。

「しばしば『悪い宇宙人』の代表と言われるグレイ型宇宙人は、主にゼータ・レチクル星人だ。実は、良いことも悪いこともする。要は、パシリだ。良い方につけば『お使い』、悪い方につけば『半グレ』ってところだ。シュメール文明には、アヌンナキを手伝っていたって壁画が残っているよね。

一九四七年七月に、アメリカ・ネバダ州の『エリア５１』に居るノルディック型宇宙人に似ている『トール・ホワイト』型宇宙人がお使いに出したグレイのＵＦＯがロズウェルに墜落したことは、宇宙でもニュースになった。あれはかわいそうだったな。

僕たちシリウス星人も、目立ちたくないときは、グレイを雇うことがあるんだ。彼らは小柄で無表情だからね。

川底とかの基地からお使いに行くグレイは、日本では『河童』と呼ばれているよ。錦糸町の『置いてけ堀』の声の主も河童。要は、錦糸町堀底基地のグレイなのさ。悪気はないんだ」

一般的に邪悪な宇宙人とされるグレイが良いこともするということは、たしかにそうかもしれない。実際、義博の出身地、宮崎県都城に伝わる河童伝説では、河童は悪いことはしていない。ただ、「河童に尻の穴から肝と尻子玉を抜かれる」という伝承があるので、内臓と血を抜くキャトルミューティレーションをすることもあるのだろう。それでも、グレイをひとくくりにして悪い宇宙人とすることは、地球上で「男性が」「日本人が」「九州人が」とひとくくりにして貶めているのと同じことだ。

義博は、レプティリアンが地球の有力者に化けているという話を多く見聞きしており、ドラコニアンの侵入、さらには日常的なグレイの暗躍についてもほぼ知っている通りだった。

アダムが深刻な表情で続けた。

「ただ、レプティリアンも、ドラコニアンも、グレイも、悪いことをしていると自覚している分、対抗策も取りやすい。取引も妥協もする。

これよりも始末が悪いのが、正義を振りかざして迷惑をかけたり、結果として悪いことをしてしまう宇宙人だ。オリオン星人なんてその典型さ。議論が好きで完璧主義、正義感が強い。それ自体は良いことだけど、寛容さに欠ける。自分たちは正義の味方と信じ切っているから、取引も妥協もしない。

地球では、古代エジプトで、僕たちの先輩のシリウス星人とオリオン星人は協力していた。だけど、オリオン星人は正論ばかり言って議論を吹っかけるし、やってらんない。うまくいくためには、お互いの妥協が重要なんだ。

オリオン星人は、とうとう、エジプト住民の多神教を否定して一神教を導入した。宗教にまで介入するのは『寛容』に反する。シリウス星人は協力を解消して、同じアフリカのマリに移動して、ドゴン族に宇宙の知識を伝えたんだ。さすがに反発が強くて多神教に戻ったけど、エジプトでは今でもオリオン星人の影響が強いよ」

義博は確信した。

「今、日本でも、世界でも、正義を振りかざし、異なる価値観を認めず攻撃する人間が増えているよね。地球人に化けたオリオン星人が増えているか、オリオン星人の魂を持つ地球人が増えているからに違いないないな」

「その通りだ。実際、オリオン星人は、最近、地球に急速に侵入している。オリオン座のベテルギウスの寿命が尽きかかっていることは知っているよね。だから、オリオン星人はリゲルに集結していたけど、ベテルギウスが超新星爆発したら、リゲルにまで影響が出る。そこで、地球への移住ブームが起きているんだ」

アダムは地球を指さし、嘆息した。

ベテルギウスとリゲルの間にはかなりの距離があるはずだが、同じ星座ということで影響が出るようだ。

道理で、最近、日本中、世界中で、正義の味方ヅラをした上から目線の人間が増えたわけだ。オリオン星人はイケていて、地球人を遅れた田舎者って見下しているのだろう。

日本で、「田舎暮らし」という甘い言葉に誘われ、いざ移住したら「郷に入っては郷に従え」って言葉も知らず、自分たちがイケてると勘違いしてトラブる都会人と変わらない。

「エジプト・カイロ郊外のギザの三大ピラミッドは、オリオン座の三ツ星の並びと同じ配置になっているだろ。あそこが、オリオン星人の地球での出入り口になっている。

君が前に居た世界では、二〇一〇年頃から『アラブの春』って、アラブ地域の国々で革命が起こった。あれは、エジプトのピラミッドから地球に侵入してきたオリオン星人が、『民主主義は正義』って、反論しにくいスローガンを掲げて起こした革命なんだ。その結果どうなったか分かるよね。大混乱さ。

メキシコ・メキシコシティの北東にあるテオティワカンのピラミッドも、オリオン座の三ツ星の並びと同じ配置になっている。あそこもオリオン星人の地球での出入り口だ。君が前に居た世界での最近のアメリカの分断・混乱も、そこから入り込んできたオリオン星人が絡んでいるんだ。その世界のアメリカのトランプ大統領がメキシコとの国境に壁を作るのは当然さ」

アダムが地図を指し示しながら、それぞれの地点に赤い「×」をつけた。

政治学者の義博は、あの「アラブの春」は、突然発生してその後グダグダになり、結局混乱をもたらしただけのような気がしていた。アメリカの分断・混乱は、言うに及ばずだ。

全ては、オリオン星人のせいだったとすれば説明がつく。

アダムが「サンダース人形」を指さす。

「この間の大江戸と天王寺の日本シリーズ、天王寺の近藤投手の『大江戸ジャイアンズは川崎ベテルギウスより弱い』発言に『俺たちの出身星のベテルギウスを馬鹿にした』と怒って、日本シリーズの流れを変えたのもオリオン星人だ。そんな発言にまで目くじらを立てて介入する正義の味方って、ウザいよね。

家庭、学校、職場、世間、社会、日本、世界、地球、宇宙……ほどほどの善悪、『清濁併せ呑む』くらいがちょうどいいんだ。

それに、オリオン星人は、最近、レプティリアンとのハイブリッドが進んで、本当に悪質なオリオン星人も増えている。とくに今の日本は、レプティリアンとのハイブリッドのオリオン星人が多い」

大江戸ファンの義博にとっては喜ばしい「大江戸奇跡の三連敗四連勝」だったが、オリオン星人が絡んでいたとなると複雑な気分だ。

「ここしばらく、日本が、世界が窮屈になったのは、そういうことだったのか」

義博は嘆息した。

正義を掲げる分、自分たちが正しいと思っている分、厄介な存在だ。それに、レプティリアン化しているとすれば、その攻撃性の説明がつく。

一見正しそうな主張をし、ありもしない問題をでっち上げ、日本人、地球人を分断し、混乱に陥れている。非常に厄介かつ狡猾だ。

「僕たち『宇宙警察』は、善良な宇宙人を守り、悪い宇宙人を取り締まる役割を担っている。『宇宙警察』っていうダサい名前だけどね。

僕とイブは、宇宙警察銀河太陽系本部所属だ。アメリカなら州警察、日本なら方面本部かな。そして、地球支局がある。それは『県警本部』のようなもので、さらに日本支部が『署』、各地に『派出所』『交番』にあたる基地があって、巡回している」

アダムが、宇宙警察の任務と組織を説明した。

「君のことも、今まで見たことがあるよ。宮崎の平和台公園や高千穂峰の空中でＵＦＯのエネルギーを補給していた時とか。念のため、平和台公園の埴輪の中にある監視カメラの画像で確認したけど、やはり君だ。

パワースポットは、ＵＦＯがエネルギー切れになった時、ちょっとエネルギーを補充できるんだ。地球でいうガソリンスタンドみたいなものだ。とくに、高い建物や山は目印になるので行きやすい。エジプトやメキシコのピラミッドもそうだし、ヒマラヤのカイラス山、世界各地のオベリスク、アメリカ・ワシントンのワシントン記念塔はその典型だね。イースター島のモアイ像なんて、海上で燃料切れになると大変だから便利だよ。

日本では、日本のピラミッド、秋田県鹿角市の黒又山、富山県立山町の尖山、広島県庄原市の葦嶽山は、速く満タンにできるから重宝している。そういえば、宮崎の日南にはモアイ像があるよね。あれは、日向灘海底基地のＵＦＯ御用達（ごようたし）だ。

宮崎で何度も見かけて君のことは知っていたから、高尾山で呼んでくれた時、これは奇遇だと思ったんだ。君は、シリウス星人の魂を持っていることと、宮崎出身だから、これまでもＵＦＯを見たことがあるはずだよ」

たしかにそうだ。義博は、子供の頃から何度もＵＦＯを見ていた。周囲に話しても信じてもらえなかったが、本当に見えていたと確信した。

ただ、アダムがシレッと言ったが、あの夜、平和台公園で目が光った埴輪が宇宙警察の監視カメラだったということは、看過できない。

義博がその怒りを抑えつつ、アダムに尋ねる。

「なんで僕は別の世界に移動したんだ？　分からないか？」

「うーん……正確には分からないけど、おそらくは時空の裂け目が生じたんじゃないかな」

アダムによると、大地震などは、時空を超えて作用することがある。義博の場合、慶長伏見地震が発生した地点を、新幹線「のぞみ」で高速走行していたので、地震で瞬間的にできた時空の裂け目に突っ込んだのではないかということだ。

これは小町が言っていたことと一致するので、おそらくそうであろうと思われた。

「ところで、君たちは『神』なの？」

ストレートに義博が尋ねると、世界中の神話の意味では「神」「天使」で、「古代宇宙飛行士」とも呼ばれているらしい。

「ただ、本当の神はもっと上の『存在』で、畏れ多い」

アダムは口をつぐんだ。

「そろそろ帰ろう」

アダムが機器をチェックし始めたその時、突然、操縦室のモニターのスイッチが入った。

アダムとイブが立ち上がり直立不動、最敬礼をする。

UFO内は狭いため、日本海軍式の最敬礼だ。シリウス星人がどこで覚えたのか不思議だ。

荘厳な音楽が流れてきた。画面が光り輝いて見えない。

「僕たちの上司というか、さっき話した『てっぺん』の『存在』で、言い表しようがない。僕たちは『yes！』と呼んでいる」

アダムが義博にささやいた。

時折、抜き打ちで、「どのような活動をしているか、良いことをしているか、悪いことをしていないか、要望や不満はないか」などの調査のために巡回するらしい。会社でいえば、社長が現場視察するようなものだ。

そのやりとりで、アダムとイブは、隕石を撃ち落し地球人類の滅亡を防いだ功績により、次の人事異動で揃って「課長」に昇進するという内示があった。

「ヨシヒロ、君が高尾山に呼び出してくれたおかげだ。隕石を撃ち落すなんて、そう滅多にあげられる手柄じゃない」

アダムとイブがはしゃいでいる。

通信が切れた後、義博は、新宿のスナック「輪廻転生」で、徐福や信長からに聞いた光り輝く「存在」とはこの「存在」ではないかと気づいた。

その存在「ｙｅｓ！」に出会えれば元の世界、元の時間に戻れるということは、義博は、前に居た世界、それも元の時間に戻れるということになる。

「アダム、今の『存在』が『ｙｅｓ！』なの？」

義博が尋ねると、アダムは肯定も否定もせず、天を仰いでただ一言「ジーザス！」と叫んだ。

「今の『存在』に、僕を前に居た世界に戻すように取り次いでくれないか？」

「君が前に居た世界には戻せないんだ。決まりがある。偶然別の世界に移動する場合は仕方ないけど、意図的に移動させることは、その世界と歴史を変えることになるので認められていない。

さっき話した、高尾駅でブルートレインに乗ってしまっていて、原宿で降ろした女の子は特例。知らないうちにＵＦＯに乗り込んで、ＵＦＯごと別の世界の別の時間に移動してしまったから仕方なかった。もちろん、僕たちは、出発前に車内を見回りしなかったって怒られて、始末書を書かされたよ」

昇進内示の喜びが落ち着いたアダムが冷静に答える。

ただ、「これから話すのは独り言だ」として、小声で付け加えた。

「二〇一六年のアメリカ大統領選挙だけは介入したよ。文殊党のヒラリ・クルトン候補が『ＵＦＯと宇宙人の情報を開示する』って公約したからね。これまで地球との交渉を慎重に進めていたのが台なしだ。だから、宇宙人の総意で、最後の最後で現職のポーカー大統領が勝つようにしたんだ。

日本でも、地球でも、シリウスでも、なんでもかんでも『透明性』とか『情報公開』って喚[わめ]く連中が居るけど、そんなことをしたら率直な議論もできないし、妥協もできないってことくらい分からないのかな。

大統領選挙に介入したことは極秘事項なんだけど、なぜか地球でも噂になっていて、誰が秘密を洩らしたか調査中なんだ。宇宙警察銀河太陽系本部地球支局の情報部長が地球人と宴会をした時にうっかり口を滑らしたってほぼ分かっているから、宴会の飲食代の無断支出も含めて近々に処分が出るだろうな。一部の連中のせいで、宇宙警察全体の信用に関わるよ」

地球に戻り、ブルートレイン型に変形したＵＦＯは本郷の自宅マンションの上空に着いた。

「ヨシヒロ、泊まっていかない？」

イブがこっそり誘ってきた。

義博が前に居た世界では、ノルディック型宇宙人の女性は地球人男性を誘惑すると面白半分に語られていたが、まさにその通りだ。

「さすがにアダムに悪いよ。僕にも睦子って妻が居るし」

「いいのよ。アダムも行く星々で浮気してるんだから」

プーッと膨れるその顔が、子供っぽくてかわいく見える。

「アダムが居るＵＦＯの中じゃなくて、地上ならいいよ。連絡先と連絡方法を教えて」

「真田さんか四郎さんに伝言してもらえれば、どこでも行くわ」

イブが子供のように小躍りすると、ガタイが大きいためか、ＵＦＯが揺れる。

造りがしっかりしてそうで、していない。これでは、ＵＦＯに泊まると「あの振動」でアダムにバレる。やはり、地上の方が賢明だろう。

「それなら、今度は新宿のスナック『輪廻転生』で会おう」

「石川県の温泉旅館がいいわ」

石川県の羽咋（はくい）市にはよく行くらしい。道理で羽咋市はＵＦＯスポットなわけだ。

真田信繁や天草四郎経由では余計な憶測を呼ぶ。義博が羽咋市の中心で「ベントラ、ベントラ」と叫ぶことになった。


アダムがハグしてくる。

「ヨシヒロ、君がシリウス星人の魂を持つ『スターシード』ということで、兄弟の契りを結ぼう！」

義博が承知すると、アダムが操縦室の奥から盃（さかずき）と芋焼酎を持ってきた。

「薩摩なら芋焼酎だろう。それとも麦焼酎が良かったか？　猫の情報だと、君は酒が飲めなかったな。今日は愉快だ。口を付けるだけでもしてくれよ」

焼酎を手際よく盃に注ぐ。

たしかに義博は下戸だが、口を付けるくらいはいい。

ただ、いったいどこから焼酎を仕入れたんだろう。

いや、ツッコむのはそこではない。「兄弟の契り」という風習はシリウスにもあるのだろうか。

「せっかくだから、正式な作法で兄弟の契りを結ぼう」

アダムはブルートレイン型ＵＦＯのお座敷車両に義博を案内し、床の間に「八幡大菩薩（はちまんだいぼさつ）」「天照皇大神（あまてらすすめおおかみ）」「春日大明神（かすがだいみょうじん）」の掛け軸を飾り始めた。

これは、「博徒」系のしきたりだ。

義博は、宇宙にも「的屋」系の兄弟盃があるのか興味があった。ただ、先ほどのアダムの映画の話によると宇宙にパチンコが普及しており、警察はパチンコ業界と密接な関係があるので博徒系のしきたりなのだろう。

「ヨシヒロ、五分の盃を受けてくれ」

「いや、僕はまだ五十歳だ。アダム、君は、さっき書類に混じっていたシリウスの『戸籍謄本』によると千歳だろう。兄貴は君だ。五分の盃は受けられない。君から見て七分三分、せめて六分四分ってところだ」

元々、義博は筋を通す主義だ。押し問答が続く。

実年齢はアダムが千歳で義博が五十歳。ただ、アダムによると地球人換算年齢ではアダムが二十五歳ということで、義博が年上だ。

結局、五分の盃になった。

突如、アダムが「おひけえなすって！」と仁義を切り始めた。

「手前、生国はシリウス星系、シリウスの光も眩しい第二惑星でございやす。太陽系金星に仮の住まいを構えます、アダムと申しやす。稼業、昨今の駆出し者の警察官でございやす。以後、万事万端、お願い申し上げやす」

予想外のしっかりした仁義の切り方だった。

「ありがとうございます。ご丁寧なるお言葉、申し遅れて失礼さんにござんす。手前、薩摩士族、姓は秋津、名は義博、稼業、未熟な学者、以後、万事万端よろしくお願い申し上げます」

義博は『清水の次郎長』の映画を観ていたので、その通りに仁義を切った。

仁義を切りあったところで盃の焼酎を飲み干し、盃を丁寧に懐紙に包んで懐に入れる。

「これで兄弟だな」

アダムが満面の笑みを浮かべた。

それにしても、アダムはどこでこんなしきたりを覚えたのだろう。ちょこちょこ出る江戸弁といい、日本の風習に詳しすぎる。


義博が後ろ髪を引かれる思いでブルートレイン型ＵＦＯから降りると、国鉄・御茶ノ水駅の発車メロディが鳴り響く。

いわゆる『御茶ノ水サルサ』を選ぶとは、アダムは相当な「通」だ。

「出発進行！　次は、あき『ば』はらー、あきばはらー」

アダムが車掌の真似をしながら、ブルートレイン型ＵＦＯは明け方の空高く舞い上がっていった。

「ブルートレインは秋葉原には止まらないよ。大体、通ってないし」

「知ってるよ！　アキバで海賊コスプレグッズを買って『冥土喫茶』に行こうと思ってね」

テレパシーは、かなりの距離があっても通じるようだ。

義博は自宅に戻り、自分の体が動いていないことを確認して体内に戻った。

起きると明るくなっている。時計を見ると、一時間ちょっとしか経っていないはずなのに、三時間経過していた。

ＵＦＯは光速を超えていたのであろう。「ウラシマ効果」が発生していた。

次の下弦の月の日、二〇二〇年二月十六日、義博は新宿のスナック「輪廻転生」に行き、真田に事の顛末を話した。

「イブの話はもったいなかったな。俺なら断らなかったよ。即ベッドインだ。君は本当に真面目だな」

真田が感心し、さらに「君は人を見る目も確かだ」と続けた。

「例の『ヒミコ』は偽者だったよ。御徒町に居る本物の卑弥呼さんが『回状（かいじょう）』を回してきた。この間、偽ヒミコを路上で見かけて問い詰めたら『私はヒミコよ。卑弥〔子〕。嘘じゃないわ』って開き直った。弥生さん以外にも被害者のお客さんが居るから、出入り禁止にしたよ。弥生さんはかなりお金を巻き上げられていたんだ。警察に被害届を出すかもしれないな」

やはりヒミコは偽者だった。

しかし、刑法の詐欺罪は、実際にはなかなか成立しない。「騙す意思はなかった」「返すつもりだった」と言われればそれまでだ。民事責任についても、詐欺の立証は難しいし、勘違いすなわち「錯誤（さくご）」を主張しても、お金を取り返すのは難しいだろう。

頭が良い弥生が引っかかるとは。

いや、この手の話は、勉強ばかりしていて世間のことを知らないからこそ引っかかる。もっと、世の中の汚いことも教えるべきだし知るべきだ。

ただ、それよりも義博が気になったのは、ヒミコが偽者ということは、邪馬台国の位置の話が全てでたらめだったのかもしれないということだ。しかし、作り話であそこまで作り込むことは難しい。

本物の卑弥呼に聞いてみるしかないと思い、卑弥呼が回してきた回状を見たが、連絡先は書かれていなかった。

次の新月の日、二〇二〇年二月二十四日、義博は、東京から北陸新幹線と在来線を乗り継ぎ、石川県羽咋市に向かう。

冬の日本海側を象徴するような曇天(どんてん)を仰ぎ、羽咋市の中心で「ベントラ、ベントラ」と叫ぶと、「出合茶屋(であいぢゃや)『あいびき』で待っていて」とイブからテレパシーで指示が届いた。

「そんな江戸時代みたいな、ストレートな名前の旅館があるのかな……」

不審に思いながら街外れの指定された場所に行くと、看板に「あいびき」と書かれたひなびた建物が目に入る。

駐車場に停めてある宿泊客の車にはそれぞれナンバーを隠すベニヤ板が立てかけてあり、文字通りの「逢い引き」宿だ。そのくせ玄関の横には「歓迎　秋津・イブ御一行様」と堂々と掲示されていた。フロントも無人ではなく、普通に女将が居てチェックインする。本当におかしな宿だ。

捨て猫・迷い猫だったという看板猫が五匹も居たことも気になった。毛並みが人面に見える人面猫が混じっている。

部屋に入ると、しばらくして仲居がやってきた。

「どこの置屋からお呼びになったのですか？　最近、外国人の芸妓さんが入ったとは聞いたことがありませんが」

「置屋？　芸妓？　頼んだ覚えはないよ」と義博が答えると、「じゃあ、『逢い引き』なんですね。外国人の方とは隅に置けませんね」とニヤニヤして座っている。

義博が気配を察してチップを渡すと、当然のように懐に入れながら「誰にも言いませんから」と、そそくさと出ていった。

入れ替わるように、イブが入ってきた。

先日会った時は、日本の警察官と自衛官の制服が混ざったような服だった。

今日はプライベートなので目立たない服で来ると思ったが、予想に反して赤と黒を基調にした思い切り目立つ派手な和服だ。ただでさえ身長が高いのに、三本歯の高下駄を履いていて、身長が見かけ上二メートルはある。義博がいくら長身女性が好みとはいえ、デカすぎる。

顔を見ると、元々白い肌なのにさらにおしろいを塗り、眉と目の周りは赤く、頬紅、唇には笹色紅（ささいろべに）、そしてよく見るとお歯黒もしている。仲居が芸妓と勘違いするのは当然だ。

呆れて見ている義博と目が合うと、もったいぶったように「あちきはイブでありんす」としゃなりしゃなりと近づき、しなを作りながら座った。

イブによると、かつて江戸の吉原で花魁（おいらん）をしており、三陸沖海底基地からＵＦＯに乗り海中を移動し、利根川から江戸川、中川、隅田川を経由して江戸・吉原に通勤していた。ＵＦＯは、吉原のお堀

「お歯黒どぶ」の水中に隠していたそうだ。

「一度、常陸の国、今の茨城県神栖市の利根川河口の浅瀬に乗り上げたことがあって、みんなの注目を集めたのよ」

住民や漁師たちにとっては迷惑な座礁事故を、まるで武勇伝のように話す。

「江戸時代に滝沢馬琴がまとめた本の中に『うつろ舟の蛮女』という話があって、一八〇三年に、まさにその場所に漂着した大柄な女性とどんぶりみたいな乗り物の絵が残っているけど、まさか君？」

義博が尋ねると、イブが「あれは私よ」と大笑いした。

「どんぶり」のような乗り物の横に描かれている女性は東洋人風で変わった服を着ていた。花魁の格好ならばつじつまが合う。

「UFOのままだと目立つから、江戸の町に馴染む『どんぶり』の塗装をしたの。塗装代が十五両もかかっちゃったけど、かわいいでしょう」

イブは、かえって目立っていることに気づいていないようだ。

いわゆる「痛車」、いや、「痛舟」で、中に牛丼が入っていても不思議ではない。

さらに、今は帝都大学本郷地区本郷キャンパスになっている加賀藩上屋敷の地下から加賀、つまりこの石川県まで、金（きん）を運ぶための地下直通ルートがあり、加賀にもしばしば立ち寄っていたらしい。

「前にここ、加賀に来た時にも、うっかり海岸に打ち上げられたことがあって、大騒ぎになって有名人になっちゃったの」

たしかに「うつろ舟伝説」は加賀にも残っている。

だからこそイブはこのあたりをよく知っており、義博との「逢い引き」の場所に指定したのだ。今回は私用なので、ＵＦＯは能登半島沖の海底基地ではなく、金沢城のお堀に隠してあるらしい。

今日の格好は、花魁の正装だ。襟元から赤い襦袢が見えている。まさに「勝負服」だ。

「今日は、呼んでくれてありがとう。明後日まで休暇を取っているから楽しみましょう」

義博の耳元で甘くささやく。

「そうじゃなくて、今日は相談で君を呼んだんだ。どうしても、僕が前に居た世界に戻りたい。アダムと一緒に、あの光る『存在』に取り次いでほしい」

義博が懇願すると、イブがプーッと膨れた。

ちゃぶ台の上に無造作に放置してある宇宙警察の警察手帳によると、先日ＵＦＯの中で見た戸籍謄本の通り年齢は千歳、地球人の年齢では二十五歳にあたる。まだまだ子供だ。

七百歳の時にシリウス大学を卒業し、宇宙警察に勤めた。アダムとは「ある場所」で出会って結婚し、地球時間で二百年ほど経ったということだ。「ラブラブの蜜月期を過ぎて、もう倦怠期よ」と愚痴をこぼす。

「あなたが『存在』と交渉したいと考えているなら、アダムと話してみるわ」

イブがスマホ、いや、スマホの形をした通信機を取り出し、アダムに電話をかけた。

地上では、目立たないように、宇宙警察の通信機はスマホに変形する仕様だった。

何やらアダムと話しているうちに怒鳴り始め、通信機を壁に投げつけた。宇宙警察の備品だけあって、頑丈に作られているようだ。

「リリスって誰よ！　アダムの後ろで、わざと聞こえるように自分の名前を叫ぶって、どんな了見なのかしら。失礼しちゃうわ！」

アダムが、「リリス」という名の女性と居ることが分かったようだ。

「せいぜいアキバの『冥土喫茶』の店員だろうから、目くじら立てなくても」

そう思ったが、下手にとりなすと怒りの矛先が義博に向かってきかねない。

「取引しましょう。あなたが前に居た世界に戻してあげる代わりに、明後日の朝までずっと『楽しむ』こと。これが条件よ」

イブが提案してきた。話すとチラチラ見えるお歯黒が、白い肌とアンバランスで妙に気に障る。

「アダムに悪いから駄目だよ」

「あっちが浮気するなら、私が浮気してもいいじゃない！」

いきなり泣き喚く。情緒不安定のようだ。

まだ子供なのだろうか。それとも、倦怠期でストレスがたまっているのかもしれない。あらためて丁重に断る。

「東京に居る妻の睦子に悪いから、ご遠慮したいんだけど……」

「あなたの奥さんだって、今、誰かと浮気しているかもしれないのよ。知らぬは亭主ばかりなりって言うじゃない！」

ベソをかきながら、どこで覚えたんだという言葉でまくし立てるイブ。

シリウスでも浮気・不倫ドラマは人気で、日本のドラマ『金曜日の奥方たち』や『ダイヤモンド夫人』は、シリウスの「金9」「午後のひととき劇場」で高視聴率を叩き出しているそうだ。

「睦子がそんなことをするはずない！　不愉快だ！　帰る！」

イブがハッと表情を変えた。

「地球の男の人って、そんなに奥さんのことを信じられるの？　それとも日本人男性だけ？　もしかしてあなただけ？」

「他の人のことは知らないけど、僕は睦子を信じる！」

義博は、きっぱりと告げる。

「ヨシヒロ、本気であなたのことが好きになったわ。シリウスでは、あなたのようなしっかりした古風な男は絶滅危惧種よ。アダムにも、あなたの爪の垢を煎じて飲ませたいわ」

「爪の垢を煎じる」とか、いちいち俗な言葉が入るのが気になるが、イブは感動で号泣している。

「据え膳食わぬは男の恥」「旅の恥はかき捨て」という言葉もある。

「異なる世界のことは、前に居た世界に戻ればチャラ」ということで、義博はイブの条件を呑んだ。

思えば、前に居た世界では、とうの昔に妻・弥生とはご無沙汰だった。

この世界に来てから、睦子とは、夜どころか昼もどのように接していいか分からず、手探りの状態だ。

それに、義博は風俗嫌いで、行ったことも呼んだこともない。

久しぶりで、「どうなる」か不安だった。

しかし、イブは美人、セクシーで魅力的だ。それに若い。千歳とはいえ、地球人の年齢では二十五歳。義博にしてみれば、実質的には娘の年齢だ。「どげんか」、いや、「どんげか」なるだろう。

「無重力の方がより多くの体位が可能よ」

イブが小型の「反重力装置」を取り出して使う。すると、物が空中に浮かんで飛び回り、周りの部屋は「幽霊だーっ！」「座敷わらしが出たぞ！」「ポルターガイストだ！」と大騒ぎになった。

イブが急に真顔になり、高性能と思われるデジカメ、ボイスレコーダー、メモを取り出す。

「あの政治家はこういうことだったのね」

「この女優がここに居たとは」

ぶつぶつつぶやきながら、撮影・録音・メモをする。

いつの間にか、この宿の五匹の看板猫が部屋の中に入ってきていた。

横で聞いている分には「ゴロゴロゴロゴロ」としか聞こえないが、イブと何やら会話しているようだ。

その様子をおそるおそる見ている義博を安心させるように、イブが事情を明かした。

「この宿は、女将や仲居も知らないけど、宇宙警察本部公安情報部門の管轄下にあるの。地球人に化けている邪悪な宇宙人、邪悪な宇宙人の魂を持って生まれてきた地球人、邪悪な宇宙人に魂を売った地球人の情報を集めているのよ。とくに下半身に関するゴシップは重要情報で、それをネタに、二重スパイになってもらうこともあるわ。

看板猫は、普段の情報収集・監視活動用に潜入させているのよ。人面猫は責任者。今も猫たちと話していたんだけど、かなりの情報が集まってきたわ。レポートを作成して公安情報部門に送信するまで、ちょっと待ってね」

アダムとイブは、表面上は脳天気な「窓際夫婦」と揶揄されている。しかし、裏では公安情報や宇宙警察内部の不祥事情報を集める任務を担う「裏の調査官」で、このことは、宇宙警察でもごく一部の職員しか知らない極秘事項と口止めされた。

「窓際夫婦が揃って課長に昇進することで、逆に怪しまれるかもしれないわ」

出世を単純には喜べない複雑な心境をイブが語った。

猫が警戒されたらそれまでなので、人面魚、人面犬、人面牛など、猫以外の動物にも情報収集の協力者・責任者が居るということだ。

さらには、宮崎市の平和台公園の埴輪の中のように、人形や置物の内部にも監視カメラが仕込まれていた。

「日本だと、お地蔵様。閻魔大王に協力してもらって、お地蔵様が集めた情報をまとめて共有しているのよ」

そこらじゅうの人面に見えるものや人形・置物が、全て宇宙警察の監視網になる。

日本は、そして世界は、知らないうちに高度の監視社会になりつつあった。

義博は、自分がイブと「逢い引き」していることもまた「宇宙警察本部公安情報部門」に筒抜けだと気づき、「毒を食らわば皿まで」と覚悟を決めた。

躊躇がなくなった以上、欲望に身をゆだねるしかない。

純粋に、イブがかわいく見える。実際、最近の日本人女性より、はるかにかわいげがある。

そう思ったことを察知したのか、風呂に入る間もなく、電気も消さず、イブが突撃してきた。ガタイが大きいため、ラグビーのタックルに匹敵する。体格からして、太平洋諸島、トンガやサモアからのラグビー留学生を彷彿とさせる。まさに重戦車だ。

それにしても、「事前」に風呂に入らないどころかシャワーも浴びないのは臭いフェチなのだろうか。電気を消さないのも嗜好だろうか。さらには、アダムも同じ趣味なのだろうか。

そのような疑問は、すぐにかき消された。

イブの若さ、そして吉原仕込みのテクニックにより、まさにこの世のものと思えない快感が突き抜ける。重力にとらわれることもない。それに、精神的にも異次元の感覚だ。

これが噂の、肉体だけではなく、精神世界、アストラル界での交わりだった。

イブによると、これが宇宙標準で、地球は下半身の基準でも一万年は遅れているらしい。

それならば、地球でも今後、精神世界、アストラル界での交わりが普及していき、究極的には肉体の交わりがなくなりかねない。そうすると、子供ができなくなるのではないか。

ともかく、今はそういう疑問は措いておくことにした。

さらに、「事前」に風呂に入らず、電気も消さず、「ありのままで」ということもまた、宇宙では常識だそうだ。

激闘すること丸一日、義博は年齢には勝てず、とうとう二日目の夜にギブアップした。

「もうこれ以上は無理」

横になりテレビをつけると、ローカルニュースが流れていた。

「金沢城のお堀の水位が上昇したため、その原因の調査を開始することになりました」

どう考えてもイブのUFOのせいだ。

「UFOが見つかってもいいの？」

「あ、地球人には見えないようにしてるからいいの。お疲れなら、朝まで話しましょ」

しなだれかかるイブ。ガタイが大きいので、反重力装置を使わないと重い。

義博が、地球人男性の流儀として腕枕をすると、イブの重さで腕がけいれんを起こしてしまった。

それに、体中お歯黒だらけで、正月の羽子板で負けた時のようになっている。ようやく部屋の風呂に浸かると、案の定、お湯が真っ黒だ。

寝物語にアダムとのなれそめを聞くと、イブは、初恋の思い出を語る少女のように、はにかんで話し始めた。

二人はシリウス最高峰「シリウス大学」の同窓生。宇宙警察に同期採用され、さらに、一緒に宇宙警察銀河太陽系本部地球支局日本支部に配属されていた。

ある時、警ら中に吉原の遊郭にフラフラと客としてやってきたアダムが、副業で花魁をしていたイブと鉢合わせた。アダムは勤務中に「悪所（あくしょ）」に行っていたと怒られるだろうし、イブは公務員の「職務専念義務違反」「兼業禁止規定違反」「信用失墜行為」で、懲戒処分される可能性がある。

　そこでお互い共通の秘密にしたところ、親近感が湧いてきてそのまま結婚したということだ。

　本当に下世話な話だ。少なくとも、少女がはにかんで話す内容ではない。


「UFOで空中をさっさと移動すればいいのに、なんでわざわざ『うつろ舟』で水中を移動することがあるの？」

　義博が尋ねる。

「ゆっくり動いたり、目立ちたくないときはその方法を採ることが多いの」と、イブが『桃太郎』を例に出して話し始めた。

「私たちの先輩たちは、富士山中腹にある基地から、近くを流れる桂川を下って甲州金山で金を採掘していたの。

　宇宙でも金は貴重で、いろんな星の宇宙人が、金を採掘するために地球にやってきているわ。その宇宙人の中のアヌンナキが、金を採掘するために、猿に遺伝子操作をして地球人類を創ったのよ。だから、金が採れる場所付近には宇宙人の基地があるってわけ。

　普段、甲州金山は地球人が掘っていたんだけど、たまに宇宙人自ら掘りに行くことがあるの。宇宙警察銀河太陽系本部からお偉いさんが視察に来る時の『袖の下』用よ。要は裏金ね。だから、目立たない桃型輸送船に乗って、こっそり掘りに行かなければならないの。担当者は、桃型輸送船に赤ん坊の格好で乗り込んで、『どんぶらこ、どんぶらこ』とゆったり流れていくことになっているわ」

桃型輸送船は、「どんぶらこ、どんぶらこ」とあえて音を出すことで「ゆったり感」を醸し出す機能を装備していた。

さらに、担当者が万一地球人に見つかったとしても警戒されないように、原則として赤ん坊の格好をしている。これは、赤ん坊の格好をして竹の中に潜んでいた「かぐや姫」と同じ手法とのことだ。

それにしても、どの星でも「袖の下」文化はあるものだ。宇宙警察銀河太陽系本部の監査が入ったらバレるので、その監査担当者にも袖の下を送るようだ。

「その話は触れちゃいけないの。内部告発したら、太陽系の孤島、小惑星帯出張所に飛ばされるわ」

イブが声をひそめ、さらに話を続けた。

「ある担当者が桃型輸送船に乗って流れていく途中、川で洗濯をしていたお婆さんに見つかってしまったの。まさか裏金作りに金を掘りに行く途中とは言い出せず、かといって、『失敗した』って基地に帰ったら小惑星帯出張所に飛ばされる。

にっちもさっちもいかず、桃から生まれたから『桃太郎』って名前でお爺さんとお婆さんとダラダラ過ごしたの。その間に思いついたのが、甲州金山ではなく、能登半島沖海底基地管轄の新潟・佐渡島の金山の金を採りに行けば、失敗を挽回できるってこと。

要するに泥棒だけど、自分の基地管轄の金山の金を減らさずに裏金を作るって、内部では表彰ものなのよね。それで、実際に佐渡島に行って金を採って凱旋したのが桃太郎の話なの」

嫌な話だ。

佐渡島の金山を管轄する能登半島沖海底基地も、被害を告発すれば、裏金作り自体が明るみに出るので揉み消したんだろう。宇宙警察もロクなものじゃない。

ただ、『桃太郎』の話の赤鬼・青鬼は何を指すのだろうと、義博はイブの話を聞き続けた。

「もう一つ話があって、合わせて『桃太郎』なのよ。

昔、富士山基地に、お金を着服して若い女性に貢いで、予算に穴をあけてしまった経理担当者が居たの。冴えないおじさんなんだけど、優しい言葉をかけられて舞い上がったのね。

太陽系本部の監査が入る前に埋め合わせようと、甲州金山の金を狙って桃型輸送船を無断で使用して川に流れていったら、流れる川を間違えて日本海に出て、気づいたら秋田の男鹿半島。秋田には金山があったんだけど、そこは、甲州金山や佐渡島の金山を仕切っている宇宙人とは別の宇宙人のシマなの。その宇宙人は、地底から北極の穴を通って地上と行き来している地底人の赤人、青人をガードマンとして雇って、金山を守らせていたの」

義博が前に居た世界でアメリカ軍のバード少将が体験した通り、北極には穴があって、地底人が暮らしている地底世界に通じていた。

イブが続けた。

「そこで、現地で犬、猿、鳥型の半グレ宇宙人に小銭を渡して部下にして、ガードマンの赤人、青人を襲撃して秋田金山の金を奪ったの。

江戸時代、秋田藩の隠し金山・秋田長慶(ちょうけい)金山が江戸幕府にバレかかって、緊急で閉山して口封じに掘っていた人たちを生き埋めにしたって話が残ってるでしょ。真相は、その経理担当者が帰り際、口封じに目撃者を全員埋めちゃったのよね。

ただ、地底世界の天井裏に落下して全員無事だったのは救いよ。その後は、みんな、地上に戻らず地底で暮らしたの。地底は環境が良く、災害が少なくて暮らしやすいのよ。

話を戻すと、宇宙警察銀河太陽系本部の監察官から富士山基地に連絡が入り、絶対捕まえなければならないって、すぐに追手が向かったの。私もアダムも行ったわ。だけど、経理担当者は、秋田の大湯にある環状列石（かんじょうれっせき）『ストーンサークル』に駐機していた別の星の宇宙人のUFOを奪って逃げたの」

義博が「二時間サスペンスドラマにあるような展開だね」と相槌を打つと、すでにこの事件はシリウスで『地球日本秋田桃太郎伝説横領殺人事件　金山の謎　冴えない経理担当者の裏の顔は？　老いらくの恋の哀しい結末！』として制作・放映されていた。

長ったらしい題名は、日本の二時間サスペンスドラマと変わらない。

「最初の横領、富士山基地の桃型輸送船無断使用、秋田の金山での強盗、赤人と青人の殺人、帰り際の大量殺人未遂、別の星の宇宙人のＵＦＯの窃盗って、重罪でしょ。

強盗と殺人は時間的に接続しているから強盗殺人という一つの犯罪だけど、他は別々の犯罪だから併合罪よね。結果としては未遂だったけど本人は多くの目撃者を埋めて殺したって思っているから犯意も強いし、半グレ宇宙人を雇ったり計画的だわ。

ただ、当時、シリウスでは『人権派』と称する一部のシリウス星人法律家のせいで死刑を廃止してしまっていて、これだけのことをしても死刑にできなかったの。前なら当然死刑なのに、死刑がなくなったから、シリウスでは似たような凶悪犯罪が多発したわ。

この事件がきっかけで、今は死刑が復活して凶悪犯罪は減ったけど、この話はその意味でも伝説になってしまったの」

地球でもそうだ。

死刑をなくした国では、凶悪犯罪が増えてしまった。さらに、逮捕すると死刑にできないので、その場で犯人を始末するという事案も増えている。

善人ぶって綺麗事を並べ立てて世の中を混乱させる人間が居るのは、地球もシリウスも同じだった。そういう人間に限って、自分の身に降りかかると「犯人は死刑だ！」って騒ぐ。

義博は、よその星のことながら、腹立たしくなってきた。

「経理担当者は、結局時効になっちゃった。その教訓で、凶悪犯罪の時効が廃止されたわ。だけど、『事後法の禁止』、『法の不遡及の原則』って知ってるでしょ。犯人に不利な法は遡って適用されないとして、シリウスでは時効廃止が遡って適用されなかったわ。逃げ得よね。宇宙警察銀河太陽系本部地球支局日本支部の汚点、黒歴史よ。

それにしても『赤人と青人』は、毎年北極の穴を通って出稼ぎに来ていたのに、かわいそうなことをしたわよね。赤人と青人のことを『赤鬼』『青鬼』って呼んでて、秋田の『なまはげ』のモデルになっているの。経理担当者がガードマンを油断させるために子供の格好をしていたから、『悪い子はいねがー』って子供を探しているんだけど、本当は、一見気弱そうなおじさんなのよね。

こういう内部の不祥事を調査するために監察官が居るんだけど、それだけでは防げないって、さらに新設されたのが『裏の調査官』で、私たち夫婦が任命されたのよ。もちろん、事件のきっかけになった裏金作りとかも調査・摘発するようになったの」

イブが後日談を話して、この話は終わった。


義博が前に「飽きた」作戦をした際、夢の中の秋田に居た赤い肌と青い肌の男性ガードマンは、まさにその赤人と青人だった。それに、以前「黄泉の国」で見かけた通り、今も、地底から黄泉の国に出稼ぎに来ている。

「人類は五色、白人、黄人、黒人、赤人、青人が居て、地上に白人、黄人、黒人、地底に赤人、青人と住み分けていると言われているんだ。日本人はその上の『黄金人（おうごんじん）』で、だから、ＵＦＯは日本によく立ち寄ると何かで読んだことがあるよ」

義博は日本人であることが誇らしい。

すると、イブが物騒なことを言い始めた。

「宇宙では、地球は『黄金の星』って呼ばれているのよ。だから、裏金作り放題で、お偉いさんは地球に赴任したがるの。離任する頃には大金持ち。それに、他の星に居るお偉いさんは視察にかこつけて地球、それも日本にやってきて、たんまりと袖の下をもらって帰るのよ。いつか、匿名で週刊誌に売ろうと思っているの」

正義感が強くて、かえって危機を招く。

「ひょっとしたら、イブはオリオン星人のＤＮＡも受け継いでいるのかもしれない。気も強いし」

そう思いつつ、義博は激闘の疲れで眠ってしまった。

三日目の朝、義博が目を覚ます。

「ヨシヒロ、アダムよりずっと『よかった』。また会おうね」

手書きのメッセージを残し、イブは帰っていた。

この調子では体が持たず、腹上死（ふくじょうし）、衰弱死するかもしれない。

イブをまた呼ぶかどうか、思案のしどころだった。

テレビをつける。

「金沢城のお堀の水位がなぜか下がったため、調査を中止することになりました」

どうやら、イブは本当に帰ったようだ。

義博は、せっかく北陸に来たので、観光を兼ねて福井の東尋坊（とうじんぼう）に行くことにした。

飛び降り自殺の名所ということは、その崖には時空の裂け目があるかもしれない。行く価値はある。

二日間の激闘のせいで、太陽が黄色く見え、腰が立たない。折れ曲がるようにして東尋坊に着いた。

その崖の突端から下を見ると、高所恐怖症でなくとも背筋が寒くなる。

時空の裂け目があるかどうか確認するため、石ころを投げたり紐を垂らしたりしてみたが、何の反応もない。もとより、飛び込む勇気はなかった。

せっかく観光名所に行ったので動画を撮影すると、変な物体が一瞬映り込んでいた。

コマ送りで観ると、トビウオに似た、超高速で空を飛ぶＵＭＡ「スカイフィッシュ」に護衛された「どんぶり型ＵＦＯ」が空中を横切っている。

かつて、「義経海峡」ならぬ「間宮海峡」で海中に落下しかかった源義経の息子が跳ね返された「空飛ぶ魚」は、スカイフィッシュであろう。

ＵＦＯの窓には、二日間の激闘にもかかわらず、晴れやかな表情でダブルピースをしたイブの姿がある。若さとは素晴らしいものだ。

前日までとは打って変わって広がる抜けるような青空を義博が見上げると、「空飛ぶ牛丼」に紅ショウガ、いや、赤い服を着た男性がぶら下げられて飛んでいく。

昨今しばしば世界中で目撃される、人間が空中を飛ぶ「フライングヒューマノイド」だ。

おそらくは、イブが物足りずに別の男性を誘拐、「アブダクション」してＵＦＯに連れ込もうとしているのだろう。男性は見たところ若いので、三日くらいは元気かもしれない。

この様子だと、次にイブに会うまでに、義博は、高麗人参、マカ、ガラナ、すっぽん、にんにく、卵黄、ヤツメウナギのサプリを飲まなければならないようだ。

最近、規制緩和でドラッグストアでも購入できるようになった男性用強壮薬「ナイアガラ」は、文字通り「滝のように止まらなくなる」と噂されるので、「事前」に試してみる価値はある。

よく考えると、いくら若いとはいえ、イブも「元気」すぎる。ひょっとしたら、女性用強壮薬「ヴィクトリア」を飲んでいたのではないか。

そんな下世話なことを考えながら、義博は帰途についた。

第六章　この世界で生きる

義博は、東京に帰った後、真っ先に行きたい場所があった。

イブの話が正しいとすれば、帝都大学本郷地区本郷キャンパスの地下には、ＵＦＯ基地がある。先日の夜に忍び込んだ地下空間は、たしかにＵＦＯが入るには十分な広さだ。そこに行けば、前に居た世界に戻る手がかりがあるかもしれない。

そして、その探索結果を次の上弦の月の日、二〇二〇年三月三日に新宿のスナック「輪廻転生」で真田に報告し、これからのことを相談することにした。

その計画を練る際には、ＵＦＯ内でアダムから手渡された『帝都大学関連資料』を読んだことが役に立った。逆の立場に立てば、宇宙警察の情報管理がグダグダなのは僥倖だ。

帰宅した翌日の夜、イブとの激闘のためまだ腰が痛い義博は、「猫」のように体を折り曲げ、帝都大学本郷地区本郷キャンパスに再度潜入した。

頭上には闇夜に輝く満天の星、眼前にはそれと見まごうばかりのキラキラ光る目。

予想通り複数の「猫」が待ち構えていた。情報が漏れている可能性がある。

猫対策に準備していた「マタタビ」と「イカ」をばら撒き、猫たちが気を取られたその隙に安田講堂方面に向かう。安田講堂前広場の地下、中央食堂に下りていく階段のシャッターは、やはり簡単に開いた。セキュリティ上問題だが、忍び込むには好都合だ。

前に潜入した時と同様に、脚立に乗り、中央食堂の巨大な絵の端を押す。その裏に隠れた階段が出現し、さらに下に下りていく。

すると、その先の地下空間に、人影が見えた。

「やあ、秋津君だったね。一別以来だ」

先日、弥生に案内され、浅野キャンパス内の研究室で会った鷹山鳩教授、まさにその人だ。長身・痩せ型の影がぼんやりと壁に映っている。

「アダム君から聞いてね、君がここに来ると思って待っていたんだ」

「アダムを知っているということは？」

「僕は反重力の研究をしていると話したよね。宇宙人の技術を基に、地球製ＵＦＯを作る研究と、宇宙人のＵＦＯのメンテナンスをしているんだ」

鷹山鳩教授によると、このような拠点は、アメリカ・ネバダ州の「エリア５１」、一九〇八年六月に宇宙人が防衛システムでツングースカ隕石を撃墜したロシアのシベリア・ミールヌイの「死の谷」、古代に「龍」すなわちドラコニアンに乗って地球にやってきた「黄帝（こうてい）」が拠点にした中国・四川省、一九一七年に聖母マリアが降臨した「ファティマの予言」の地・ポルトガルのファティマなど世界各地にあるということだ。

「先の大戦の時、ドイツはアルデバラン星人の協力でベル型ＵＦＯを開発していたんだ。ただ、完成しかかったところで、ソ連軍に破壊されてしまった。

その時のドイツの研究者の多くはアメリカに亡命して、『トール・ホワイト』型宇宙人と協力してアメリカでＵＦＯを開発している。南極のヒスターとその側近は、またアルデバラン星人と協力して独自のＵＦＯを作る気だ。

この開発競争は重要で、一番でないと駄目なんだ。二番じゃ駄目なんだ。一番なら、莫大な特許料収入になるし、それが地球標準になるからね。地球のＵＦＯが『日本製』『ＭＡＤＥ　ＩＮ　ＮＩＰＰＯＮ』。格好いいじゃないか」

「ＭＡＤＥ　ＩＮ　ＪＡＰＡＮ」ではなく「ＭＡＤＥ　ＩＮ　ＮＩＰＰＯＮ」というところが素晴らしい。

そもそも、日本は「ジャパン」ではなく「にほん」「にっぽん」だ。

それはともかく、義博が引っかかったのが、鷹山鳩教授が「アダム」から義博のことを聞いたということだった。

石川県の出合茶屋「あいびき」で、「イブ」が義博に「帝都大学本郷地区本郷キャンパス地下のＵＦＯ基地」のことを話した。そして、鷹山鳩教授は、義博が忍び込むことを予測して待っていた。

ということは、イブが義博と不倫したことがアダムにバレたのではないか。

それとも、アダムには寝取られ趣味があって、アダム公認でイブが義博と不倫したのではないか。

ただ、鷹山鳩教授に事情を聞くと噂が広まり、妻・睦子に不倫のことがバレかねない。

いつか、アダムとイブに直接事情を聞くことにした。

義博が地下空間をあらためて見ると、壮大な眺めだ。

さまざまな形のＵＦＯが多数駐機し、さらに巨大な船があった。

「これは、宇宙人と帝都大学工学部有志が極秘裏に開発中の、宇宙イージス艦『Ｙｏｕ　ａｎｄ　Ｉ』だ。『友愛』の精神で地球と宇宙を平和にするというメッセージが込められている」

鷹山鳩教授が船底をポンポンと叩いた。

艦首には菊の御紋章が輝き、艦尾には、日本船籍であることを示すために日本の国旗・日の丸、旭日旗、さらには開発競争という重要な戦いに絶対勝利するために「Z旗」が掲げられている。

『イージス艦』に分類されているけど、実際は十分な武装をしてある。『友愛』といっても、力の裏付けがなければ『張子の虎』だよ。

主砲は、日本海軍が誇る世界最強の戦艦『大和』『武蔵』と同じく、四十六センチ三連装砲三基。ここから、レーザー光線、反重力砲など、状況に応じた攻撃ができる。

多くのUFOを搭載する時は、『航空イージス艦』に変形するんだ。これは、日本海軍の航空戦艦『伊勢』『日向』を参考にした。

設計は、新宿のスナック『輪廻転生』で知り合った旧海軍の宇賀さんと、旧陸軍の土田さんに協力してもらっている。二人の仲が悪くて手を焼いていたんだけど、最近、二人ともスナック『輪廻転生』の新入りの客に『海軍と陸軍が喧嘩している場合じゃない』って一喝されたらしくて、今は仲良くやっているよ。誰だか分からないが、助かったよ」

鷹山鳩教授が笑顔になった。

先日、義博が二人を一喝したことが、このプロジェクトに活きていた。

このイージス艦は、シリウスで大ヒットした映画『宇宙イージス艦アメマ』のモデルということだ。

鷹山鳩教授によると、まずは映画でその存在を「匂わせ」ておいて、実物が就航した時に大きな話題にする戦略だそうだ。

鷹山鳩教授が、ここにUFO基地がある理由を話し始めた。

「話は『本能寺の変』に遡る。当時、徳川家康は堺に居て、京都で『やらせ』の本能寺の変が起こっている間に、本拠地の浜松城まで船で戻る予定だった。浜松城に戻らないと、本能寺の変の混乱で浜松城が乗っ取られるかもしれないからね。

だけど、海が荒れていたから、やむなく陸路、いわゆる『伊賀越え』をすることになった。君は、伊賀越えは知っているよね？」

このあたりは義博もスナック「輪廻転生」で、織田信長、明智光秀、細川藤孝おのおのから聞いていた話の通りだった。

鷹山鳩教授が続けた。

「少人数で山中を進むと山賊や落ち武者狩りに襲われる。そこで、家康は、伊賀山中に居た宇宙人の協力を仰いだんだ。その時すでに家康は武田氏を滅ぼし、甲州金山を手に入れていた。宇宙人は、その金との引き換えを条件に協力した。宇宙人の能力は人間離れしていて、その技術を学んだ人間が忍者と呼ばれていたんだ」

金の話は、義博が石川県の出合茶屋「あいびき」でイブから聞いた通りだ。

それに、忍者の由来は、そう言われればそうだ。忍者の里が、人里離れた山里にあったのも説明がつく。

「無事浜松城にたどり着いた家康は、宇宙人と協力関係を続けて勢力を拡大した。

豊臣秀吉死去後、息子の豊臣秀頼の後見となった五大老の前田利家が体調を崩して先が長くないと悟った時、『自分が死ねば家康が天下を乗っ取る』って警戒したんだ。『やらせ』の本能寺の変の筋書きを知っていたのは、信長、光秀、藤孝、秀吉、家康だけだったから、利家の立場で考えるとそうなるよね」

鷹山鳩教授は、専門外のはずの歴史にも詳しいようだ。

「一五九九年三月、伏見に居た家康が、大坂の利家の屋敷に見舞いに駆けつけた。その時、利家は、家康と刺し違えるつもりで刀を忍ばせていたんだ。

家康と一対一になり、利家が布団の下に隠していた刀で家康に斬りつけようとした時、家康が『実は、織田信長様も明智光秀殿も生きていて、天下は秀吉が治め、その次はわしが治めることになっている。このことを知らない石田三成たちとの決戦になった場合、前田家は天下泰平のため、また、信長様の意向を汲んで、わしの方についてくれないか』と説得したんだ。

本能寺の変の裏を初めて知った利家は、刀を納めて『そういうことならば協力する』と申し出た。家康は、お礼として、徳川家が天下を取って幕府を開いた暁には、宇宙人に売っている金を、加賀藩・前田家にも融通すると約束した。実際、加賀は、金箔が伝統工芸だろ？」

義博が前の世界に居た時、「加賀で金箔が伝統工芸になった理由は、仏壇に金箔を使う浄土真宗が盛んだったから」と読んだことがあった。

しかし、「加賀で金箔が伝統工芸になった直接のきっかけは、前田利家が奨励したため」とも言われていたことを不思議に思っていた。

加賀で浄土真宗が盛んになった時期と、前田利家が加賀藩主になった時期は違う。裏に、家康と利家の「金の密約」があったとすれば納得できた。さらに、江戸時代の大半、表向きは加賀での「箔打ち」はできず、極秘に行われていたのもうなずける。

「ただ、江戸から加賀まで普通に金を輸送することは目立つし不用心だ。密約だから、極秘裏に、しかし確実に輸送しなければならなかった。そのためには、宇宙人との金の取引に使っていたUFOを、加賀への輸送にも使うのが都合いいわけだ。

そこで家康が目をつけたのが『本郷』。武蔵野台地の東のヘリで、東側は斜面があってその東は平地になっている。ちょうど地下水が流出し、地下に空洞があった。そこを整備して、UFOの駐機場・基地にすれば目立たない。

さらに地下の工事をして、まず、本郷と筑波山を地下トンネルでつないだ。宇宙人との金の取引のたびに江戸の町中からUFOが出入りすると目立つよね。だから、筑波山からUFOが出入りするようにしたんだ」

そう話すと、鷹山鳩教授は、奥の地下トンネルを指さした。

義博の知識では、徳川家康は、江戸の北東、鬼門の位置にある筑波山を江戸城鎮護の霊山としていた。そこにUFOの出入り口があったとすれば、説明がつく。

鷹山鳩教授が続けた。

「さらに、本郷と加賀も地下トンネルでつないだ。これは、金の輸送を極秘に、安全に行うためだったんだ」

義博が、石川県の出合茶屋「あいびき」でイブから聞いた話の通りだ。

たしかに江戸から加賀に金を直送できるうえに、日本海側からのＵＦＯの出入り口にもなる。

もちろん、それらのトンネルを作ったのは、高度の技術を持つ宇宙人だ。

今でも筑波山と石川県でＵＦＯの目撃情報が多いのは、それぞれＵＦＯの出入り口があるからだった。


よく考えれば、今の石川県の地域には、はるか昔からＵＦＯが飛来していた。

『竹内文書』によれば、モーセはエジプトのシナイ山から「天の浮船」に乗り、今の石川県羽咋郡の宝達山(ほうだつさん)に飛来してきた。単なる神話・伝承ではなく、実際、そこにはモーセのお墓がある。

つまり、今の石川県ははるか昔からＵＦＯの拠点で、だからこそ徳川家康は加賀藩に金の利権の一部を譲り、江戸から加賀まで地下トンネルを掘ったとも考えられる。

「その上部の土地を『藩邸』にすれば、部外者・庶民は入りにくい。徳川家康と前田利家の密約で加賀に金を運ぶから、その藩邸は、加賀藩藩邸でなければならない。だから、今の帝都大学本郷地区本郷キャンパスの位置に加賀藩上屋敷が建てられた。

ただ、加賀藩は外様大名だから、やはりお目付け役が必要だ。そこで選ばれたのが、徳川御三家の水戸藩。水戸藩主が『副将軍』と呼ばれていたのはそういうことだ。だから、水戸藩上屋敷は本郷に隣接する今の文京区小石川にあり、水戸藩中屋敷は、加賀藩上屋敷があった帝都大学本郷地区本郷キャンパスの北隣、文京区弥生の帝都大学本郷地区弥生キャンパスと浅野キャンパスの位置にあったんだ。

それに、筑波山は水戸藩の領地だ。幕末に徳川慶喜が初の水戸藩出身の将軍、最後の将軍になって、宇宙人と江戸幕府、加賀藩に関する金の関係について、全ての始末をつけたんだ。最後に残った金の一部が、今の群馬県の『徳川埋蔵金』になっている」

そこまで話した鷹山鳩教授が、煙草に火をつけた。

ご時世で帝都大学構内は禁煙なのに、その地下空間は禁煙ではないようだ。

よく見ると、地下空間の隅には一定間隔でUFOのような形をした銀色の吸い殻入れが設置してある。ということは、宇宙人も煙草を吸うのかもしれない。

義博は、ここまで聞いて、イブが江戸時代に頻繁に加賀に顔を出していたこと、また、先日も石川県の出合茶屋「あいびき」を指定したことの理由が分かった。

さらに、先日この地下空間に入った際に、トンネルが北東の筑波方面と西の石川県方面に伸びていたことも納得できた。その時は、UFOが「宇宙車検」で出払っていたことと、宇宙イージス艦「You and I」が宇宙に試験航海に出ていたので、何もなかったのだった。


鷹山鳩教授が思い出したように義博に打ち明けた。

「弥生さんから聞いたよ。君も別の世界からこの世界に来たんだってね。実は僕もなんだ。僕が前に居た世界では、政治家をしていた」

先ほど新宿のスナック「輪廻転生」の話が出てきたことから、義博は、鷹山鳩教授も別の世界からこの世界に来たと分かっていた。

ただ、気になったのは、「政治家」をしていたということだ。ひょっとして、義博が前に居た世界で二〇〇九年に就任した「あの首相」ではないか。「宇宙人」関連だし、「Ｙｏｕ　ａｎｄ　Ｉ」は「友愛」だ。

「そうならば、ちょっとややこしそうだ」

そう義博が思ったところ、鷹山鳩教授が、この世界に来る前に居た世界を語り始めた。

「僕は、前に居た世界では、この帝都大学工学部を卒業して別の大学で教授をしていたんだ。たまたま、北海道の鷹山家ゆかりの神社に行っていた時、東京に隕石が落ちて壊滅してね。中越地方から東北地方北部までが立ち入り制限区域になり、東京には戻れないし、職も失ってしまったんだ。北海道の大学に移籍しようとしても、君も知っているように、大学教員の公募は実際には採用者が決まっている『出来レース』で、学閥に頼るか、何か『ツテ』『コネ』がないと難しい。

そんな時、日本が北海道と静岡より西に分かれていてやりにくいから、北海道が独立国家になるという話が出てきたんだ。この機会にと、北海道に旧江戸幕府関係者の子孫が集まってきて、『蝦夷共和国』を建国することになった。

北海道にゆかりがある知識人ということで、僕が畑違いの政治家になり、『入札』の結果、国のトップ、初代『総裁』になった。西は西で、天皇陛下を元首とする『新大和皇国』が成立し、岡山改め岡京を首都としたんだ」

その世界はジョン・タイターと信太伸太郎君が前に居た世界で、義博が前に居た世界ではないと分かり、義博は安堵した。

少なくとも、鷹山鳩教授は「あの首相」ではない。

「蝦夷共和国」については、義博が前に居た世界では、明治維新、戊辰戦争の際に同じようなことが発生していた。別の世界でも、時代がズレたとしても同じようなことが起こるものだ。

「時間は『らせん状』に進み、上下に重なった時点では同じようなことが起こる」という理論を読んだことがあったが、まさにその通りだった。

「最初は、『友愛』の精神でうまくいっていたけど、すぐおかしくなった。日本人として天皇を戴くべきだとして、『新大和皇国』との合併を主張する『尊王派』が力を持ち始めた。さらに、両国で緩やかな連邦国家を形成するという『皇共合体派』、共和制から幕府体制に移行することを目指す旧江戸幕府関係者の子孫の『佐幕(さばく)派』に分かれて収拾がつかなくなった」

当時のことを思い出してうんざりした様子で、鷹山鳩教授が続けた。

「僕は元々そういう争いは好きじゃない。『研究者を続けておけば良かった』『学者に戻りたい』って考えるようになったんだ。ストレスがたまって、時々、息抜きで、同じ帝都大学出身、北海道で『動物帝国』を作っていたムロゴロウさんと麻雀をするのが楽しみだったのさ。ムロゴロウさんは麻雀プロの資格を持っていて、本当に強かった。

ある日、ムロゴロウさんの動物帝国でいつものように麻雀をしていたら、僕が『九蓮宝燈』をアガッたんだ。これは何か起きると思った。実際、空間が歪んで見えたけど、それは徹夜のせいと思っていた。そしたら次の半荘(ハンチャン)で、ムロゴロウさんが『大四喜、字一色、四槓子、四暗刻単騎』をアガッたんだ。ルールにもよるけど、何倍役満かって信じられない話だろ。

その時、どこからか『ワンカケ！』って声がして、その前からなんとなく見えていた空間の歪みに引きずり込まれた。気づいたら、この世界の上野動物園そばの雀荘で、コクシ電鉄の堺(さかい)社長さんの『国士無双』に振り込んでいたんだ。ムロゴロウさんの卓から、本当に『ワンカケ』してしまったよ」

麻雀で時空が歪んだことは、義博も何度か経験したことがあった。

徹マンをした明け方、ロンと思ったらチョンボ、鳴いているのにリーチ、フリテン、多牌、少牌。ミスではなく、時空が歪んでいたとしないと説明がつかないことも多々あった。その時に役満をアガれば、異なる世界に移動していたのかもしれない。

「この世界では、僕は帝都大学工学部教授だった。ある夜、作家の八十島公夫さんが、『アダム』と名乗る北欧風の男性シリウス星人を連れて研究室を訪ねてきた。八十島公夫さんは、僕の父、鷹山良太郎(たかやまりょうたろう)と帝都大学法学部時代から親交があったんだ。

二人は、僕を帝都大学本郷地区本郷キャンパスの地下空間に案内してくれた。

それまで、僕は、そんな地下空間の存在は知らなかったから驚いたよ。アダム君に紹介された、シリウス星人をはじめとする宇宙人研究者とお互いに協力して研究することになって、今に至っている」

鷹山鳩教授とアダムとの接点が分かった。

義博は、前に居た世界でぜひ確認してみたかったことを、鷹山鳩教授に尋ねた。

「教授は、そして、『ご夫人』は、『金星』に行かれたことがあるのでしょうか？」

鷹山鳩教授は「金星にも」行ったことがあると答え、まずは火星に行った時のことを話し始めた。

「ご夫人」に興味がある義博の意図は分からなかったようだ。

「二〇〇八年のアメリカ大統領選挙で、初の黒人大統領候補、文殊党のゴシック・ウンゼンはポーカー大統領に敗れた後、ポーカー大統領の極秘の依頼で、アメリカ火星自治政府代表になったんだ」

やはりそうだった。

アメリカをはじめ、火星とつながっている「ジャンプルーム」が地球上に数ヶ所存在することは、義博が前に居た世界でも噂になっていたし、また、新宿のスナック「輪廻転生」で菊池源之助「どん」から聞いていた通りだ。

当時、火星の衛星フォボスにあるアメリカ宇宙軍火星基地を一部、衛星ダイモスに移転して、日本の宇宙自衛隊と共用する計画があった。

鷹山鳩教授の弟で、二〇〇九年に日本国太政大臣に就任した鷹山蝶太政大臣は、一般人にはUFO・宇宙人の存在自体が秘密事項なので表立って動けない。

そこで、兄の鷹山鳩教授が夫人と火星に行き、アメリカ火星自治政府主催の宴会で「ナミエ・オキナワ　ｗｉｔｈ　スーパーキャッツ」の『トラスト・ミー』を歌いながらアメリカ火星自治政府代表のゴシック・ウンゼンに「トラスト・ミー」と詰め寄り、アメリカ宇宙軍火星基地のダイモス移転を約束させた。

しかし、日本がアメリカ宇宙軍火星基地の費用として「思いやり予算」を出し、さらにはダイモスにアメリカ宇宙軍が核兵器を置くことを黙認するという密約があることを、アメリカ火星自治政府の職員が『宇宙デイリー新聞』にリークした。

邪悪な宇宙人にとっては、火星にそんな基地が整備され、核兵器が配備されると地球侵攻の邪魔になる。そこで、レプティリアンとドラコニアンが化けている日本国皇国議会の野党議員が、その極秘文書を事前の質問通告もなしに皇国議会に提出して、政府を追及した。

　地球ではＵＦＯ、宇宙人、火星基地の存在自体が隠されていたので、説明は困難を極める。

「その文書は、千葉県のゴルフ場『大文字』に越山格之進元太政大臣をお連れする行動予定表だった。火星とは落花生の書き間違いで、核兵器は『格さんは平気』の書き間違い。他の資料は全てシュレッダーで処分したので存在しない。思いやり予算とは、元太政大臣を思いやって、そのゴルフ代は公費で負担するという内容だ」

　鷹山蝶太政大臣は、意味不明の答弁で強引に押し切った。

　義博は、この世界の政治の歴史を調べていく中で、唯一わけが分からなかった事件の裏をようやく知ることができた。千葉県のゴルフ場どころではなく、地球の、火星の、太陽系の安全保障に関わる大問題だったのだ。

　それにしても、アメリカ火星自治政府職員とマスコミ、さらには野党議員の倫理観が問われる。

　鷹山鳩教授夫妻は、ジャンプルームではなくアダムとイブのＵＦＯで火星に行き、ついでに、シリウスのワイドショー『ゴゴワイ』の「お宅訪問」企画で金星にあるアダムとイブの公務員宿舎にお邪魔したそうだ。

「いやー、建物のオンボロさは覚悟していたけど、聞きしに勝る汚部屋だったよ。台所だけじゃなく、居間も寝室もゴミだらけで臭いがすごい。イブさんの大雑把な性格そのままだ」

鷹山鳩教授は、文字通り鼻を曲げ、呆れた顔をして続けた。

「二人の『夜』により多くの体位が可能になるようにと、小型の『反重力装置』をプレゼントしたら大喜びしていたよ。シリウスでは科学技術を『ソッチ』に使う発想はないって。

シリウスの深夜お色気番組『ギンガメッチャナイト』でその使用法が特集されて、大人気になった。今では、日本は『ソッチ』の道具でも『MADE IN NIPPON』の『GINGA』ってブランドで、文字通り銀河を席巻しているよ」

そのプレゼントは、間違いなく、義博がイブと石川県の出合茶屋「あいびき」で「逢い引き」した時にイブが使った小型反重力装置だ。

プレゼントを持ち運んで使っているとは、イブもしっかりしている。

「弥生さんが別の世界から来たって、すぐ分かったよ。僕の研究室には女性は居なかったのに、研究室の宴会に突然登場したからね。宴会の名目も、三月の卒業生の『送別会』だったのが、彼女の『誕生会』に変わっていた。お互いに別の世界から来た者同士、他人に話せないことも話せたよ。ただ、何日か前、退職届を置いて突然居なくなってしまったんだ。秋津君、君は弥生さんと同じマンションに住んでいるんだろう？　彼女がどこに行ったか知らないかな？」

鷹山鳩教授は、地下空間の隅にある吸い殻入れに煙草を放り込み肩を落とした。

義博が自宅マンションに戻るとトラックが停まっており、業者が弥生の部屋から残置物を運び出していた。

業者の話によると、「この部屋の主から残置物処理を依頼された」ということで、本当に弥生は居なくなっていた。


帰宅後、義博は、書斎にこもり、前に居た世界に戻る方法を一晩中考えた。

これほど考えたのは、前に居た世界での東大入試の本番以来だ。

そして、朝になって、とうとう思いついた。

弥生が前に居た世界からこの世界に来た原因は、三月の満月の夜に、上野公園で桜の花見の場所取りをした時に「きさらぎ駅」が出現したからだ。

三月はてっきり「弥生」と思っていたが、よく考えれば旧暦なので「如月」だ。旧暦をすっかり忘れていた。

つまり、旧暦で如月の満月の夜、桜の下に「きさらぎ駅」が出現するのではないか。

そして、このことは、西行の和歌「願わくは 花の下にて 春死なむ その如月の 望月のころ」を表していると気づいた。

この「如月」は旧暦で、新暦では年によってズレるが、二月下旬から四月上旬の時期だ。如月が二月ならば、咲いている桜は一部の種類に限られる。やはり三月下旬から四月上旬に満開になる桜を指すと考える方が自然だろう。

弥生は、如月の満月の日、上野公園の桜の下の「きさらぎ駅」で電車に乗って「西」に「行」き、「やよい」という自分の名前の駅で降り、この世界に来た。

真田が「『きさらぎ駅』がいつどこに出現するかは、人にもよるし時間にもよる」と話していたのは、まさにその通りだ。

如月の満月の日、西行、つまり西に行けば、桜に関係する、そして義博に縁がある場所に、義博にとっての「きさらぎ駅」が出現する可能性が高い。

調べると、間もなく、旧暦で如月の二〇二〇年三月十日が満月だ。

ただ、三月十日は、種類にもよるが、おそらく桜は開花していない。

義博に縁がある桜。

ハッと思いついた。

桜は花とは限らない。薩摩の「桜島」。これしかない。

義博が前に居た世界では廃止になったブルートレイン「富士」に乗るのもポイントだろう。東京から西に行く、日豊本線宮崎周り「西」鹿児島行き。運行区間も駅名も、義博が前に居た世界の、それも、昔のままだ。

「如月」の「満月」の日。

宇宙人の基地があり、さらに古代王朝があった「富士」に乗る。

「西」に「行」き、天孫降臨の地「宮崎」を通る。

義博ゆかりの薩摩の、これまた宇宙人の基地がある「桜」島に行く。

そうすれば、「きさらぎ駅」がどこかで出現し、義博が前に居た世界に戻ることができる。

「とうとう分かったぞ！」

義博が叫んだその時、睦子が書斎の扉を開け、「あなた、行かないで！」と叫び義博にすがりついた。

「この世界でいいじゃないの！」

「義博が異なる世界からこの世界に来た」と、睦子はいつから気づいたのだろうか。

睦子によると、義博がいつも何かを調べていて、夜遅く帰ってくることを不審に思っていたらしい。とくに最近、上弦の月、満月、下弦の月、新月の日にどこかに行くことに気づいたということだ。

そしてこの前、北陸に行った義博が東尋坊で身投げするのではないかと気になり朝一番で現地に行った時、ちょうど生気が抜けてフラフラしている義博を見かけたらしい。

「前に居た世界に戻れないからって悲観したんでしょう」

睦子は、泣きながら義博に抱きついた。

義博は、あの日はフラフラして東尋坊に行ったが、「生気」ではなく、イブのせいで「精気」が抜けていたとはとても言えない。

「だけど、睦子が東京を朝一番で出発しても、あの時間には、東尋坊には着けないはずだ」

そう思ったところで義博は気づいた。

義博は、あの時、まず石川県に行くので北陸新幹線に乗った。しかし、米原経由の福井新幹線ならば、睦子が東京を朝出発しても、あの時間に東尋坊に到着することは可能だ。

それはともかく、義博にとっては、睦子が当然のように「異なる世界」の存在を前提としていることが、根本的に疑問だった。

「なんで異なる世界のことを知っているの？」

「私も別の世界からこの世界に来たの……」

睦子が事情を打ち明けた。

睦子が前に居た世界は、女性が仕事、男性が家事・育児をする世界だった。

女性は、子供の頃から勉強し、社会人として働き、定年までずっと仕事また仕事の日々が続く。それに対し、男性は、専業主夫が主流で、働きたければ働けるが、勤めても結婚して仕事を辞め、家庭に入ることができた。

定年まで、いや、体が動く限りずっと働かなければならない睦子たち女性からすれば、本当に男性が羨ましかった。それに、自分が産んだ子供の育児もできない。

その世界では、ことあるごとに「男性差別だ！」として、実際は男性が優遇されていた。

「男性デー」「男性割引」「男性専用車両」「男性は食べ放題」「男性ファースト」と、男性が優遇されていることはスルー。些細なことを取り上げては「男性はまだまだ弱い。そのくせ女性は優遇されている」と、一生懸命働いている女性に対し、言いがかりにすらならない難癖をつける。

「こんなおかしなことはないでしょ。とんでもない世界だったの」

あらためて怒りながら話す睦子。

睦子が前に居た世界では、両親が離婚して父親が「シングルファザー」になった。

長女として苦しい家計を支えるため、睦子は高校入学と同時に宮崎から東京に出てきて、昼は仕事をしながら夜は定時制高校に通っていた。

　前年から天皇陛下が御不例だったその世界の「招和」六十四年、一九八九年一月七日に招和が終わった。

　その日は高校が臨時休校になり、夜、睦子は、丸の内で開かれた職場の「招和惜別の宴会」に出席した。

　その宴会は長引き、地下鉄丸ノ内線の終電に乗り遅れた。東京駅から中央線の終電で御茶ノ水駅まで行き、そこから自宅がある本郷まで歩いて帰るしかない。

　しかし、そのまま寝入ってしまい、車掌に起こされると終点の高尾駅。

「やってしまった。タクシーだととんでもない料金になるし、ホテルに泊まるのももったいない。駅の待合室で始発まで待つしかないわ」

　睦子が覚悟した時、向かい側のホームに、見慣れないブルートレインが停まっていた。

　始発まで車内で寒さをしのごうと乗り込み、そのまま眠り、目が覚めると朝。外を見ると眼下に東京の街が見えた。

「未成年なのに酒を飲まされてしまったせいで、ひどい二日酔い。幻を見ているに違いないわ」

　そう考えながら顔を洗いに洗面所に行き、トイレに入っていたところ、金髪碧眼、長身の白人男性にトイレの扉を開けられ、『キャー！　どこ見てんの！』って悲鳴をあげてトイレットペーパーを投げつけた。

　そこで記憶がなくなり、気づくと、明治神宮の前。そこで天皇陛下崩御への哀悼の意を込めて参拝して鳥居から出ると、宮崎神宮に移動していた。

戸惑いながら、宮崎神宮近く、引き払った実家に行くと、離婚して家を出ていったはずの母親が「お帰り。参拝の人で混んでた？」と出迎え、居間では父親が「一九八七年（光文元年）九月二十日」付けの新聞を読んでいた。そして、睦子は、宮崎の高校生だった。

つまり、睦子は、この世界に来る時、時間を遡り、場所も移動したということになる。

両親は離婚せず、長女の睦子が上京して働いて家計を支える必要はなかった。

その後、宮崎の大学に入学した睦子は、東京から宮崎に帰省した幼馴染の義博と同窓会で再会し、恋に落ちた。

睦子は大学卒業後、地元企業に勤めながら遠距離恋愛を続け、大学教員になった義博と結婚、「寿退職」して東京に出てきて専業主婦になっていた。

その義博と今の義博が違うと気づいたきっかけは、些細といえば些細なことだった。

前の義博は、いつも夜遅くまで仕事をして帰りが遅く、帰って風呂に入ってすぐに眠っていた。しかし、今の義博は、いくら疲れて夜遅く帰ってきても「家事をしなくていいか？」と聞いてくる。

そのため、「ああ、この義博さんは、男性がどんなに仕事で疲れていても、家事をしなければならないような大変な世界から来たのね」と分かったということだ。

そして、先日、二月九日の満月の夜のこと。以前ブルートレインのトイレの扉を開けた金髪碧眼、長身の白人男性が、同じようないでたちの女性とともに義博の寝室に入っていくのを見たことが決定的だった。

アダムが前に話した、高尾駅で知らないうちにブルートレイン型ＵＦＯに乗り込んでいて、原宿の皇室専用の宮廷ホームで降ろした「女の子」は、睦子だ。

明治神宮にお祀りされている明治天皇の諱（いみな）は「睦仁」で、睦子とは「睦」つながり。さらに、「招和」最後の日から、一晩を経て、この世界の「光文」最初の日に移動したと全て説明がつく。

睦子の話からすると、おそらく、この世界に居た義博は、義博が前に居た世界に行っているはずだ。以前、義博が「飽きた」と書いた紙を枕の下に置いて眠った夜の夢に出てきたのは、その義博だ。

義博は、人が異なる世界に行く際の法則が、なんとなく分かってきた。

時代が異なる場合、その世界には元々もう一人の自分が居ないので、入れ替わることはない。歴史上の人物はそうだ。

また、移動先の時間が近くても、年齢か場所が違えば併存しうる。同じ人間と認識されないからだ。たとえば、ジョン・タイターは子供の頃の自分に会って、二年間同居生活している。

ただ、ほぼ同じ年齢で、ほぼ同じ時間・同じ場所に移動すると、同じ人間が二人存在することになるので、移動できないか、または入れ替わる。

先日、京都の「小野篁の井戸」で、義博が平安時代の小町とぶつかり、結果的に「その」小町がこちらの世界に来られなかった。それは、すでにこの世界にほぼ同じ年齢の小町が、まさにその「小野篁の井戸」の場所に居たからだった。

睦子が続けた。

「私も、この世界に来た頃は、前に居た世界に戻ろうと思って、新宿のスナック『輪廻転生』に何度か行ったのよ。上弦の月、満月、下弦の月、新月の日に意味があるのは知ってる。だから、あなたが前に居た世界に戻ろうとしているって分かってたの。

私は、前に居た世界が大変でこの世界の方が暮らしやすいから、戻るのをやめたわ。あなたも、この世界の方が良い世界なのに、なんでそんな大変な前に居た世界に戻ろうとするの？　この世界の方が『ランク』も上だし、この世界で生きていけばいいじゃない」

たしかにそうだ。

「ランク」という言葉は気になったが、義博は、前に居た世界に戻りたくなくなってきた。むしろ、戻る必要はないとさえ思えた。

「大体想像できるけど、あなたが前に居た世界ってどんな世界だった？」

興味を示した睦子に、義博はおおよその説明をした。

それを聞いた睦子が呆れかえる。

「そんな世界おかしいわよ。なんで、男性と女性の役割を分けるのが差別なの？　それに、なんで男性も女性も働いて、家事も育児もしなければならないの？　男性も女性も得意不得意があるし、中途半端で面倒、それに、効率も悪くなるわよね。

もちろん、男性と女性の役割が逆でもいいわ。この世界でも、夫が家事と育児をして、妻が働いている夫婦も居るの。それぞれ得意なことに集中した方が、男性も女性も幸せよ。あなたが前に居た世界よりも、まだ、私が前に居た『女性が仕事、男性が家事・育児』の世界の方がいいわ。いくら前に居た世界だからって、そんな世界に戻るなんて、とんでもないわよ。この世界で、私と子供たちと一緒に、楽しく暮らしましょうよ」

睦子に言われて冷静になってみれば、この世界は、義博が子供の頃、良かった頃の日本がそのまま残っており、その延長で発展した世界だ。

義博が前に居た世界より、みんなはるかに幸せそうで、実際、暮らしやすい。世間はギスギスしておらず、日本は豊かで、世界は平和そのもの。

睦子は睦子で、前に居た世界よりも、この世界の方がはるかに良い世界なのだ。女性が外で働かなくてもよく、家事・育児に全力を注げる世界は、睦子にとっては本当に理想の世界だった。女性が外で働かなくてはならず、自分が産んだ子供を自分で育てることができないような世界に戻りたくないのは当然だ。

義博は、睦子と、異なる世界が存在するということを知っている者同士、また、この世界の良さが分かる者同士、この世界へ移動してきたことを幸いとして、楽しく安らかに暮らせるし、暮らそうと決意する。

「分かったよ。たしかに君の言う通りだ。僕たちはここで暮らそう。ただ、親にも、子供たちにも、友達や周りの人にも、僕たちが異なる世界から来たって絶対言わないようにしようね」

睦子は泣きながら、笑った。

睦子は一九八七年、光文元年九月二十日から今まで三十年以上、新宿のスナック「輪廻転生」の関係者以外、誰にも、家でも、異なる世界の話をすることができなかったわけだ。話すと、よくて変な人、おそらくは病人とされ、どこかに押し込まれただろう。

やっと、身近で同じ体験をした人間と巡りあえた。それも夫だ。どれほど心強いことだろうか。

義博もそうだった。同じ体験をした人間は、新宿のスナック「輪廻転生」に行けば会える。ただ、最も身近に居る妻に隠す必要がなくなった。それまで、義博は、家の中でこそ気を張り詰めていた。

義博も睦子も、子供たちが居ない時は、家の中で「異なる世界」の存在を当然の前提として話すことができる。

次の上弦の月の日、二〇二〇年三月三日の夜。

義博は、新宿のスナック「輪廻転生」に、「前に居た世界に戻ることを諦める」と告げに行った。

「そうか。それならそれでいいよ。君の決断だ」

よくあることのようで、真田は素っ気ない。

「一緒にこの世界を良くする活動をしないか」

天草四郎が誘う。本当の「勇者」にしか声をかけないらしい。

「僕は、そんなたいそうな人間じゃないよ。この世界を良くするのは、四郎さんに任せる。僕は、日本を良くするために政治家になる。おおむねはうまくいっているけど、憲法、この世界の日本では『日本国基本法』を『どげんかせんといかん』、いや、『どんげかせんといかん』。翻訳すれば『なんとかしないといけない』。これだけは、学者ではなく政治家でないとできないんだ」

義博が強い決意を込めて答えると、天草四郎はニッコリ笑って「分かった。頑張れよ」と酒を注ぐ。

義博は、飲めない酒を一気にあおった。

来店していない常連客も真田が呼び出し、「義博の新たな出発を祝う会」の開始だ。

「たまには顔出せよ」

「また、前に居た世界に戻りたくなったら来るんだぞ」

「何かヒントを見つけたら教えにきてくれ」

短い付き合いとはいえ、同じ境遇にある義博の新たな出発を、皆が心から祝福していた。

最後に、全員で記念写真を撮影する。

その写真は、日本の歴史上の人物、丁さん、徐福、ジョーンズ、サンジェルマン伯爵やエルドリッジ号乗組員という、まさに時代と国を超えた写真だ。

「前に居た世界で幕末に撮られた、幕府方も新政府方も問わず幕末オールスターが一堂に会している謎の写真・『フルベッキ写真』のようなものだな」

義博は、その写真を大事に懐にしまった。

その夜遅く、自宅に帰った義博は、睦子、陽一、皐月、文隆を集める。

「大学教授を辞めて、宮崎県に戻って衆議院議員選挙に出る。政治家になって日本を良くしたいんだ」

「あなたについていくわ。あなたを支えたいの」

睦子はしっかりとした口調で賛成した。

子供たちはどうかと尋ねる。

「僕たちは東京、ここで生活を続けるよ。僕と皐月は仕事、文隆は高校があるしね。僕と皐月の収入で生活はできるから心配しないで。それに、当選したら、東京に家があった方がいいだろ！」

三人を代表して、陽一が力強く答えた。

「こっちのことは心配しないで頑張って！」

皐月も、文隆も、笑顔で義博を激励する。

義博が前に居た世界で広がりつつあった『頑張れ』と言ってはいけない」というおかしな風潮は、この世界では無縁だ。


翌日、義博は、大学に退職届を提出した。

新年度の授業開始直前の三月ということで、大学から慰留された。しかし、義博の熱い思いに納得し、陰ながら応援するということで話がついた。

ただ、後任を探さなければならない。

通常、大学は、教員公募をし、応募者の中から選考することになっている。ただ、実際は、ほぼ採用者が決まっている「出来レース」だ。

大学のホームページには、募集期間わずか一週間、着任は四月一日という、「公募をした」というアリバイ作りの公募情報が掲載された。大学側の「期待」通り応募はなく、義博が推薦した、帝都大学法学部の後輩の若手政治学者が後任に決定した。

知り合いへの挨拶回りの最後に、義博は、「帝都大学本郷地区浅野キャンパス」の鷹山鳩研究室に立ち寄る。

ちょうどアダムとイブが鷹山鳩教授と談笑中だ。やはり弥生は居ないようだ。

「よお、兄弟」

アダムが立ち上がり、力強く握手する。

「ヨシヒロ、この間は『よかった』わ」

イブがポッと顔を赤らめた。

アダムとイブの間では、やはり、義博がイブを「寝取る」ことは話がついていたようだ。

「兄弟、なんで僕がイブと『逢い引き』することを認めたんだ？　イブは君のことが大好きなんだぞ。それでいいのか？　何か理由があるのか？　それとも、その意味での『兄弟』になろうってことか？」

義博が問い詰める。

「まあ、いつか話すし、話さなければならないけどね。まだ『結果』がどうなるか分からないんだ。『結果』が出たら、きちんと話すよ」

アダムが真面目な顔で説明し、黙り込んだ。

「秋津君、噂は耳に入っているよ。君の人生だ。やりたいようにやればいい。これは気持ちだ」

少し重くなった空気を和ませるように、鷹山鳩教授が「御餞別（おせんべつ）」と書かれた袋を義博に手渡す。

中には、かなりの金額が書かれた小切手が入っていた。

「こんなもの受け取れません。本当に『気持ち』だけで結構です」

「気にしないでいいよ。選挙、金がかかるだろ。ちょっとした臨時収入があってね。今、アダム君から研究の『謝礼』を受け取ったところだ」

鷹山鳩教授は親指と人差し指で「円」を作り、アダムを見る。

その謝礼が「葉っぱ」や「裏金」でないことを願いつつ、義博は鷹山鳩教授、アダム、イブに別れを告げた。

義博としては、学識経験者ということで貴族院議員を目指し、その指名・任命を待つ方法もある。しかし、「民意を問いたい」と、あえて衆議院議員選挙に立候補することにし、宮崎県庁で出馬表明の記者会見をした。桜が満開の、二〇二〇年三月下旬のことであった。

義博は、この世界の実家がある宮崎市を含む宮崎一区で、選挙運動、いや、選挙に向けた「政治活動」を始めた。田舎の選挙は思わぬ妨害に遭うことがあるので、両親は巻き込まない。宮崎市内に別に居を構え、睦子と夫婦二人三脚だ。

選挙運動は文字通り選挙期間中の運動で、普段・日常の政治活動とは別である。

選挙期間中でもないのに選挙運動をすると公職選挙法違反になるが、政治活動をすることは憲法すなわち「日本国基本法」で保障された自由だ。普段から政治家や政党のポスターを貼ったり、ビラ配り、政策報告会や懇親会を開催することは、政治活動として認められている。

政治活動と選挙運動の区別はあいまいで、厳密には区別できない。

一律に制限した場合、「政治活動の自由」の侵害になりかねないので、ケースバイケースで判断するしかない。どうしてもグレーゾーンがある。それは、義博が前に居た世界でも、この世界でも同じであった。

大学での政治学の授業内容を見直した際に判明した通り、義博が前に居た世界とは選挙制度が異なる。この世界では、衆議院議員の選挙制度は中選挙区制で、宮崎一区の定数は四、つまり、立候補者のうち、法定得票数を獲得して、かつ、四番目までに食い込めば当選できる。

義博は、憲法すなわち「日本国基本法」改正、さらに新憲法制定が主たる政策なので、政党の公認・推薦はあえて求めず、保守系無所属として政治活動を始めた。


選挙で当選するには、地盤、看板、カバンの「三バン」が必要とされる。

地盤は文字通りの地盤だ。

世襲ではなく、知事・市長すなわち首長や地方議会議員でもない義博は、地元というくらいで、地盤はないに等しい。

看板は知名度だ。

学者は微妙で、肩書自体としてはマシとはいえ、マスコミなどに登場していない場合は知名度につながらない。つまり、東京の大学で普通に研究と授業をしていた義博には、看板もないに等しい。

カバンは資金だ。

選挙には、お金がかかると言われる。

まず、立候補の際、それなりの額の供託金を供託しなければならない。「供託金没収点」以上の票数を獲得すれば戻ってくるが、それでも、いったんはお金が出ていくことになる。万一、供託金没収点の票数に達しなければ没収されるので、その場合も想定しなければならない。

また、公職選挙法などで、選挙運動費用のうちの一定の費用については公費負担となり、さらにはそれぞれの支出の基準や制限が定められている。

しかし、実際の選挙は、そうはいかない。

とくに、選挙運動とは別とされる「政治活動」については、資金量がモノを言う。事務所経費、ポスターやパンフレットの印刷、人件費など、選挙期間中にかかるお金よりはるかに多くなる。

大学教授の給与は、世間のイメージと違って安い。

無所属なので政党からの支援もない。

日本国基本法改正・新憲法制定が主たる政策では、一般市民、まして企業などの政治献金も望めない。

つまり、義博が選挙に使えるのは、わずかな退職金だけで、カバンもないに等しい。

結局、義博は「三バン」がない状態で、地道に衆議院議員選挙を見据えた政治活動をするしかなかった。

小選挙区制の場合、得票最上位の一人だけが当選する。

そのため、投票率を除外して考えると、候補者が二人だけの場合、有効投票の半分、五〇パーセントを超える得票が必要となる。候補者が三人としても、三分の一を超える票を獲得しなければ当選できない。

中選挙区制では、複数人が当選する。

たとえば四人が当選する場合、仮に候補者が六人とすると、二人が落選で、その二人の得票率が合計二〇パーセントとすると、残り八〇パーセントを四人で分けることになる。

つまり、八〇パーセント／四人となり、有効投票の二〇パーセントの票を獲得すれば当選確実となる。実際は、トップ当選と四位当選では差がつく。トップの得票率が三〇パーセントとすれば、四位はかなり低い得票率でも当選できる。

要するに、小選挙区制よりも中選挙区制の方が、少ない得票でも当選できることになる。

さらに、小選挙区制で一人しか当選できず、少なくとも有効投票の三分の一程度の得票が必要とすると、万人受けする政策を訴え、有権者にとって不人気・不利益でも真に必要な政策は打ち出せないことになる。

そのため、「減税」「経済の活性化」「医療」「福祉」「高齢者に優しい」「子育て」「教育」「地方の発展」など、もっともらしい政策を主張し、どこからその財源が出てくるのか、その財源のために増税が必要などということは言いにくい。

他方で、複数人が当選する中選挙区制の場合、少ない得票でも当選可能なため、本当にやりたいこと・必要なことを政策とし、有権者にとって不人気・不利益な事実・政策も指摘・主張することができる。

義博が前に居た世界と異なり、この世界では、景気は良く、地方も発展して、社会全体がうまく回っている。

しかし、それでも、もっともらしい生活密着の公約・政策を掲げる候補者が多い。

そんな中、義博は、憲法、この世界では「日本国基本法」の問題点を指摘し、その改正、さらには新憲法制定を主たる政策とした。

「憲法は国民の日常生活に関係ない」と思われがちだが、それは大きな間違いだ。

国家・国民の基本的なことは、全て憲法で定められている。社会がうまくいっているからこそ、憲法の問題に取り組まなければならない。今こそ、日本国基本法改正、そして新憲法制定が必要だ。

義博は、主としてミニ集会、ポスターの掲示、パンフレットの配布、さらにゲリラ的に街頭演説を行った。インターネット主体ではなく、昔ながらの「ドブ板選挙」だ。

政党の公認・推薦がなく、組織がないため最初は苦労したが、地道な活動により、次第に支持者が増えていった。


二〇二〇年夏の東京オリンピック・パラリンピックでは、国力がそのまま反映され、日本はアメリカに次いで二番目の数の金メダルを獲得し、国民は沸きかえった。

その余勢を駆って、秋に衆議院が解散された。

義博は、日常生活に関する政策を主張しない異色の無所属候補として、苦戦が予想された。

しかし、蓋を開けてみれば、定数四のうち三番目に食い込み、初当選。

当選後も、「日本国基本法改正・新憲法制定のためには政治的中立性が必要」として、あえて無所属議員として活動することにした。

選挙結果そのものは日本臣民党の大勝利で、政局は安定した。

翌年の二〇二一年末に、二〇一二年末から三期九年の日本臣民党総帥任期を全うして、吉田一郎太政大臣が勇退。在任期間の通算最長記録及び連続最長記録を樹立した長期政権だった。

後継太政大臣は安井新三郎左大臣で、憲政史上初の親子での太政大臣就任となった。

安井新三郎太政大臣は安井新一郎元太政大臣の息子であるとともに、陸助信元太政大臣の孫でもある。ただ、安井新一郎元太政大臣は陸助信元太政大臣の娘婿であるため、文字通りの三代の太政大臣ということにはならなかった。それでも、「三世代」太政大臣ということもまた快挙だった。

安井新三郎太政大臣は、前任の吉田一郎太政大臣の明るさをさらに発展させ、「日本を、とにかく明るくする」をキャッチコピー、「とにかく明るい安井」をキャッチフレーズとして、笑顔を振りまいた。大江戸ジャイアンズの江顔監督と共演した「とにかく笑うＣＭ」は話題を呼び、日本国民全員が笑いに包まれた。

義博の最優先課題は、新憲法制定であった。

義博が前に居た世界では、義博に関連する政策では、地方の衰退、大学制度と教育についての問題が深刻であった。しかし、この世界では、地方は均衡のとれた発展をしており、大学の質・教育の質も確保されていた。そのため、義博は、本来的な専門である憲法の問題に集中できた。

義博が前に居た世界での西ドイツ（ドイツ連邦共和国）は、占領下において国家の基本となる「憲法」を定めることを避け、一九四九年の独立回復時に憲法を定めた。ただ、東西ドイツ統一時に正式な憲法を定める建前で、その名称は「ドイツ連邦共和国基本法」とされた。そして、実際には、一九九〇年の東西ドイツ統一後も、そのままドイツ連邦共和国基本法が憲法とされていた。

それに対して、この世界の日本の憲法は、占領下で制定されたため「日本国基本法」という名称で、独立回復時に正式な憲法を制定することになっていた。しかし、一九五一年のロサンゼルス平和条約で独立を回復した後も、今に至るまでそのままだ。

日本国基本法は、吉田一郎政権において、その高い支持率に支えられ、悲願の改正がなされていた。とくに九条の改正で、自衛権を行使するための戦力の保持が明記され、自衛隊が国防軍に改名・改組されたことは括目（かつもく）するべき進歩であった。

しかし、緊急事態における法整備の前提となる緊急事態条項は、九条改正に重点が置かれたため先送りされた。

さらに、天皇の地位、意味不明の前文、「英語の原文を翻訳したことに起因するおかしな日本語の条文」という問題が残っている。

また、英霊の御霊（みたま）に報いる「太政大臣の『報国神社（ほうこく）』公式参拝」に反対する一部の勢力の主張の根拠になっている、二十条・八十九条の政教分離規定は、ぜひとも改正・整備する必要があった。

安井新三郎太政大臣は日本国基本法改正に積極的な立場であったため、これらの条文の「改正」も模索されていた。ただ、日本国基本法改正発議（はつぎ）と国民投票を何度も繰り返すことは、実務的にも日程的にもかなりの困難が予想された。

さらには、九条を改正した後においても、「日本国基本法九条の改正は日本国基本法違反で無効」という、一見矛盾するように聞こえる（矛盾しないという考えも法理論的には成り立つ）主張がある。そのため、日本国基本法九条を再度改正して元の条文に戻すことを求める声が、国民、さらには皇国議会議員の中にも存在していた。

義博は、これらの問題を抜本的に解決するには、日本国基本法改正ではなく「新憲法制定」しかないと考えていた。

そのためにこそ無所属で当選し、活動することにしたのだ。

党派色があると、どうしてもそのこと自体で反対を受ける可能性がある。無所属で、理論的に考え筋を通さないと、新憲法制定は不可能だ。


新憲法制定に理解があった安井新三郎太政大臣のはからいで、義博は、無所属で、政党にも会派にも所属せずとも、衆議院本会議で新憲法制定を発案する演説の機会を得た。

以下は、その演説の概略である。

「日本国基本法は、大日本帝国憲法の『改正』として成立しました。しかし、理論的には、天皇主権の大日本帝国憲法から国民主権の日本国基本法への『改正』は、憲法改正の限界を超えています。『憲法改正には限界がない』という学説の立場に立てば理論的には問題ないのですが、『憲法改正には限界がある』という学説が当時も主流でしたし、今も主流です。

そのため、当時の憲法学の主流派の学者は、『一九四五年八月のポツダム宣言受諾時に、日本国の主権が天皇から国民に移動し、国民主権となった日本国の国民が新憲法である日本国基本法を制定した。ただ、外形的に継続性を保つために大日本帝国憲法の改正の形を採った』という、いわゆる『八月革命説』を主張し、日本国基本法の正統性を保とうとしました。

しかし、実際には、ポツダム宣言受諾時、日本国政府も国民も、主権の移動を認識しておりません。天皇陛下は、玉音放送において『朕はここに国体を護持し得て』とおっしゃられています。つまり、当時、日本は、天皇主権という国体を守ったとして、また、守ることを条件として、降伏、厳密には休戦を受け入れたわけです。

そのため、連合国軍最高司令官総司令部すなわちＧＨＱの指示を受けて作られた日本側の新憲法案は、大日本帝国憲法の修正であり、とくに天皇主権は維持されていました。

それに対して、ＧＨＱは短期間で作った憲法案を日本側に提示し、それを基に『日本国基本法』が制定されました。当時の日本は占領下のため、占領者が被占領地の法律を尊重することを定める『ハーグ陸戦法規』に違反しており、国際法的には無効となります。

ハーグ陸戦法規は『やむを得ない場合は法律の変更は可能』と読めること、また、『ポツダム宣言は特別法で、一般法であるハーグ陸戦法規に優先するので、ポツダム宣言に基づいて日本国の憲法を改正・制定することは可能』という主張もあります。

しかし、国家における基本的な法である憲法を改正、まして制定することは、『やむを得ない場合』ではなく、また、特別法優先の対象でもないと考えられます。

その後、日本の『帝国』議会で日本国基本法が審議・議決され、さらに公布・施行されたことをもって『追認』されたという主張もあります。しかし、占領下、ＧＨＱに言論統制された状況で、そのような主張は成り立ちません。

せめて、一九五一年、ロサンゼルス平和条約により独立を回復した時点で、新たに日本国の憲法を制定するべきでした。実際、我が国と同じように占領されたドイツ連邦共和国では、占領状態が解消されるまで待って憲法が制定されました。それも、東西ドイツ統一までの仮の憲法なので『ドイツ連邦共和国基本法』という名称です。

その後、日本国基本法成立における根本的な問題点は次第に指摘されなくなり、指摘されても『長年の実例の積み重ねにより追認された』などと主張されてきました。

その主張を受け入れるわけにはいきません。

日本国基本法制定後七十年を過ぎた今こそ、新たな憲法を、国民の手で制定するべきです。そのためには党派を超えて草案を作り、幅広い国民の賛意を得た、新時代にふさわしい憲法とするべきであります。

以上、要約しますと、占領下において制定された『日本国基本法』は、その成立経緯から法的根拠が疑わしく、また、内容的にも少なからぬ不具合が生じているため、その改正ではなく、新憲法制定が必要ということであります」

当初は野党席を中心にヤジが飛んでいたが、途中から議場は水を打ったように静まり返り、演説終了時には万雷の拍手、スタンディングオベーションが自然発生した。日本国基本法そのものの問題点を、ここまで明確に皇国議会で主張した議員は居なかった。

本来もっと細かく説明するべきだし、しようと思えばできた。ただ、時間の関係と、本筋が分からなくなることを避けるため、この長さにとどめた。学者としての義博の面目躍如であった。


その後ほどなく「新憲法制定委員会」が設置され、無所属の義博が委員長に就任した。

義博が無所属のため、委員それぞれも党派にこだわらず是是非非（ぜぜひひ）の姿勢で臨み、喧喧諤諤（けんけんがくがく）の議論が行われ、新憲法案がまとめられることになる。

その過程においては、東京系の憲法学者のみならず京都系の憲法学者の主張も採用され、さらには言語学者の意見も参考に日本語として美しい文章となっていった。

義博が中心となり新憲法制定作業に打ち込むこと一年余、二〇二三年初めに、とうとう「日本皇国憲法案」が完成した。

「皇国」とした理由は、一条に「天皇は日本国の元首である」と明確に定められたことによる。ただ、国民主権ということは、日本国基本法と変わらない。そのため、「日本帝国憲法」でもなく、単なる「日本国憲法」でもない、「日本皇国憲法」がふさわしい。

国防軍の地位もあらためて定め、緊急事態にも対応できるように緊急事態条項も整備された。日本の国旗は「日の丸」、国歌は『君が代』ということも、憲法で定められた。

細かい点も含め、憲法上の問題が全て綺麗に処理されたのは、学者としての義博が全力投球した成果であった。

新憲法制定において、「日本国基本法改正」の形を採るかどうかという点が争いになった。

検討の結果、まさに日本国基本法制定の際の二の舞になるということから、「改正」ではなく、「日本国基本法の廃止」と「新憲法日本皇国憲法の制定」という形を採ることにした。

日本国基本法廃止、新憲法「日本皇国憲法」制定に必要な手続きは、日本国基本法にも各種法律にも定められていない。

そこで特例法が定められ、日本国基本法改正と同じく、衆議院と貴族院それぞれの総議員の三分の二以上の賛成で新憲法制定を発議。国民投票を行い過半数の賛成を得た後に、天皇陛下によって公布、施行されることになった。

この手続き自体は、日本国基本法改正手続きと同じである。

ただ、あくまで「新憲法制定」ということが重要であった。

衆議院と貴族院それぞれで総議員の三分の二以上の賛成を得、新憲法「日本皇国憲法」制定が発議された。国民投票においても党派を超えた支持を得て賛成多数となり、天皇陛下による日本皇国憲法公布と施行まで滞りなく進んだ。

ここに、日本国の真の憲法「日本皇国憲法」が制定された。

二〇二四年二月十一日の「紀元記念日」に公布、四月二十九日の「昭和の日」に施行。あえて、五月三日の「基本法記念日」を外したことも、意義があることだった。

ただ、基本法記念日を廃止するとゴールデンウィークが短くなるため、「新たな日本の日」と名称が変更され、あらためて祝日とされた。

あわせて「皇室御範（ぎょはん）」も改正され、男系男子が天皇に即位することに加え、男系女子も即位が可能と定められた。これは、かつての女性天皇と同じである。

他方で、女系男子、女系女子は天皇に即位できないことも明記された。

「男性天皇」と「女性天皇」、「男系の天皇」と「女系の天皇」は、分けて考えなければならない。これは、いったん「男系女性天皇」が即位しても、その後は「男系男性天皇」が即位することで、初代天皇であらせられる神武天皇以来の男系を継続するという意味がある。

天皇譲位も明文で規定し、さらには旧皇族の皇籍復帰も実現し、皇位の安定した継承のための体制が整備された。

また、日本国基本法下では一般法律扱いとなっていた皇室御範が、大日本帝国憲法下と同じく憲法と同格の扱いとなったことも、目立たないが重要な改正であった。

日本皇国憲法制定までの間も、その制定後も、国益を損なう、国民に不利な、首をひねるような法案が頻繁に作成・提出された。

アダムとイブによると、そのような法案を作成・提出するのは、日本、そして世界を混乱させようとする悪意ある宇宙人、端的にはレプティリアンやドラコニアンが日本人に化けた議員、またはその魂を持つ議員、さらには悪意ある宇宙人に魂を売った議員だ。

ドラコニアンは素行が悪く人間に化けていてもなかなか当選できないので、子分のグレイを身代わりに使って議員とし、裏で糸を引くことが多い。

そのような邪悪な法案は、義博をはじめとする、与野党問わずシリウス、プレアデス、ベガ、アンドロメダ、アルクトゥルス、プロキオンなどの善良な宇宙人が日本人に化けた議員及びその魂を持つ議員によって阻止・否決された。

ただ、与野党問わず、厄介な正義感を持つオリオン星人や空気が読めないアヌンナキが日本人に化けた議員、また、その魂を持つ議員が一番扱いづらかったことは言うまでもない。

義博は、無所属ながら、鷹山鳩教授の紹介で、日本臣民党の鷹山蝶元太政大臣と協力することになった。鷹山蝶元太政大臣とは帝都大学法学部の先輩・後輩ということもあってウマが合い、その後ろ盾で数々の「前に居た世界でまずかった改革」を阻止した。

郵政民営化、国鉄分割民営化、電電公社分割民営化、専売公社分割民営化、消費税導入、労働市場改革とくに派遣の拡大、大蔵省分割をはじめとする省庁再編、男女雇用機会均等、移民の緩和などが、邪悪な「抵抗勢力」から発案された。しかし、義博は、前に居た世界でそれらの改革がどのような結果を招いたかを知っていたので詳細に反論し、全て阻止・否決することができた。

国際的には、日本の国連安全保障理事会常任理事国入り、日米安全保障体制の強化と米軍基地の整備、日露友好推進と共同統治地「樺太」の日本単独統治化、東アジア連携組織「シン・大東亜共栄圏」の設立、国防軍の強化と日本宇宙軍創設など、日本の地位を確固たるものにする政策を主張・推進・実現した。

国内的には、新幹線の整備、高速道路の整備など、運輸・建設族としてインフラ整備に尽力。とくにリニア中央新幹線建設については、「国家百年の計」として二〇二五年四月の大阪万博開幕に間に合うように、全線開通を大幅に前倒しした。

さらに、長男・陽一が野球、次男・文隆が相撲をしていることからスポーツ振興にも力を注ぐ。新宿のスナック「輪廻転生」で知り合った石原さんを日本陸上長距離の強化委員に任命した結果、二〇二四年夏のパリオリンピックで男女ともマラソン金メダルを獲得し、国民は喜びに沸いた。

文化面では、長女・皐月がアイドルをしていることから、世界に日本の「クール（格好いい）」な文化を発信する「クールニッポン」政策を推進、日本のアイドルは世界のアイドル、日本のアニメは世界のアニメとなった。

元々景気が良かったうえに、多くの公共事業によりさらに経済が活性化、消費税がないことで消費が促進された。

その結果、企業の収益が上がり、労働者の賃金が上昇、そのことでさらに消費が促進されるという「正のスパイラル」が発生し、「神武景気」「岩戸景気」「いざなぎ景気」を超える、史上空前の好景気「天地開闢（てんちかいびゃく）景気」が現出した。

二〇二四年の秋、「日本皇国憲法制定の信を問う」という名目で、任期満了に近いこともあって衆議院が解散された。

義博は与野党それぞれから慰留されたが、「日本皇国憲法制定で自分の役割は終わった」と政治家を辞し、学者に戻った。

選挙結果は、好景気と安井新三郎太政大臣の明るさにより日本臣民党が史上空前の圧勝、安井新三郎政権は長期政権となることが予想された。

そして、新たな「皇室御範」の規定に従い、二〇二四年十二月二十三日の天皇誕生日をもって天皇陛下が皇太子殿下に譲位。

一九八七年九月二十日に始まった「光文」は、三十八年で終わった。

同日、新元号は「令和」ではなく、義博が前に居た世界で「平成」の次の元号と噂になっていた「安始（あんし）」と発表された。

この世界でも「安始が噂になっているので、別の元号になるのではないか」と予想されていたため、「安心してください、安始ですよ」と、安井新三郎太政大臣が笑顔で自ら新元号「安始」の額を掲げた。

安井新三郎太政大臣は、しばらくは親しみを込めて「安心の安始おじさん」と呼ばれることになった。

安始元年は十二月二十四日から三十一日までで、これは紹和元年に匹敵する短さだった。

二〇二五年は安始二年である。

いよいよ四月には大阪万博が開催される。街中には、大阪城と桜の写真を背景に、ピンクの大きな文字で「よし、行こう、大阪万博」と書かれた大阪万博ポスターが溢れている。

それに先駆けて、リニア中央新幹線が全線開通した。品川から中央線沿いに進み、名古屋から奈良を経由して新大阪まで、それこそ「あっという間」に到着する。

今回の大阪万博には、一八六七年の第二回パリ万博にちなみ、宮崎県と鹿児島県が合同で、日本国とは別に「薩摩館」を設けて出展する。

島津氏の縁戚にあたり、宮崎県の薩摩地域・都城出身である義博は、リニア中央新幹線早期全線開通の立役者として大阪万博開会式に招かれ、挨拶することになっていた。

政治家を辞め、のんびりした時間の中、義博は、その幸せを実感していた。学者に戻ったとはいえ、授業は四月からだ。

政治家だった頃から継続して、極秘裏に鷹山鳩教授とともに、来(きた)るべき宇宙からの侵略に備える「機動ロボット28号」の開発、さらには隕石を迎撃する基地の建設など、表に出ない活動を続けていた。

軍事面では宇賀さん・土田さん・「どん」らの軍人、作戦面では織田信長・源義経・真田信繁・天草四郎らの武将、国際関係では米軍関係者のジョーンズやエルドリッジ号乗組員と極東情勢に詳しい丁さん、隕石関係では信太伸太郎君が協力し、コクシ電鉄堺社長が活動資金を援助した。

その会合などの帰りには、鷹山鳩教授、コクシ電鉄堺社長、麻雀の本場・中国出身の丁さんと上野動物園そばの雀荘で麻雀をすることが楽しみだった。

しかし、この世界でも、麻雀でお金を賭けることはできない。ただ、麻雀にお金を賭けることが全て摘発されるならば、ちょっと前の大学生や社会人の大半が摘発されただろう。これほどうるさくなったのは、麻雀人口が減ったことと、「不謹慎厨」が増えたためだ。

かつて、秦の始皇帝の時代、あまりにも厳格な法で苦しんだ庶民は、漢の高祖(こうそ)・劉邦(りゅうほう)の、法を「殺人は死罪、傷害と盗みはその罪に応じて処罰する」だけにする「法三章」に狂喜乱舞した。

法律家でもある義博だからこそ、法には「遊び」の部分が必要と言える。

不謹慎厨が世の中を息苦しくし、自分たちの首も絞めていることに気づかないのだろうか。これもまた、日本で増えている「レプティリアン系オリオン星人」の仕業に違いない。

他方で、「銀河パチンコ777」では、パチンコの景品の金地金のチップや栞などを、近くにある小屋の店が買ってくれる。パチンコも好きな義博としては、不謹慎厨がここまで手を伸ばさないことを願いたいところだ。

シリウスで公開された、義博とアダムとイブとの出会い・交流を描いた映画『ベントラ』は、歴代興行収入一位の『ETO えーと』に迫っていた。その縁で、義博は「かぐやプロダクション」制作『シン・勝取物語』の法律監修もしていた。

映画関連では、アダムとイブ主演、盗賊かぐや一味を追う『捕物物語』を帝都大学本郷地区本郷キャンパス地下で観た時、同時上映のピンク映画『寝取られ物語』にアダムらしき俳優が出演していたことが気になっていた。

妻の睦子はこの世界に満足し、生き生きしている。

料理が上手で多趣味、義博との悠々自適の生活を楽しんでいる。最近は、「超時空洋裁教室アクセス」の通信講座で洋裁を始めた。徐福から買っている不老不死の薬を義博とともに愛用しているので、実年齢よりはるかに若く美しい。

長女の皐月は、義博が大ファンだった「団子坂６６６」の第六期オーディションに合格し、いきなり選抜入り、それもセンターを担っていた。

新規加入メンバーがセンターということで他のメンバーの嫉妬を買い、さらにアンチが湧いたが、義博・家族の励ましとファンの後押しで乗り切ることができた。その後も、義博とアダムたちアイドルヲタ宇宙人が皐月のグッズを大量に買い支え、センターの地位を保っていた。

「団子坂６６６」という名称の由来は、上野公園、帝都大学本郷地区の三つのキャンパス、文京区団子坂を結ぶ正三角形が結界になっていて「アメリカ・ネバダ州のエリア５１」に匹敵する「日本のエリア６６６」となっていることだった。そのことは加入時にメンバーと家族に極秘事項として知らされ、口外しない義務が契約書に謳われていた。

道理で、帝都大学本郷地区本郷キャンパスの地下にＵＦＯ基地があったり、きさらぎ駅・やよい駅が出現したり、鷹山鳩教授が別の世界からこの世界の上野動物園そばの雀荘に移動してきたりするわけだ。

「団子坂６６６」が毎年お盆に行う「黄泉の国」ライブは大盛況で、家には、お土産の、黄色地に黄色字で書かれていて何が書いてあるか読めないペナントや提灯が飾ってある。

皐月は、黄泉の国に行くたびに伊佐夫婦の営む定食屋「イザヤ」に通い、ポイントカードで特典をゲットしていた。皐月が「イザヤ」に通うのならば、前に行った時に「特典『五回来店で一品サービス』はセコい」とクレームをつけておくべきだったと義博は悔やんだが、後悔先に立たずだ。

皐月もお年頃。一度、「常世戦隊シャンバラジャー」メンバーとの密会写真を撮られたが、黄色い背景に黄色のシャンバラジャーで見分けがつかず、事なきをえた。

この秋には、老人介護施設を慰問した人脈を活かし、かぐやプロダクション制作『続・こぶ取り物語』の主題歌でソロデビュー、シリウスの芸能界に進出することが決定していた。

長男の陽一は、監督として、無名の公立進学高校を夏の甲寅園で優勝に導いた実績を評価され、大江戸ジャイアンズの総合コーチに招聘された。

プロ野球選手の経験がない監督・コーチは、かつては存在したが、近年ではまさに快挙だ。

ジョーンズ・マンタローの息子、「最後の侍」ことジョーンズ・イルカ、愛称「バンバンバン」投手は大江戸に入団し、陽一が熱血指導した。その成果もあり、ジョーンズ・イルカは一年目から魔球を駆使して大活躍。三十五勝をあげ、最多勝、最高勝率、最優秀防御率、奪三振王、新人王、ベストナイン、ゴールデングラブ賞、沢村賞、ＭＶＰと主要なタイトルを総ナメにした。その連投は、義博が前に居た世界の「権藤博投手」と同様に「イルカ、イルカ、雨、イルカ」と称えられた。

義博が政治家時代に知り合ったアメリカのハリウッド元大統領肝いりで制作された、日米合同制作の映画『最後の侍ジャイアンズ』は大ヒット。父のジョーンズ・マンタローは歌手にカムバックし、リリースした『イルカを育てた実年』はミリオンセラーとなり「一発屋」という世評を払拭した。この世界では、「実年」が死語になっていない。

大江戸は連覇中で、黄金時代を迎えつつあった。

大江戸の次期監督本命だった滝田投手コーチは、二〇二三年、フランス国籍を持つ息子の存在、そしてその息子が「マットラレン」大統領とカミングアウト、大江戸を電撃退団しフランスの野球代表監督に就任した。一九八五年に六甲イエローキャッツを日本一に導いた「ムッシュ」元六甲イエローキャッツ監督をコーチとし、二〇二四年夏のパリオリンピックの野球で、金メダルの日本に次ぐ銀メダルを獲得した。

　滝田投手コーチが退団したため大江戸の次期監督レースは混沌としており、陽一も一躍、監督候補に躍り出た。

　次男の文隆は、高校横綱を名刺代わりに、鳴り物入りで角界入りした。二子貴部屋に入門し、本名の秋津に洲を付けた「秋津洲（あきつしま）」すなわち「日本の本州」という、大物にふさわしい四股名を名乗った。各段で優勝し、入幕したばかりにもかかわらず、次期大関、次期横綱の呼び声が高い。かぐやプロダクションから、映画『綱取（つなとり）物語』の主人公のオファーが届いていた。

　全員健康で、それぞれの道で生き生きと、楽しく暮らしている。

　義博は、前に居た世界が、遠い昔のこと、文字通りの別の世界のように感じていた。徐福から「不老不死の薬」を買うために新宿のスナック「輪廻転生」には顔を出しているが、前に居た世界に戻る気はないし、戻る必要もない。

　アダムとイブとの交流も続いた。

義博は、二人が幹事を務める、年に一度の「宇宙警察銀河太陽系本部のお偉いさんと上野公園の桜を愛でる会」に招待されていた。

さらに、鷹山鳩教授とともに、石川県の出合茶屋「あいびき」で、ベーリング海と竹島で獲れた「日本産」のカニ料理でアダムとイブを年に数回接待している。

二人への手土産で好評だったのは、義博の地元・宮崎県の名産品として名高い、日本一の宮崎牛、高級マンゴー、焼酎だ。とくに、皇太子殿下・現天皇陛下御愛飲の入手困難な焼酎「一万二千年の友情」は宇宙警察本部でも評判を呼んでいた。

二人は宇宙警察の「裏の調査官」なので、接待することは日本と地球の利益のためには当然のことだ。地球と宇宙警察との関係を円滑にするための儀礼の範囲内であり、このような会食にまでいちゃもんをつけると、日本は、地球は、大きな損失を被ることになる。

アダムとイブは、接待を受けたことを宇宙警察銀河太陽系本部地球支局日本支部総務課にきちんと報告していた。

さらに、接待としての常識的な額を超える場合、アダムが差額を支払い「宇宙警察銀河太陽系本部地球支局日本支部　御中」という宛名の領収書を切ってもらっていた。

「全額『おんぶに抱っこ』だと、アダム先輩・イブ先輩みたいに左遷されちゃうからね。それに、宛名が『上様』だと経費にならないんだ」

宇宙警察にも「領収書」があり、「御中」「上様」という用語があるということは、日本の習慣が宇宙標準ということになる。

ただ、シリウスに「おんぶに抱っこ」という言葉があるのか、それとも日本で覚えたのかが気になった。地球の欧米には「おんぶ」「抱っこ」の習慣がないので、疑問といえば疑問だ。

接待する側の義博は、酒が飲めない。

そのため、相当な金額として「一万円」を支払い、「あいびき」から「秋津義博　様」という宛名の領収書をもらって、適正に処理していた。

第七章　帰還

二〇二五年三月十四日の夕方。

義博は、睦子とともに、四月に開催される大阪万博に出展する「薩摩館」の打ち合わせのため、品川発新大阪行き、開業間もないリニア中央新幹線「のぞみ」に乗車した。

東京から大阪に行くにはこれまでの東海道新幹線でもいいとはいえ、リニア中央新幹線に乗ってみたいのは人情だ。わずか一時間余りで大阪に着く。

極限まで流線型を追求した銀色の車体は、地球製ＵＦＯにも見える。その設計と製造には帝都大学の研究開発チームが参加しているということで、鷹山鳩教授を介して宇宙人の技術が使われていることは明らかだった。

前面展望車、いわゆる「パノラマカー」だ。

二人は、一番前の車両の最前列、前面に視界が開けた座席に座った。

「のぞみ」は定刻に品川駅を発車した。

当初はゆっくり進み、浮上走行になった瞬間、フッと浮いた感覚がして急加速する。乗り心地は最高だ。揺れもない。レールに接していないので、当然といえば当然だ。

名古屋に着く少し前に、睦子が耳をいじり始めた。

「急に耳鳴りがするの……」

「気圧の関係かな？」

話しているうちにも耳鳴りが大きくなり、眩暈がし始めたようだ。リニアの磁力の関係か、それとも浮上走行で酔ったのか。

「吐き気と寒気がするのよ。名古屋で降りて様子を見るわ」

睦子は降りる支度を始めた。

義博は、その夜に大阪で打ち合わせがあるため、どうしてもこの「のぞみ」に乗り続けなければならない。睦子は、耳鳴りと眩暈が落ち着いたら東海道新幹線で大阪に向かうことにして、名古屋で降りた。

ホームに降りた睦子の姿が、義博にはかすんで見えた。

慣れないリニアに乗ったためか、はたまた車内で資料を読んでいたために目が疲れたのだろうか。

「これから起こるであろう事故・災害を、睦子が無意識に察知して降りたのかもしれない」

睦子とは、もう二度と会えないような胸騒ぎがする。

名古屋からは、関ケ原方面ではなく、真っ直ぐ西に向かう。

「織田信長が長島一向一揆を鎮圧した時には、このルートを通ったのだろう。逆ならば徳川家康の伊賀越えルートだ」

そう思ううち疲れが出て、義博はウトウトし始めた。

「のぞみ」は加速し、ものの五分も経たないうちに木曽川を越えて三重県に入った。すぐに長良川・揖斐川をまたぎ、そのまま西へ疾走する。

停車の気配で目が覚めると、亀山駅に到着していた。

わずかな停車時間にホームに出て東の空を仰ぎ見ると、昇りつつある満月が輝く。

そう、今日は満月だった。

そして、今年は桜の開花が早く、駅の周囲の桜は満開直前だ。

車内に戻ると、なぜか大阪万博ポスターが目についた。大阪城と桜の写真を背景に、ピンクの大きな文字で「よし、行こう、大阪万博」と書かれたポスターが車内の至る所に貼ってある。

このポスターは街中に溢れており、義博も特段気にも留めなかった。

ただ、よく考えれば、ちょっと不思議な言葉の並びだ。妙に気になる。文面の不自然さによる違和感が強くなり、文字列が義博の頭の中でバラバラになり始めた。

いわゆる「ゲシュタルト崩壊」だ。

「よし博、行こう、大阪万」

これは、「義博、行こう、大阪」と読める。

「それにしても『万』って、何だろう……」

義博が考え始めたその時、前方に駅が見えた。

亀山駅を出たばかりなのに、おかしい。こんな近い距離に次の駅があるとは、聞いたことがない。

駅間が近いとリニアが加速する時間がないので、あるはずがない駅だ。

その駅を高速で通過した。

パッと見した駅名標に、たしかに「きさらぎ」と書いてある。

「きさらぎ駅……。えっ？」

その時、真正面から列車が接近してきた。

リニアではなく、非電化区間を走る気動車だ。パンタグラフがないという点ではリニアと変わらないが、似ても似つかない旧型の車両。それが、リニア中央新幹線は複線のはずなのに、真正面から突っ込んできた。正面衝突する。

一瞬、最前列の乗客と目が合う。

義博とそっくり、いや、義博自身だ。

不意に大きな揺れを感じた。

濃尾（のうび）地震だ。

一八九一年の濃尾地震から百年以上が経ち、二十年ほど前は「いつ発生しても不思議ではない」と騒がれていたのに、いつの間にか南海トラフ地震や首都直下型地震、さらには再度の三陸沖地震、千葉県東方沖地震が危ないと言われるようになっていた。そのため、濃尾地震については全国的にはほぼ忘れられつつあるが、濃尾地震こそ文字通りいつ発生しても不思議ではない。

耳をつんざくような「バーン！」という音が響く。

「万」はバン。

「義博、行こう、大阪、バーン！」が成立した。

義博の博は、万博の博。

そして、政治家としてリニア中央新幹線の全線開通を大幅に前倒ししたのは義博だ。

さらに、旧暦の「如月」の「望月のころ」、「桜の下」を、「西」に「行」っている。西行の和歌の通りだ。

それに、前に居た世界からこの世界に来た時も、今も、「のぞみ」に乗っている。

「睦子が耳鳴りと眩暈のせいで名古屋で降りたのは、こういうことだったのか……」

激しい揺れで頭を打ち、薄れていく意識の中で、義博は、心の中で「さようなら、みんな。さようなら、この素晴らしき世界」と別れを告げた。


「この先、列車『離合』のため五分ほど停車します……」

リニア中央新幹線は複線なのに「離合？」。

「離合」は「行き違い」を意味する西日本の方言で、宮崎では普通に使われている。しかし、ここは三重県、伊賀あたりのはずなのにおかしい。

義博がハッとして目覚めると、車内放送が流れた。

「今日もＪＲ九州を御利用くださいましてありがとうございます。この列車、日豊本線特急『にちりん』は、ダイヤ乱れのため、東都農駅で離合のため五分ほど停車します」

「あれ？　リニア中央新幹線に乗っていたはずなのに。それに、ＪＲ九州？　国鉄じゃないのか？日豊新幹線は通っていないのか？　日豊本線の特急なら『太陽』のはずだ」

戸惑う義博が車窓から外を見ると、いかにも田舎の風景で、晩秋の陽光に照らされた淡いピンクの豚を数頭乗せたトラックが田舎道を並走している。車内に侵入する肥料の臭いで鼻が曲がる。それに、このガラガラの車両は、どう見ても特急「にちりん」だ。

驚いて横を見ると、弥生が座っていた。お互いに無言だ。

ほどなく、日豊本線の東都農駅に到着した。離合のための停車で、ドアは開かない。左の車窓に、かつてのリニア宮崎実験線の高架が見える。

スマホを見ると、その待ち受け画面には「ＮＴＴ」と表示されている。その画面をよく見ると、二〇二五年三月ではなく、二〇一九年十一月だ。元号を調べると、「令和」になっている。

元の世界、元の時間に戻っていた。もちろん、さらに別、第三の世界の可能性もあるが、気配からして、ここは元の世界、それも元の時間に違いない。

前にこの世界に居た時は、東京から新幹線「のぞみ」で博多まで行き、九州新幹線で鹿児島周りで都城に行く途中、おそらくは関ケ原から「新山口」の間で異なる世界に移動した。

しかし、この世界に戻ってくると、小倉で新幹線から日豊本線の特急「ソニック」に乗り換え、さらに大分で特急「にちりん」に乗り換えて宮崎に向かう途中になっていた。

五分の待ち時間の間に上りの普通列車と離合し、再び「にちりん」は発車した。

しばらく走り、高鍋駅に到着してドアが開く。

ダイヤの乱れの影響か、「ここ高鍋駅で、十分停車します」と車内放送が流れた。

街の中心部の外れ、のどかな高鍋駅のホームに出て南の青空を眺めると、南隣の新富町にある航空自衛隊新田原（にゅうたばる）基地の自衛隊機が見えた。

その隊列の後ろに、自衛隊機に擬態したＵＦＯが飛んでいる。

パッと見は区別がつかない。他の自衛隊機には見えず、基地のレーダーには映っていないのであろう。

ＵＦＯが機体を左右に振った。「友軍」の証しだ。

五回点滅した。

イブのメッセージだ。

「ア・イ・シ・テ・ル」

シリウスでも、あの名曲はヒットしていたのだろう。

高鍋から宮崎まで、特急なのに、一時間もかかった。

単線で離合、すなわち行き違いするため、いったん遅れると遅れが拡大し、特急が対向する普通列車に待たされることもある。これが単線の醍醐味だ。乗客も慣れていて、誰も文句を言わない。


その間に、隣に座る弥生と話した。

弥生は、元々この世界に居たらしい。

正確には、かなり前に、義博が直前まで居た世界から、この世界に移動してきていた。

弥生は、前の前に居た世界では、民間の研究所の雑用係をしていることに耐えられず、上野公園での花見の場所取りの最中に退職届を書き置きして逃げ出した。そして、出現した地下の「きさらぎ駅」から電車に乗り、「やよい駅」で降り、「帝都大学本郷地区浅野キャンパス」横の「弥生式土器発掘ゆかりの地の石碑」の横から地上に出て、前に居た世界に来た。

そこでは、鷹山鳩教授の助手として研究の世界に居られる分、前の前に居た世界よりは良い世界だと自分に言い聞かせていたが、やはり我慢ならなかったようだ。その悩みを、前に居た世界の新宿のスナック「輪廻転生」でヒミコに相談していたのだ。

そのヒミコが偽者ということを、弥生は知らない様子だった。

「そのことは教えないでおこう。どうせ、巻き上げられたお金も取り戻せないのだから、知らぬが仏だ」

義博は、黙って弥生の話を聞き続けた。

弥生が前に居た世界では、二〇二〇年四月の人事でも正式な教員になれなさそうだと分かったため、二〇二〇年二月二十四日の新月の日、つまり旧暦の如月の一日、義博がイブと石川県の出合茶屋「あいびき」で「逢い引き」していた日、弥生は、さらに別の世界に行こうと決意した。その時、鷹山鳩教授に「退職届」を書き置きしたのだった。

弥生が「帝都大学本郷地区浅野キャンパス」横の「弥生式土器発掘ゆかりの地の石碑」の横に出現した階段から地下に下りると、そこには「やよい駅」ではなく「きさらぎ駅」のホームがあり、東の上野公園方面から電車が来た。

それに乗り込み、西の次の駅、「やよい駅」で降りた。

地上に出ると、一九八九年四月十二日。旧暦では弥生、すなわち弥生の新たな出発にふさわしい日、葉桜が青空に映える九段の武道館で、この世界の「平成」最初の東京大学の入学式に新入生として出席したということだ。

武道館は、鹿島神宮、明治神宮、富士山を結ぶ一直線の「レイライン」上にあるので、「やよい駅」が出現したようだ。

弥生は、二度、異なる世界に移動したということになる。

ただ、二度目は、時間をかなり遡って移動したため、この世界に居た弥生と入れ替わることはなかった。そのため、義博が直前まで居た世界で「帝都大学本郷地区本郷キャンパス」の地下でUFOを見ながら鷹山鳩教授と話した時点、さらに「帝都大学本郷地区浅野キャンパス」の鷹山鳩教授の研究室に挨拶に行った時点では、弥生が行方不明だったわけだ。

その後も、入れ替わった弥生は現れなかった。

弥生が続けた。

「あなたと入れ替わってこの世界に来ていたあなたが、元の世界に戻る前に、『延岡から宮崎に向かうこの〔にちりん〕に乗っていれば、多分、元の僕と出会えるよ』と教えてくれたから、東京からここまで来たの」

やはり、もう一人の義博は、この世界に来ていた。そして、その義博と入れ替わったのならば、義博は、元の世界の元の時間に戻れたということになる。

義博は感慨深かった。

直前まで居た世界のリニア中央新幹線が、時空を超えてこの世界の使われなくなったリニア宮崎実験線につながることを、もう一人の義博は予測していたのだ。

「前に居た世界のスナック『輪廻転生』であなたと話した時、あなたが居た世界では、女性も社会進出している、働けるって聞いてたから、この世界があなたが居た世界って分かった時は嬉しかった。一生懸命勉強して、東京大学工学部の研究員になって、この世界のあなたと出会って結婚したの。

あなたが別の世界に行く前は、私が別の世界から来たと話すと『研究のしすぎで頭がおかしくなった』と思われるから話せなかった。だけど、今は、あなたが別の世界に行って戻ってきたから話せるわ」

弥生は、ホッとした様子で義博を見つめた。

弥生はずっと、異なる世界から来たことを黙っていたのだ。だから、心を開かなかったのかもしれない。

「気づいてあげれば良かった」と思ったが、当時の義博は異なる世界の存在すら知らなかったので、気づきようがなかった。

「だけど、この世界がこんなに大変とは思わなかったわ。男性も女性も仕事と家事・育児をこなすって、お互い疲れるし、一番効率が悪い世界よ。私は、この世界に来てしばらくして、何かあるごとに『女性が、女性が』ってことさらに強調されることに違和感を持つようになったの。

私は、本当は、仕事を辞めて、子供を作ってあなたを支えたかったのよ。だけど、この世界では『あなたのような高学歴の女性がそんなことをすると、女性の社会進出が遅れる』って批判されるから、できなかったの。有名芸能人の女性が結婚して専業主婦になると、一部の人たちから批判されるのと同じよ。

『女性の社会進出』って唱える人たちに限って、専業主婦を下に見ているわよね。専業主婦も社会に出ているし、そもそもなんで『外で働くことが偉い』ってなるのかしら。私は、ずっと前から、本当は『偉そうに講釈を垂れている評論家なんかより、よっぽど専業主婦の方が輝いている』って言いたかったのに、それを言うと『炎上』するから口に出せなかったの」

義博は、弥生が苦しんでいた胸の内を知り、あらためて思った。

「たしかにそうだ。直前まで居た世界の睦子がその前に居た『女性が仕事、男性が家庭で家事・育児』する世界でもいいし、直前まで居た『男性が仕事、女性が家庭で家事・育児』する世界でもいい。向き不向きがあればそれぞれ逆でもいい。とにかく、男性も女性も、どちらかに集中した方がいい。それなのに、この世界では、男性は仕事と家事・育児をすることになり、専業主夫になることは難しい。他方で、女性は専業主婦でも、夫に家事・育児を手伝ってもらうことが当然になっている。男性には辛い、理不尽な世界だ」

「ああやって騒ぐ人たちは、人を、家庭を、学校を、職場を、世間を、社会を、国を、世界を一生批判すればいい。そんな不満だらけの人生、あの世に行った時に閻魔大王に怒られるわ。私は私の思うように生きたい。大学を辞めて専業主婦になって、あなたを支えたいの」

弥生は、吹っ切れたようにきっぱりと言い切った。

「だけど、年齢的に、もう子供は望めないわね。これまであなたが『子供が欲しい』って事あるごとにこぼしていたことは、今考えると正しいわ。過ぎた時間は戻ってこないわね。

一部のおかしな意見に惑わされて変な意地を張らなければ良かった。ああいうことを言うのは、エジプトのギザのピラミッド、メキシコのテオティワカンのピラミッドから地球に入り込んできたオリオン星人が化けた地球人と、オリオン星人の魂を持つ人たち、オリオン星人に魂を売った人たちよ。最近日本で増えているってアダムが警戒していたわ。『正義』を振りかざして『敵』認定して、徹底的に攻撃する。世間がギスギスするはずよ」

弥生は、純粋なリラ星人の魂を持っていた。

子供の頃、科学的な興味から、うっかり「こっくりさん」「キューピッドさん」をした時に、善良な霊のフリをしたオリオン星人に洗脳されていたようだ。安易な降霊術（こうれい）は、浮遊霊、地縛霊、動物霊のみならず、悪い宇宙人にも付け込まれるので、絶対やってはいけない。

さらに、子供の頃から勉強ばかりしていたので、汚い世界、悪いこと、「一見正義の味方っぽい人が一番厄介だ」ということを知らずに大人になっていた。親切そうな「ヒミコ」に騙されたように、簡単に人を信じてしまう。

これまで、「ゼミの学生が不祥事を起こしてお金が必要」という嘘の電話に何度引っかかったことか。義博が「それは『先生、先生』詐欺だ」と何度説明しても、「人をそんなに疑うものじゃないわ」「人として、騙すより騙される方がいい」と弥生に怒鳴られたことが思い出される。

やはり、最近とくに増えてきた、「純粋培養」の教育は間違っている。「不謹慎厨」に屈してはいけない。

いみじくもアダムが言っていたように、「清濁併せ呑む」器を持つような教育をしなければならないだろう。

ここが元の世界ならば、宮崎駅で降りても義博の実家はないということになる。

ただ、元の世界に戻ったということを確認するために、二人は宮崎駅で降りた。

宮崎駅は、やはり、ビルの足場のような駅舎だ。駅前は人の気配がほとんどない。駅構内の案内図には「宮崎市『中央区』錦町」とは書かれておらず、単に「宮崎市錦町」という住居表示があった。車がやたらと多く、ナンバーには「宮崎５８０」など三ケタの分類番号が書かれている。タクシー初乗り運賃も高い。

たしかに元の世界に戻っていた。

念のためタクシーで元の実家に行くと、見ず知らずの老夫婦が庭いじりをしている。その夫と目が合った。義博が「この家に昔住んでいたんで懐かしくて」と声をかけると、「いい材料使って建てたっちゃね。まだ十分住めるとよ」と、「濃ゆい」宮崎弁が返ってきた。

二人は、その日は都城までは行かず、宮崎市青島のホテルに泊まることにした。義博が一晩頭の整理をして、この世界のことを思い出しておく必要があったからだ。

あらためて新聞を見ると、二〇一九年（令和元年）十一月で、天皇陛下と上皇陛下の動向が掲載されていた。

続いてテレビをつけると、安倍晋三首相が映っており、新聞記者のくだらないトゲのある質問に丁寧に答えている。テレビ番組は当たり障りのないことばかりやっていて、全然面白くない。コメンテーターがしたり顔で、いい加減な綺麗事を上から目線で「のたまって」いる。

ホテルのレストランでは子供が走り回り、親も、従業員も、誰も注意しない。せっかくの家族でのディナーなのに、みんな会話もせずひたすらスマホをいじっている。スマホでインターネットを見ると、芸能人の些細な発言の揚げ足を取って大炎上中だ。

やはり、ロクでもない元の世界に戻った。いや、戻ってしまっていた。

ホテルの部屋に戻ると、弥生が、封筒に入った手紙を取り出した。義博と入れ替わってこの世界に来た、もう一人の義博から預かった手紙だ。

義博が封を開けた。

「君がこの手紙を読んでいるということは、元の世界に戻ったということだ。僕がこの世界に来た時はとんでもない世界と思ったけど、やりようによっては楽しめた。アドベンチャーゲームみたいだったよ。僕が居た世界がいかに良い世界か分かったという意味でも、この世界に来て良かったと思う。なぜ僕と君が入れ替われたのかと思うだろうから、教えておく。

僕は、二〇一九年十一月、大阪であった学会の帰り、乗っていた新幹線が京都で変な揺れ方をして、関ヶ原を過ぎたあたりでこの世界に来ていた。元の世界に戻ろうといろいろ試したけど、結局駄目でね。絶望して深夜の『東京大学本郷地区本郷キャンパス』構内をフラフラしていたら、安田講堂上空に空から大きな光る物体が降りてきて、そこから出てきた『ある人』の紹介で新宿の料亭『不滅霊魂』に行ってみたんだ。そこには、多くの、別の世界からやってきた人たちが居た。

そこで出会ったのが、徳川家康だった。

家康は、大坂夏の陣で後藤又兵衛に追い詰められ、重傷を負い、影武者が立てられたんだ。そのため、表に出られない鬱々とした日々を駿府城で送っていたらしい。そしたら、その六年前の一六〇九年にその駿府城で会った『肉人』って呼ばれている宇宙人がやってきて、『六年前に助けてもらったから、お礼に好きな所に、行ってみたい時代に連れていってあげる』って言われたそうだ。『鶴の恩返し』ならぬ『宇宙人の恩返し』だね。

それで、自分が開いた江戸幕府が最後どうなるのか見てみたいと思い、一八六八年の江戸城に行った。そしたら、すでに大政奉還されていたうえに、西から新政府軍が迫ってきていたんだ。『江戸城総攻撃』って噂があったので、江戸城の地下から市ヶ谷の尾張徳川家上屋敷の地下まで続く抜け穴を通って逃げ出して地上に出てみたら、この世界の現代の市ヶ谷にある防衛省だったそうだ。

知り合いが居ないから、新宿にある譜代大名の内藤家中屋敷の場所に行ったら、そこに立派な建物の和風料亭『不滅霊魂』があったということだ。

僕が家康と出会うのは、必然だったのかもしれないな。

家康は、僕に、関ケ原の戦いで島津義弘公に中央突破された話と、本能寺の変の時の伊賀越えの話をよくしていたんだ。

時は流れて今は二〇二五年三月。僕はこの世界に慣れたけど、いつかは元の世界に戻りたいって考えてた。

ある日、『大阪万博開催迫る』ってニュースを観ていて『リニア中央新幹線が開通してればなあ』って思った時、ピンときたんだ。

関ケ原の戦いでは、島津義弘公が東軍を中央突破して東から西に向かい、薩摩に戻れた。僕は、元の世界の東京に戻りたい。それなら、義弘公とは逆に、家康の伊賀越えと同じように西から東に進めば戻れるんじゃないかって。

リニア中央新幹線のルートを見るとそのルートに近い。『これだ』って思った。だから試してみる。この世界ではリニア中央新幹線はまだ開通してないから、関西本線を伊賀の方から名古屋に向かうことにする。

僕と君は一対だから、『量子もつれ』により、時空を超えて、世界を超えて、君は僕と逆の行動をとると思うんだ。だから、君は無意識でも、名古屋から西に向かうはずだ。それで、交差した瞬間、別々の世界に居る僕と君、つまり僕同士がぶつかる。そうすれば、陽子同士が衝突する時や、物質と反物質が衝突する時のように、大きなエネルギーが発生して時空の裂け目ができる。その裂け目を通ってお互いが入れ替わり、僕も君も元の世界に戻れるはずだ。そう確信を持った。

ここまで君が読んだということは、その仮説が正しかったということになる。これまで、政治以外にも歴史や物理とか、いろんなことを勉強したり読んだりしていて良かったよ。詰め込み教育のおかげで、大人になっても『知的好奇心』があるし、専門外のことも理解できる。『ゆとり教育』なんて糞食らえだ。

君の、この世界での健闘を祈る。いつかまた会おう」

義博は、この手紙を読んで、名古屋からリニア中央新幹線で西に行く途中でこの世界に戻った理由が分かった。

関ヶ原の戦いで、島津義弘公は、関ヶ原から南に向かい、亀山付近で方向を変えて西に向かった。だから、リニア中央新幹線が西に向かい、亀山を過ぎた時に、この世界に戻ったのだ。

そもそも、義博が政治家になりリニア中央新幹線の全線開通を前倒ししたのも、大阪万博開会式で挨拶することになったのも、「薩摩館」の打ち合わせのために「如月の満月の日」に品川発新大阪行きのリニア中央新幹線に乗車したのも、全ては、もう一人の義博と出くわして入れ替わるための「量子もつれ」、必然だったとしか考えられない。

「あの『きさらぎ駅』で真正面から突っ込んできたのは、もう一人の僕だった。もう一人の僕は、東に向かうことで僕と入れ替われると分かっていた。そして、僕が西に向かってくるであろうことも、『量子もつれ』で予測していたんだ。

あの激しい揺れは地震ではなく、僕ともう一人の僕が交差した瞬間、陽子同士の衝突、物質と反物質の衝突に匹敵するエネルギーが発生し、時空が裂けて別々の世界がつながった衝撃だったんだ。だから、この世界で『第二濃尾地震』の記録がないわけだ。おそらく、二〇二五年三月に第二濃尾地震が発生することもないだろう」

この世界の義博もまた、もう一人の義博の健闘を祈った。

翌朝、義博と弥生はあらためてこの世界での縁を結び直そうと、縁結びのパワースポット・青島神社に参拝することにした。まさに快晴。新たな出発にふさわしい。

青島神社に向かう「弥生」橋を渡り終え、山幸彦・海幸彦(うみさちひこ)の神話が残る「鬼の洗濯板」横の参道を歩いていると、急に潮が引き、海が割れた。モーセの伝説そのままだ。

海底には、長身の二人の人影が見える。

アダムとイブだ。

よく見ると、イブが双子の男の子を抱いている。

「ヨシヒロ、あなたの子よ！　認知して！」

イブが走り寄ってきて泣き叫ぶ。

「兄弟、わしの嫁に手ぇ出すとはええ度胸しおるの。この落とし前どうつけてくれるんじゃ、われ」

アダムがなぜか広島弁ですごんだ。

「これは、指の一本も詰めなければならない。いや、『すまき』にされＵＦＯから放り出されて宇宙空間を漂うことになるかもしれない」

義博は狼狽した。

うっかりしていた。

義博が昨日まで居た世界で、石川県の出合茶屋「あいびき」でイブと「逢い引き」した際は、「別の世界のことは関係ない」と思って誘惑に負けた。しかし、宇宙人は異なる世界、異なる時間を移動できるのだった。

まずいことになった。兄弟分アダムの妻・イブを寝取ったということで、ケジメをつけなければならない。

寝取ること自体はアダムの公認だったはずだが、この剣幕(けんまく)では、その言い訳をすると火に油だ。アダムの考えでは、イブを寝取るまではいいとしても、子供ができたことは別なのかもしれない。

シリウスのケジメのつけ方はどうするのだろうか。

「宇宙人は指を詰めてもまた生えてくるのかもしれないが、地球人はそうではないので勘弁してほしい」

義博は、文字通り身のすくむ思いだった。

それに、そのケジメとは別に、法的な問題が多く発生する。

シリウスと地球に共通する宇宙法は、存在するのだろうか。

存在しないとすれば、「属地主義」で、「行為」が行われた地球・日本の法が適用されるのか、「出産」したシリウスの法が適用されるのか。もしUFO内で出産したなら、そのUFOの「星籍」によるとも考えうる。

「属人主義」ならば、義博を基準として地球・日本の法が適用されるのか、イブを基準としてシリウスの法が適用されるのか。

どこの法を適用するかだけでも、いくつもの可能性がある。

そもそも、シリウスは一夫一妻制なのか、一夫多妻制なのか、一妻多夫制なのかすら分からない。

夫婦同姓なのか別姓なのかも不明で、そもそも姓があるのか、アダムとイブって姓なのか名前なのかも、よく考えてみれば分からない。

かつてUFOの中で見た二人の戸籍謄本をじっくり読めば良かったのだが、まさかこのような事態になるとは想像もしていなかった。

それに、イブからは子供の養育費、アダムからは不倫の慰謝料を請求されるかもしれない。

シリウスが一妻多夫制でイブと結婚したことにされたら、すでに弥生と結婚しているので「重婚」になるのだろうか。結婚したことにはならないとしても、婚約していたことになるならば、婚約不履行になる。

離婚になったら財産分与（ぶんよ）はどうなるのだろう。子供の養育義務はどちらにあるか、子供をどこの学校に通わせるか、さらに将来的な相続など問題は山積だ。

裁判所があるとして、その管轄はどこになるのか、弁護士は受任してくれるか。

義博は、あらゆることを同時に考え始めた。

日本の裁判所では、この手の争いは主張に関わらず男性不利だ。男性にしてみれば、根こそぎ財産を持っていかれ、社会的地位も失う可能性がある。

結婚が減っている原因の一つだ。

アダムがイブの尻に敷かれているところを見ると、シリウスの裁判所も同様なのかもしれない。

正式な裁判になると長引くし面倒だ。家庭の問題として「調停前置（ぜんち）主義」が適用されると主張して、調停でけりをつけたい。

いろいろ考えると、義博の額に大量の脂汗が出てきた。

突然、アダムとイブが大笑いする。

「テッテレー！　ドッキリでした！　これ、動画サイトに投稿していいかな？　バズること間違いなし。チャンネル登録者が増えてお金もがっぽり、ウハウハだ」

義博は、怒りを通り越して大笑いした。

「指詰め」「すまき」を免れただけでもいい。ただ、動画をあげられると全宇宙の恥さらしになるので、それは勘弁してもらった。

アダムによると、シリウスでも日本任侠映画が人気で、広島弁もそれで覚えたそうだ。とくに『宇宙統一』という、地球のヤクザが太陽系から全宇宙に進出していくVシネマが大人気で、長期にわたってシリーズが制作・放映されていた。

義博は、あらためて、アダムとイブと抱擁を交わす。

「イブが抱いている子は本当に僕の子なの？」

義博が尋ねると、イブが双子の赤ん坊の顔を見せた。

「髪の毛が黒いでしょ。本当にあなたの子よ。抱いてみて」

「だけど、石川県の出合茶屋『あいびき』で『逢い引き』した後、すぐ若い男をＵＦＯに連れ込んでいたよね。どちらの子か分かるの？」

すると、イブは、懐から「親子確率９９．９９パーセント。アキツヨシヒロ氏は生物学的な父親として強く推測される」と書かれたＤＮＡ鑑定書を取り出した。

「あなたに疑われると思って鑑定したの。あの男は、ずっと部屋を覗いていたから逮捕したのよ。内臓と血を全部取り出して『キャトルミューティレーション』してやろうと思ったけど、かわいそうだから、位置情報を知らせるマイクロチップを脳に埋め込んでイギリスで降ろしたのよ。

元々、私たちの先輩がシリウスから地球に移住してきた時は、イギリスと、アメリカのケンタッキー州に拠点を作ったの。イギリスの『ストーンヘンジ』はその目印よ。今もイギリスには頻繁に着陸していて、そのUFOの着陸の跡は『ミステリーサークル』って呼ばれているわ。『映える』おしゃれな柄を作るのが流行りなの」

親子のDNA鑑定は、父子関係を証明するためには父親すなわち義博の同意が必要なはずだが、シリウスではどうなっているのだろう。裁判の証拠にするのでなければ、自由に鑑定できるのだろうか。

ただ、重要なのはそこではない。イブが義博との間に子供を作ることに、アダムが同意した理由が問題だ。

アダムとイブが、陽気に、しかし深刻なシリウスの事情を説明し始めた。

シリウスでは、シリウス星人が宇宙に散らばった結果、シリウスに住むシリウス星人が少なくなって近親で結婚せざるをえなくなり、血が濃くなっていった。

さらに、長年宇宙を移動しているため宇宙線の影響で男性の生殖能力が低下したことも重なって、自然に子供ができなくなりつつあった。

新たな血を入れなければシリウス星人存亡の危機になる。そこで、女性は、シリウス出身者やシリウス星人の魂を持つ異星人との子供を、「できる限り自然に」作ることが奨励されるようになったそうだ。

「前は、シリウス星人に限らず、宇宙人の男性と地球人の女性の間の子供が主流だったのに、今ではかなり困難で、逆パターンが奨励されている」

アダムが男性の立場で情けなさそうに説明した。

地球人も他人事ではない。男性のY染色体が退化しており、このままでは将来、男性が居なくなるとの研究がある。

シリウスの女性の間では、「文明が進み軟弱になった『シリウスの男』に飽きた」が流行語になり、距離が近い恒星・太陽系の、文明が遅れていて野性味が残っている地球の男性、その中でもシリウス星人の魂を持つ男性が人気になった。

イブが吉原で花魁をしていたのは、「テクニック」と、地球人男性との駆け引きを学ぶためであった。イブはアダムと結婚したが、やはり地球人男性の血をシリウスに入れる必要がある。

要は、シリウス系地球人・地球系シリウス星人の子供を獲得するため、アダムが、イブを義博に「寝取らせ」たのだ。

義博が昨日まで居た世界で、「衆議院議員選挙に出るため東京から宮崎に帰る」と「帝都大学本郷地区浅野キャンパス」の鷹山鳩教授に挨拶に行った時、その研究室でアダムが「『結果』が出たら話す」と言っていたのは、「イブに子供ができたら、イブを義博に寝取らせた理由を話す」という意味だった。

やはり、イブが義博と「逢い引き」することは、アダム公認だった。

そこまで聞いて、義博には根本的な疑問が生じた。

「だけど、なんで、僕がその『光栄』な相手に選ばれたの？」

アダムが淡々と説明し始めた。

「まず前提は、地球人でシリウス星人の魂を持っていることだ。それも日本人。僕たちは宇宙警察銀河太陽系本部地球支局日本支部所属だからね。

その中で、君が、いろんな意味で『優秀』だったからさ。君が昨日まで居た世界で高尾山に僕たちを呼び出してくれた後、夜中に君を迎えに行くまでの間に、猫が集めた情報で君のことを調べさせてもらった。

帝都大学法学部卒業、この世界では東京大学法学部卒業って、すごいよ。シリウスでも有名な、地球最高峰の大学・学部卒業ってことだ。

だけど、頭の良さだけじゃ駄目だ。運動神経も重要だ。君は、野球をしていたよね。野球って、日本人やアメリカ人は当たり前のようにやっているけど、実際はかなり難しいスポーツで、投げる、打つ、走る、守るって、高度の運動神経が必要なんだ。ルールが難しいから、頭も良くないとできない。君は、運動神経の基準もクリアしたってことだ」

義博が何の気なしにしていた野球は、言われてみれば頭と運動神経、判断力など総合力のスポーツだ。宇宙人にとってみれば、重要な判断基準たりうると納得できた。

「さらに、健康じゃなきゃいけない。宇宙空間を移動するには、目、耳、鼻が重要でね。ちょっとした異変も感知しなければならない。

シリウス星人は文明が進みすぎて、感覚器が衰えつつある。たとえば視力だ。僕もイブも、宇宙線の影響もあって近眼なんだ。その点、君は、学者なのに裸眼だよね。遠くの物も見えるし、それに、老眼でもないからどんなに小さい文字も見えると、猫が感心していたよ」

義博は、目には自信があった。

宇宙人、とくにグレイの目を見ると、「目が大きいから目も良いのだろう」と思っていたが、逆だ。視力の衰えを補うために、目が大きくなるようだ。

「耳は、宇宙空間で異常を察知するには重要だ。君は、どんなに小さな音も聞き逃さず、こっそり歩いても君にすぐに気づかれるって猫が困っていたよ。

それに、鼻もいい。僕もイブも、花粉症で鼻が悪いんだ。だから、前に鷹山鳩教授が金星の我が家に来て『臭い』って言われた時、そこまでとは思ってなかったからびっくりしたよ。花粉症も遺伝するから、君が花粉症じゃないことは大きいんだ」

アダムが羨ましそうに鼻をすすった。

たしかにアダムとイブは鼻声だ。シリウス星人は元々そういう声だと義博は思っていたが、春と秋に具合が悪そうだったので、たしかに花粉症だろう。

ただ、シリウス星人が花粉症って、日本で発症したのだろうか。それともシリウスにも杉・ヒノキがあるのだろうか。興味がある。

「それに、君は身長が百七十センチくらいって、地球人の理想の身長だ。一番元気で長生きできる。僕たちシリウス星人は背が高いから、年を取って介護状態になると、本人も介護する側も大変なんだ。

それに、君は痩せている。生活習慣病もない。僕なんて、この若さで『糖尿病予備軍』さ。原因は酒の飲み過ぎだけど、やめられないんだ。何度もＵＦＯの飲酒運転で処分を受けているし、二日酔いで朝起きられなくて遅刻しては始末書を書いている。君のように、酒を飲めない体質が羨ましいよ。

君は煙草も吸わないし、理想的だ。僕とイブは、吉原の名残で勤務中にキセルを吸っていたら、UFO内部の火災警報器が作動して大目玉を食らったことがある。危険だし体にも悪いから煙草はやめたけど、まだ肺が元に戻っていないんだ」

アダムはそう言いながら、胸をさすった。

義博が昨日まで居た世界で、「帝都大学本郷地区本郷キャンパス」の地下でUFOを見ながら鷹山鳩教授と話した時、鷹山鳩教授が煙草を吸ったこと、そして、吸い殻入れが設置されていたことが思い出された。シリウス星人、宇宙人も煙草を吸うので、地下空間は禁煙ではなかったということだ。

アダムは、すでに出っ張っている腹を手でつまんで「ほら、これなら相撲に入門できるよな」とおどけた。

義博も、アダムに初めて会った時からその腹は気になっていた。その若さでそんなに腹が出ていては、生活習慣病予備軍ではなく、本当に生活習慣病になっているのではないだろうか。

「それに、君は、髪の毛もふさふさ、真黒だ。これは遺伝するから重要だ。僕なんか、親父の遺伝で、ただでさえ繊細な金髪なのに、この若さでもうこのざまだ」

アダムが諦めの表情でその見事な北欧白人風の金髪を引っ張ると、頭から金色のUFOが分離・離陸し、頭頂部にはナスカの地上絵が描かれたナスカ平原を思わせる不毛の平原が出現した。その平原に朝陽が反射し、後光が差しているように見える。

「古代文明の壁画の『神』はしばしば後光が差しているが、ひょっとしたら、その『神』は『髪』がない宇宙人なのかもしれない」

義博が考える間にも、昇りゆく朝陽によりアダムの後光は強くなっていく。

いずれにせよ、衝撃のカミングアウトだ。義博は、アダムがそこまで自分を信頼してくれているのかと感動した。

残念そうに自らのツインテールの金髪を触りながら、イブが涙ぐむ。

「アダムの『ヅラ』は、私の髪で作っているの。大学生の頃からちょっと怪しかったけど、まさかこれほど早く『進行』するとはね。私が食事内容を考えてあげれば良かったのかしら。酒が原因かもしれないわ。ヨシヒロ、『黒髪ふさふさ』の秘訣は何？　海藻？　ゴマ？」

「やはり、イブはアダムのことが大好きなんだ」と、義博は微笑ましく思った。

義博は、アダムに初めて会った時、その金髪が妙にサラサラだと思ったが、まさか「ヅラ」とは思わない。それに、いつも、おでこの生え際が妙に「テカって」いたが、宇宙人は肌も光ると思っていた。

アダムは地球人換算年齢で二十五歳なので、まさかと思うのも当然だ。

「シリウス星人男性は、遺伝で薄毛が多くなっていて、このままでは『グレイ』と同じようにシリウス星人男性は『ツルツル』になってしまう。外部から『ふさふさ』遺伝子を持ってくることは、男女問わずシリウス星人の悲願なんだ。

それに、金髪は弱いから、黒髪の方がいい。君のような『黒髪ふさふさ』遺伝子を取り入れれば、『黒髪なら薄毛遺伝子を持っていない』って目印にもなるしね……」

アダムがしょんぼりとつぶやく。

シリウスの技術でも、毛根の再活性化は不可能なのか。そうならば、文明が遅れている地球とはいえ、その方面の技術はシリウスを凌駕していることになる。義博が昨日まで居た世界での「ソッチ」の道具のように、宇宙進出のチャンスだ。

「とりあえず、日本の最先端技術『植毛無料体験』をしたらどうだろう。それに、アダム、君は若いから、毛根はまだ大丈夫だ。君がプレイボーイということからして、多分、男性ホルモン『テストステロン』が多すぎるんだ。じっくり、ＡＧＡ治療をやろうよ。ＡＧＡ治療は保険適用じゃないけど、お金の問題じゃない。『諦めないで！』。『諦めたらそこで髪の毛は終了』だよ、兄弟！」

「ヨシヒロ、『黒髪ふさふさ』の君には僕の気持ちは分からないだろうな。もう、達観しているんだ。これはシリウス星人男性の宿命だよ。遅かれ早かれ『ヅラ』のお世話になるんだから、早く慣れた方がいい。

『ヅラ』は臭くなるんだ。僕たちの花粉症の鼻でも、臭いって分かる。イブは臭い方が『ワイルド』って慰めてくれるけど、臭いでＵＦＯ内部のガス警報器が作動してしまうから定期的に洗ってるよ。デリケートな素材『人毛』だから、『たらい』と『洗濯板』で手洗いして、自然乾燥するためにＵＦＯから紐で吊るして干しておくんだ。それで飛ぶとすぐ乾くし、生乾きの臭いがしない。

ただ、この間、日向灘海底基地と富士山基地を往復した時、ＵＦＯに『ヅラ』をぶら下げて飛んでいたら、高知県土佐市上空で地上の人たちに見つかり、大騒ぎになってしまったよ」

最近目撃例が相次ぐＵＭＡ・空飛ぶ髪の毛「スカイヘアー」は、アダムのような薄毛に悩む宇宙人たちのヅラだった。宇宙人も大変だ。高知県土佐市上空のスカイヘアーは金髪ではなかったが、アダムが日本人女性と「出会う」ためにイブの金髪を黒く染めた黒髪のヅラだったらしい。
よく考えれば、「裏の調査官」の顔を持つ「プレイボーイ」のアダムにとってみれば、髪を自由に「偽装」できることは、公私問わず、必ずしもマイナスではない。

義博のＤＮＡ分析書を指し示しながら、アダムが感嘆した。

「実は、君の同意なしに悪いと思ったけど、最初に君をＵＦＯに招待した時、君が緑茶を飲んだ湯呑と『これ菓子』を食べた皿、手を拭いたおしぼりからＤＮＡを採取してイブに分析させてもらった。ＤＮＡ分析の結果、君は、髪の毛はなくならないし、体質的に太らない。さらにはアルコール分解酵素がないから酒を飲まず、酒で健康を害したり失敗することもないと分かっている。これは重要な事実だ。

君は、地球人の『アラフィフ』とは思えないほど、極めて健康で若い。大体、高尾山上空でＵＦＯから初めて君を近くで見た時、僕の地球人換算年齢と同じ二十五歳くらいと思ったんだ。だから、君と『五分の盃』を提案したのさ。ついついタメ口になってしまうのも許してほしい。君が若く見えるからだ。イブなんて、君が、実際の年齢だと僕たちの倍、親の年齢だって、まだ信じてない」

最初にＵＦＯに乗った時、イブがほとんど奥にこもっていたのは、義博のＤＮＡの分析と、猫から得た情報を確認していたからだった。

そもそも、義博の地元名物の緑茶とお菓子が出てくること自体、ＤＮＡ分析をするために計算されていたのだ。親子のＤＮＡ鑑定も、その時に採取したＤＮＡで行われていた。

「だけど、一番重要なのは、君の血液型だよ。『B型』。僕も、イブもB型。大体、A型ばかりの星って暮らしたいか？　全員AB型の星ってどうよ？　全員O型も微妙だろ。B型はシリウスでも馬鹿にされるけど、B型こそ、宇宙を明るくする最高の血液型だ。

イブの相手の血液型はB型。これだけは、絶対に譲れない条件だったのさ。DNA分析で君がB型と分かった時は、僕もイブもホッとしたよ。これだけ好条件が揃った君がB型なんて、本当に奇跡に近い。もちろん、この双子もB型だよ。宇宙にB型を増やす『全宇宙人B型化計画機構』って秘密結社があるんだ。君も招待するよ。大歓迎だ」

義博は典型的B型で、B型であることを誇りに思っていた。

父・長介、母・朝代もB型で、交際相手・結婚相手の条件の一つが「血液型がB型」のため、弥生、さらには睦子もB型だ。昨日まで居た世界の三人の子供もB型だった。

シリウスにABO式血液型があると知っていれば、イブにも「事前」に血液型を確認していたはずだが、結果としてイブもB型ならば問題はない。

「兄弟、いや、ヨシヒロ『殿』、今から話すことは、男と男の話だ。重要なことなので、気を悪くしないでほしい」

アダムが真面目な顔をして「最後の判断基準」を話し始めた。

「全ての条件が揃っても、イブとの間に子供を作ってもらうためには、君にその『能力』があって、『現役』じゃなければならない。DNA分析だけでは分からないこともあるからね。

君が昨日まで居た世界では、三人の子供が居たから、『能力』はあることになる。正確にはもう一人の君の子供ってことだけど、同一人物だから能力も同じって判断できる。

長女の皐月さんは美人でスタイルが良く、歌もダンスもうまいし性格も素晴らしい。

さらに、長男の陽一君は、高校野球では有名な投手で、高校教師になり野球部監督を務め、さらにプロ野球『大江戸ジャイアンズ』のコーチにもなった。性格は男らしくて熱血漢だ。

次男の文隆君は体格が良く、健康そのもの。相撲は、体と体がぶつかる宇宙最強の格闘技で、それに耐える肉体を持っている。シリウスでも大相撲中継があって、文隆君・『秋津洲』は注目の力士だ。さらに、角界の上下関係に馴染んでいて秩序を守る性格でもある。

君の子供たちから判断しても、君は、遺伝的に全ての好ましい条件を備えている素晴らしい男性なんだ」

睦子からの遺伝もあるとはいえ、そのような資質を持つ睦子を妻に選んだのは、もう一人の義博だ。義博本人としてもまんざらでもない。

「さらに重要なのは、君がまだ『現役』かどうかだ。アラフィフで、年齢的に『ソッチ』方面は老けこんでいるかと思ったら、『現役』バリバリだな。猫の報告には、君の書斎にある政治の本の裏側の『ブツ』の一覧があるけど、まさに青春そのもの。ジョーンズ・イルカ投手のように、いつでも先発・完投・連投が可能だな。同じ男性として敬服するよ」

それは否定できない。

今は、自分の好み・嗜好にあった「動画」を自宅で自由に観られる。義博が尻の青い「中坊」「厨房」

だった頃からすると夢のような時代で、まさに青春真っただ中だ。

　だけど、そんなことまで報告するとは、どの猫だろう。飼っていたキジトラ猫「タマ」か、タマの「恋猫」の三毛猫「ミケ」か、はたまた、たまに勝手に部屋に上がり込んでいた野良猫か。

「ただ、気になったのは、君の好みだ。悪いと思ったが、宇宙警察本部公安情報部門所属のハッカー集団に依頼して君のパソコンに侵入してもらって、保存してある動画と、動画サイトの閲覧履歴を入手したんだ。

　猫の報告にあった『ブッ』のデータとまとめて、富士山基地が誇るスーパーコンピューター『富岳三十六京逃げるに如かず』で分析したら、君は、『美人、若い、長身、長い黒髪の大和撫子』が好みだろ。さらに、細身好きで『ひんぬー教徒』の気配があるって分析結果が出た。イブは、『美人、若い、長身』だから君の好みと一致する。ただ、白人、パツキンのツインテールで、性格も含めて『大和撫子』とは程遠い。スタイルも『ボン・キュッ・ボン』で『細身・ひんぬー』の真逆だ。それに、君が長身女性が好みとはいえ、イブは身長一八〇センチで背が高すぎる。

　だから、シリウス星人としては小柄の一七〇センチくらいで『細身・ひんぬー』、シリウスでは数少ない黒髪でおしとやか、地球の日本人に居そうな知り合いの女の子に君を紹介しようと思ったんだ」

　アダムが、細かい字でびっしりと書かれた『アキツヨシヒロ殿　女性嗜好分析結果』という文書を義博に手渡した。

　義博は、女性にそこまでこだわりはない。

とくに、「ひんぬー教徒」でもあるが「ボン・キュッ・ボン」信者でもあるし、年齢は若くても熟女でも「ＯＫ牧場」だ。それに、長い黒髪やかつての弥生の髪型・ポニーテールのみならず、イブのような「ツインテール」萌えでもあるし、パツキン、茶髪、ショートカットも守備範囲。大和撫子のみならず、お姉さん系、妹系、ヤンキー、ガングロ、イブのような白人をもカバーする。

その好みのストライクゾーンは広く、周辺とくに「外角」のストライクゾーンはメジャーリーグ並みに広い。ただ、たまたま、「ブツ」つまりＤＶＤや写真集、動画閲覧の対象が偏っていたことは否めない。

しかし、宇宙警察本部公安情報部門所属のハッカー集団を使ったり、スーパーコンピューターで分析するほどのことだろうか。

分析結果が「美人、若い、長身、長い黒髪の大和撫子で細身の微乳好き」。

実にくだらない使い道で、人件費と研究費の無駄だ。

「富岳三十六京逃げるに如かず」って名前もこんがらがって意味不明だし、文明が進みすぎて一周回って遅れている気がする。

最大の問題は、『アキツヨシヒロ殿　女性嗜好分析結果』には「部外秘」の印がないことだった。

仮にこの書類を「シュレッダー」で処分しても、データは残るであろう。流出したら、宇宙の恥さらしだ。それに、「情報開示請求」される可能性もある。義博にとっては、くだらないが非常に気がかりな問題が発生した。

イブが話を引き継いだ。

「アダムがその女の子に電話をかけようとした時、『絶対私がヨシヒロの子供を産む！』って、スマホを取り上げたの。こんな条件のいい相手、逃したら一生悔いが残るわ。

それに、実は、条件は二の次なのよ。シリウス星人に限らず、宇宙人たちは、ちょっと前までは、条件に合った地球人男性・女性を『グレイ』に頼んで誘拐、『アブダクション』してもらって、意識のないままにとか、無理矢理子作りをしていたんだけど、それは犯罪だし倫理的にも問題があるって禁止になったの。今でもそんな風に『ヤッて』いる宇宙人が居るけど、それは違法。

だから、『ヤる』時には『双方の合意』、できれば『そこに愛がある』のが一番ってことになったわ」

先ほどの説明にあった「できる限り自然に」とは、そういう意味だった。

「そこに愛がある」とは、あの名作ドラマはシリウスでも放映されていたようだ。アダムが黒髪ロン毛のヅラを装着すれば、「あんちゃん」そっくりだ。

ただ、「ヤッて」「ヤる」との表現を、義博は妙に生々しく感じた。文明が進んだシリウスならば、もっと高尚な言い方はできないのだろうか。

「ヨシヒロ、あなたを高尾山上空でＵＦＯから見下ろした時、私はあなたに一目惚れしたの。その夜、あなたの寝室に入ってあらためて見た時、あなたが『白馬の王子様』って確信したわ。

アダムもイケメンだけど、あなたはシリウスではとっくに居なくなった『ワイルド』なイケメンよ。千年以上前のシリウス映画に出演している『シリウスのニューフェイス』そっくりよ」

イブが顔を赤らめた。

日本では童顔で優男扱いされる義博だが、シリウスではワイルドに分類されることに驚いた。もちろん、平安美人と現代の美人が違うようなもので、悪い気はしない。

それにしても、「白馬の王子様」と久しぶりに聞いた。イブはまだ「夢見る少女」で、微笑ましい。

「猫の情報、DNA分析、私の一目惚れ。だから、UFOから降りるあなたを誘ったの。あの時、アダムは『Go!』だったのよ。UFOがどんなに激しく揺れても大丈夫だったのに、あなたは慎み深いって、さらに好きになったわ。

そして、あの出合茶屋『あいびき』の夜。あなたは、『睦子を信じる。自分も浮気しない』ってきっぱり言ったわよね。アダムだったら、部屋に入った瞬間、飛びかかってくるわ。あなたみたいな素敵な男性、シリウスには居ないの。あなたがシリウスで『地球人だぜ~、ワイルドだろ~』ってキャッチフレーズで芸能界デビューしたら、『抱かれたい男』『恋人にしたい男』『結婚したい男』独占間違いないわ」

義博は、ここまで女性に褒められたことはない。

あらためてイブと夜を共にして良かったと再認識した。

「その愛の結晶がこの子たち。あなたと私が愛情に溢れて『シて』産まれてきたこの子たちは、とても素直で健康。シリウスの産婦人科で、『健康優良児』って認定証をもらったわ。あなたに似て運動神経も良くて、シリウスのデパート『ネオン』主催の『赤ちゃんハイハイレース』でぶっちぎりのワンツーフィニッシュ。『未来の陸上長距離界を担う、シリウスの宗兄弟候補!』って、『ゴゴワイ』の『ミライ・スーパースター』コーナーで特集されたの」

和服が派手すぎたり、お歯黒が微妙だったり、なんだかんだ言っても、出合茶屋「あいびき」での夜、義博もイブを愛していたことは否定できない。

それに、宮崎県延岡市の誇り・宗兄弟がシリウスでも有名とは、陸上長距離ファンの義博としても誇らしい。

それにしても、「シて」って、「ヤッて」「ヤる」と同じく、シリウス星人は高尚なんだか下品だか分からないものだ。まあ、実際「シた」「ヤッた」のだからいいだろう。

女の子のイブがこんな下品な言葉を口にするとは、ひょっとしてこれ自体「プレイ」かもしれないと思われた。ただ、当の本人は真剣なので「プレイ」ではないようで、かえって滑稽だった。

思わず吹き出した義博が、ふと気づいた。

「だけど、イブ、あの後何度も君と会ってるけど、お腹は大きくなかった。それに、僕が君と『逢い引き』したのは、僕が昨日まで居た世界の二〇二〇年二月二十四日と二十五日だよね。それで、昨日は二〇二五年三月十四日だった。この子たちがいつ産まれたのか正確には分からないけど、妊娠期間が四、五年くらいだ。妊娠期間としては長すぎない？　普通『十月十日』だろ。本当に僕の子供なの？」

アダムがあらためて説明する。

「シリウス星人の女性は、元々ガタイが大きいから、妊娠してもお腹が目立たないのさ。イブは警察官として鍛えていて筋肉質だから、なおさらだ。

それに、僕たちシリウス星人の平均寿命は五千歳なんだよ。僕たちの五年って、地球人に換算すると一ヶ月くらいにしかならない。僕たちの感覚では、妊娠期間は本当に短いんだ。ヨシヒロ、君は、僕とイブがシリウス星人ってことを忘れてないか？」

そういえばそうだ。

アダムとイブは千歳で、地球人換算だと二十五歳だった。

義博が「こいつはうっかりしていた。僕の子供にちげぇねぇ」とおどけ、三人で爆笑した。

そこまで話した時、それまで黙っていた弥生が突然怒鳴る。

「なに三人で『和気あいあい』してるのよ！　私の立場はどうなるの？　浮気されたうえによそに子供を作ったたって、義博さん、あなた、これ、離婚ものよ。財産は根こそぎもらうわ。慰謝料も覚悟しておきなさい！」

それまでの仮面夫婦状態ならば、弥生は何も言わなかっただろう。

このように怒るということは嫉妬したということで、夫婦の愛情が戻っている証拠だ。

義博は嬉しくなったが、ともかく、目の前で怒っている弥生をどうにかなだめなければならない。

アダムはその白い肌をさらに青白くして、「ヨシヒロ、情報収集担当の『猫』の報告によると、君は、『この』奥さんとは夫婦関係が破綻しているはずじゃないか」とテレパシーを送ってきた。

そんなことを言われても、昨日・今日あたりで弥生の感情が変わったと思われるので、義博としても手の打ちようがない。

男性二人が困り果てていると、向こうっ気が強いイブが突っかかった。

「ヤヨイさん、あなたのご主人、ヨシヒロは本当に男らしくていい人よ。これまであなたが大事にしなかったから浮気されるのよ。自業自得じゃないの。

　大体、自分の頭の上のハエも追えないのに自分が『進んだ知識人代表』みたいになんでも噛みつくから、身近な人にも愛想をつかされるのよ。悔しかったら私みたいに綺麗になって、『女性らしく』しなさいよ！　科学者なのに、『すっぴん』だと紫外線を直接浴びて肌に悪いってことも分からないの？」

「なによ！　イブさんて言ったわね。私は不倫相手のあなたを訴えることもできるのよ！　覚悟しなさい、この泥棒猫！」

　弥生がつかみかかり、「キャットファイト」が始まった。

「やれやれ、キャットファイトか。それに泥棒猫とか、『猫』の立場がないな。別の言い方はないのかな……」

　空気を読まないツッコミを入れたアダムに、弥生の矛先が向かった。

「大体、アダム、あなたもずっと独身のフリをしていたじゃない！　どうせイヤらしいこと考えてたんでしょ！」

　義博が昨日まで居た世界で、弥生は鷹山鳩教授の助手をしていたのでアダムとは面識があり、宇宙人の存在も知っていた。

　そのため、二人が海中から出てきても驚かなかったのだ。

　ただ、弥生はイブとは初対面で、イブの存在自体知らなかったようだ。

まるで別人のような弥生にあっけにとられ、ぼんやり立っている義博。

「なに他人事みたいにしてるの？　元はといえばあなたが悪いのよ！」

とうとう弥生が義博に馬乗りになり、ボコボコにし始めた。

弥生がこれほど感情豊かだったことに義博は感心したが、そういう問題ではない。


「また独身のフリをして女の子にちょっかいを出していたのね！　これで何回目よ！　出会い系も風俗も全然やめてないじゃない！」

イブはイブで金切り声をあげ、「猫」のようにアダムを引っかき始めた。

アダムが必死に言い訳をする。

「あれは、宇宙各地の女性の『生活実態調査』だよ。シリウスの少子化対策にも役に立つし、重要な公安情報を入手するための活動でもあるんだ。シリウス政府と宇宙警察本部公安情報部門からの極秘指令だ」

「そんな言い訳通じるわけないじゃない。あなたの裏垢も バレてるのよ！　何が『シリウス出身金星住み、千歳の公務員、独身っす！　DMよろ〜』よ。プロフ写真だって盛りすぎて誰か分からないわ。それに、ヅラってバレバレよ！　いい年して恥ずかしくないの？」

どうやら、アダムは、シリウスでは少なくなった貴重な「肉食」男性のようだ。

「それに、前に電話で存在を思い切り匂わせた『リリス』って女、最近は調子に乗って、SNSで『シリウス星人で公務員の男』が居ることを書きまくってリア充アピールしているわよね。

この前の投稿の『あすは　ダムに行こう　すっかり　きれいになった』って変な文章、縦読みすると『あダムすき』。もう確定よ。

こっそり私の配下の猫に調査させたら、あなたの前の奥さんじゃない！　まだ切れていなかったのね！　てゆーか、二百年前、私にプロポーズする時、『未婚独身』って言っていたのに嘘だったの？」

リリスの投稿が画面に表示されたスマホを、イブがアダムの頭頂部に広がるナスカ平原に思い切り投げつけると、スマホは見事に滑り海中へと落下した。二人とも放置しているので、防水仕様なのだろう。

その衝撃で、アダムの頭上にかろうじて「駐機」していた「金色のＵＦＯ」が海中へ墜落した。素材はイブの髪なので、海水で傷む可能性が高い。

「いや、リリスは、この地球でシングルマザーとして頑張っているから『援助』しているんだ」

アダムが慌てて言い訳しながら、「金色のＵＦＯ」を救助した。仮に壊れても宇宙警察から支給されると思われるスマホより、私物の「ヅラ」が重要なのはもっともだ。

海に浸かった「ヅラ」を絞っているアダムに、白い肌をしたイブが花魁の化粧をしたように真っ赤な顔になって喚き散らした。

「『シングルマザー』って、子供も居るの？　あなた、バツイチで子持ちだったのね！　毎年、年末調整で妙に多いお金が返ってくるから変に思ってたのよ。子供を扶養に入れていたのね。源泉徴収票を見せてくれないから怪しいと思っていたの。それに『援助』って、だから毎月家計簿に『使途不明金』があるんだわ。

こんなことなら、結婚する前に猫に調査させるべきだったわ！　もう信じられない！」

アダムが弁解すればするほど「ドツボ」にはまることは明らかだった。

以前、ＵＦＯの中で見た戸籍謄本では、アダムの妻の欄にはバツが付いておらず、また、子供が居ることが書かれていなかった。シリウスの戸籍制度と記載事項は、日本とは異なるようだ。イブは、結婚前に、警察官の立場で調査するか、猫または探偵を使って調べれば良かったのだろう。

「年末調整」「源泉徴収制度」があるということは、日本の公務員・サラリーマンと同じだ。『ソッチ』の道具」「薄毛対策」と並ぶ、日本が宇宙に誇るものだ。


石川県の出合茶屋「あいびき」で義博がイブと過ごしたあの夜、イブがアダムに電話した時の例の「リリス」はアダムの前妻だった。

「リリス」は、『旧約聖書外典（がいてん）』に登場するアダムの前妻と同じ名前で、意味のある偶然の一致、「シンクロニシティ」だ。

アダムは、リリスとの結婚・離婚歴と子供の存在をイブに隠して結婚し、その後もつながっていた。これは、夫婦の間では決定的な問題だ。

イブが、その見事な金髪ツインテールをなびかせ、「シリウスに代わってお仕置きよ！」と、日本で観たであろう「美少女戦士アニメ」の影響丸出しの決めポーズを取った。イブもまたアダムと同じくアキバ系で、絶対意識しているに違いない。

イブの横で、情報収集のため海岸を歩いていたと思われる雌の黒猫が「そうよ！　イブちゃん、やっつけちゃいなさい！」と煽る。おでこには星、背中にはシリウスがある「おおいぬ座」の模様。これは、イブの相棒猫で間違いない。

それなら、アダムにも相棒猫がいるはずだ。

アダムの足元を見ると、ＵＦＯの中でアダムが肩に乗せていた、おでこに星がある雄の三毛猫が尻尾を丸めて怯えていた。シリウスの猫の世界でも雌が強いようだ。

義博は、ふと気づいた。

猫が普通に日本語を話している。

思い返せば、ＵＦＯ内で見た猫の報告書は日本語で書かれていた。帝都大学本郷地区本郷キャンパスの安田講堂前広場での猫会議、さらには石川県の出合茶屋「あいびき」で、猫たちが「ゴロゴロゴロゴロ」となっていたのは、人間に聴き取られないための暗号と思われた。

アダムの秘密がバレたことで修羅場は確実、イブの情熱的な性格からして刃傷沙汰、シリウス版「阿部定」事件もありうる。

他人事ながら、同じ男性として、義博は股間が縮み上がる思いでゴクリと唾を呑んだ。

その時、弥生が大笑いする。

「テッテレー！　『逆』ドッキリでした！　これ、動画サイトに投稿していいかしら？　バズること間違いなし。チャンネル登録者が増えてお金もがっぽり、ウハウハよ！」

アダムが言った台詞を真似て、こっそり録画していたスマホを取り出した。

「私はもう子供ができないの。イブさん、私の代わりに義博さんの子供を産んでくれてありがとう。シリウスの事情も分かったわ。『今日のシリウスは明日の地球』よね」

弥生は元々、頭の回転がいい。

とっさの逆ドッキリに、三人とも見事に引っかかってしまった。

弥生は感情もユーモアもある女性だった。

今まで、「高学歴女性はこうでなければならない」という世間の期待に応えるために、本当の自分を押し殺していたと思うと、義博は急に弥生がいとおしくなった。

「義博さん、あなたが浮気して子供を作るくらいの甲斐性があるって、見直したわ。それもシリウス星人、パツキンの大柄な白人とは大胆ね。あなたが布団の下に隠している『素人物』DVDからして、てっきり日本人の小柄な女の子が好みと思っていたわ」

弥生は、あらためて義博に惚れ直したようだった。

ただ、どう考えても、そのDVDの持ち主はもう一人の義博だ。

布団の下に隠すとは、中学生よりガードが甘い。

それに、動画の趣味も違う。義博は、単体女優または企画単体女優主演で、しっかりとしたストーリーがある作品が好みで、素人物は観ない。

「『量子もつれ』も、そこまでは影響しないのか、それとも影響して補いあう関係になっているのか」

くだらないが、しかし、興味ある研究対象ではある。

とりあえず窮地を逃れたっぽいアダムが、「よく分からないけど、とにかく、うまくいって良かった」

とよく分からない発言をし、皆、大笑い。

後でアダムがイブにとっちめられることは間違いないが、ともかくその場は収まった。

義博は、「アダムには寝取られ趣味がある」と勘違いしていた。

イブを義博に「寝取らせ」たのは、シリウス星人の血を守るため、アダム自身が望んでのことで、また、義務でもあったのだ。

下世話な邪推をしたことをアダムに謝罪する。

「いやあ、僕も『寝取物語』を観て興奮したし、『寝取られ物語』に寝取られる役で出演したんだ。寝取られ趣味があることは否定できないよ」

アダムは照れくさそうに頭をかきながら、真顔で答えた。

やはり、映画『寝取られ物語』でチラッと見えた気がした俳優はアダムだ。義博も、寝取り・寝取られモノは嫌いじゃない。

「お互い好きですなあ」と二人で笑いあう。

イブと弥生は、「本当にこれだから男は」と眉をひそめる。

女性同士、すっかり仲良くなったようだ。

「そうです。僕たち変態おじさんです。それが何か？」

アダムも義博も反論せず、おどける。

元々、ほとんどの男性は、女性から「男は……」と悪口を言われても、「男性をひとくくりにするな！

男性差別だ！」と野暮なことは言わない。

一部の人々が些細なことに目くじらを立て騒ぐから、家庭が、学校が、職場が、世間が、社会が、国が、世界がギスギスするのだ。

義博がアダムに尋ねる。

「イブに聞いたけど、シリウスでは、『事前』には風呂に入ったりシャワーを浴びたりしないし、『最中』も電気も消さないってね。勉強になったよ」

「そんなわけないだろ。『臭いフェチ』や『見られる方が燃える』なんて、そんなの少数派だよ」

アダムが目を丸くする。

イブが「テヘッ」と舌を出した。明らかに、イブの嗜好・趣味だ。

それはそれで悪くない。これもまた「多様性」だ。義博にとっても、「引き出し」が増えた。


義博が子供を一人抱いた。

この世界では子供は居ない。昨日まで居た世界では子供は三人居たが、すでに大きくなっていた。

つまり、自分の子供を抱くのは初めてだった。

当然、弥生も自分の子供を抱いたことはない。

「本当に、あなたが言う通り、子供を作っておけば良かった」

弥生がもう一人を抱き、しみじみとつぶやく。

その時、アダムが提案する。

「僕たちが今日来たのは、君たちに子供ができそうにないなら、一人を育ててもらおうと思って子供たちを連れてきたんだ。地球とシリウスに双子の兄弟が居るって素敵じゃないか！」

「イブはいいの？」

義博がイブを見る。

「なんなら、子供二人と一緒に、ヨシヒロ、あなたと地球で暮らすわよ。アダムと暮らすよりよっぽど楽しいでしょうし、地球人の男性って魅力的よ。ヤヨイさんとも気が合うし、きっとうまくいくわ。アダムは、リリスさんと、彼女との間の子供と暮らせばいいのよ」

「おいおい、勘弁してくれよ」

アダムが泣きそうな顔をすると、「冗談よ。愛してるに決まってるじゃない」とイブがアダムの光輝く頭頂部にキスをした。

どうやら、リリスの件は、それほど尾を引かなそうだ。


この一連の「ノリツッコミ」のようなやり取りは、見事に息が合っていた。

アダムとイブは、地球のアメリカンジョークにも通じているようだ。おそらくは、アメリカ・ネバダ州のエリア51滞在中にアメリカのコント番組か何かを観たのだろう。

義博がそう思っていると、二人は、「シリウスでは現役警察官夫婦漫才師『ニャントロスター』として有名で、ペアのお笑い芸人シリウス一を決める『ＳＲ‐Ｐ1グランプリ』で決勝まで勝ち上がったことがある」と胸を張った。

ただ、決勝で、「シリウスのお笑い女帝」に「あんたたちの漫才は漫才じゃない！」と酷評されて敗退したことで、リベンジのためにネタに磨きをかけている最中だった。

道理で、ちょこちょこ小ネタをぶっ込んでくるわけだ。それに、先ほど、イブが「地球人だぜ～、ワイルドだろ～」と言ったことからして、日本のお笑いも研究しているに違いない。

しかし、二人はニャントロ星人ではないのに、ニャントロ星人設定をすることは経歴詐称だろう。地元の同級生が週刊誌に「二人はシリウス星人ですよ」とネタを売ったらアウトだ。

さらにアダムが続けた。

「肩に相棒の雄の三毛猫を乗せた『宇宙海賊』って面白そうだろ。シングル芸人シリウス一を決める『SR‐S1グランプリ』で、史上初のP1とS1の二冠を狙っているんだ。ちょっとネタを見てくれよ！」

宇宙の地図を指さし、「シリウスのことをシリウス！」「アルタイルがアルタイル！」「ベガはここにあるベガ！」「メロリン地球～！」と叫ぶ。

「どう？　面白いだろ。これでシリウスのお笑い界に『レボリューション』を起こしてやるんだ！」

アダムは得意気だ。

しかし、この宇宙海賊ネタはどう考えてもパクリだ。前にＵＦＯの中で肩に雄の三毛猫を乗せて海賊のコスプレをしていたのは、この練習だったのだろう。

「メロリン地球～！」もパクリだが、元ネタが違う。海パン一丁でオイルまみれになり、「元気が出る」ようにダンスをしなければならない。それに、このネタをするということは、アダムは将来政治家になる「運命です～」かもしれない。

「去年までは、自虐ヅラネタで『アダムです。ヅラで困るとです。アダムです』とか、『ヅララッチョ！　アダムさんだぞ！』ってラップネタをしていたんだ。だけど、『誰も傷つけない笑いにしろ』って世間がうるさくなって、できなくなってしまったんだ。今、ネタを一から作り直している最中さ」

アダムが、その光り輝く頭頂部をＤＪのように「ベイビースクラッチ」した。

そのネタも、両方パクリだ。

ネタの幅が狭くなって芸人が困っているのは、地球もシリウスも同じだった。テレビの中のことをテレビの中のことと笑えない「不謹慎厨」が増えていて、本当に息苦しい世の中だ。

義博が「ノロけるなら二人でやってくれ」と呆れると、アダムが真顔で深刻な事情を明かした。

「ヨシヒロ、ヤヨイ、一人、本当に君たちに預けるよ。実は、シリウス星人は今、邪悪な宇宙人と対立していてね。これから戦争になるかもしれない。だけど絶対に負けないよ。

そのために『シリウス憲法』も改正したんだ。ヨシヒロ、昨日まで君が居た世界で君が作った『日本皇国憲法』、あれは役に立ったよ。平和のためには軍事力が必要だ。攻めてくる敵に対抗する力があって初めて平和が保てるって、『平和ボケ』だったシリウス星人も、ようやく分かったんだ」

アダムとイブによると、シリウスは三つの星から成り立っている。明るいシリウスＡと白色矮星のシリウスＢ、これらは地球から観測可能だ。そしてさらにもう一つ、地球では未観測のシリウスＣが存在し、その惑星にニャントロ星人が住んでいる。この情報は、アフリカ・マリのドゴン族の伝承の通りだ。

アメリカのホピ族とズニ族の神話に登場する青い星はシリウスAで、赤い星は、かつて赤色巨星で今は白色矮星になったシリウスBのことだ。

シリウスAの惑星に住んでいるシリウス星人は前向きな性格で、シリウスBの惑星に住んでいるシリウス星人は後ろ向きな性格。陽気なアダムとイブは、もちろんシリウスAの惑星出身だった。

シリウスC本体は長い間放置されていた。しかし、最近の調査で莫大な資源があることが分かった途端、宇宙を放浪しているドラコニアンが「シリウスCは俺たちのものだ」と主張してきた。すぐに占領することはできないと分かると、「シリウスCは元々ドラコニアンが住んでいた」と歴史を捏造(ねつぞう)して情報戦を仕掛けてきたそうだ。

今は、シリウスBの惑星に住む後ろ向きのシリウス星人の一部とシリウスCの惑星に住むニャントロ星人の一部が、放浪ドラコニアンと結託してシリウスCで独立しようとしている状況だった。そうなってしまうと、次はシリウスB、そしてシリウスAも危なくなる。

それまで、シリウスは、この世界の「日本国憲法」前文そっくりのシリウス憲法前文で「平和を愛する諸宇宙人の公正と信義を信頼して、われらの安全と生存を保持しようと決意」していた。それがこの事態に至り、シリウスAの惑星とシリウスBの惑星の善良なシリウス星人、シリウスCの惑星の多くのニャントロ星人は、初めて「平和ボケ」に気づいた。

そこで、アダムとイブが持ち帰った義博の「日本皇国憲法」を基に、シリウス憲法を改正し、シリウス軍を整備した。これがシリウスの現状だった。

シリウス政府は、シリウスと、近くにあるケンタウルス座α、さらに地球を含む太陽系が相互に安全保障条約を締結し、いずれかが攻撃を受けた時は、他の星が自衛権を行使して反撃できる「集団的自衛権」を行使できるように計画していた。

その体制でシリウスCを守り、返す刀でシリウスBの惑星のシリウス星人とシリウスCの惑星のニャントロ星人のうちの反シリウス勢力、その背後に居る放浪ドラコニアンを追い出す方針だった。

「アダム、地球は文明が遅れているけど、役に立てるのか?」

義博が不安そうに尋ねる。

たとえば日本が誇る「『ソッチ』の道具」と「薄毛対策」、さらに「年末調整」「源泉徴収制度」では、勝負にならない。せいぜい、「『ソッチ』の道具」をばら撒き、ドラコニアンを文字通り「腰が立たなくなる」状態にさせ、その隙に攻撃するくらいだ。

「ヨシヒロ、君は、歴史好きだから『三国志』を読んだことがあるだろ。曹操が呂布を攻めた時、対抗策として陳宮が呂布に提案した『掎角の計』だよ。鹿を捕らえるように前後から敵を叩く、要は、側面をつく・挟み撃ちできる態勢にしておくことが重要なんだ。

だから、弱いとしても、拠点が二つ以上あることに意味がある。一つの星が攻撃を受けたら他の星が打って出る。逆もまたしかりだ。このことで、常に敵の側面・背後をつくことができる。もちろん、シリウスなどから地球に兵力や武器を供給する。それに、集団的自衛権は、直接の武力行使だけを意味するんじゃないよ。攻撃を受けた他の星を『後方支援』することも重要なんだ」

アダムの説明によると、『三国志』もシリウスで読まれているようだった。

アダムが続けた。

「地球人同士が対立している場合じゃないよ。シリウスは地球から八・六光年、ケンタウルス座αに至っては地球からたった四・三光年の距離にある。宇宙の距離感覚では、すぐそばだ。邪悪な宇宙人の矛先がいつ地球に向かうか分からない。宇宙警察としては、地球人にもっと危機感を持ってほしいんだ」

アダムによると、宇宙にはまだ多くの火種がある。

とくに天の川情勢は不穏で、「銀河の火薬庫」と呼ばれていた。

アダムが、『銀河新聞　天の川の平和のために』『天の川新報　正義は勝つ』『夕刊シリウス　史上空前の夫婦喧嘩』の三紙を義博に手渡した。

「一紙だけでは内容が偏るからね。シリウスでもマスコミの偏向報道がひどいんだ。まともな人たちはインターネット上の情報と合わせて判断するけど、まだまだマスコミを信じる人たちが多くて、騙されてしまう。地球でも、夕刊のゴシップ紙の方が真実を書いてたりするよね。宇宙警察では、大手紙に限らず複数の新聞を読むことにしているんだ」

三紙を読むと、事の発端は、夫婦喧嘩に始まっていた。

「乙姫、かつて地球に左遷されたイブと、その夫の彦、かつて地球に左遷されたアダムは、それぞれ宇宙警察を辞め、地球から、乙姫のルーツがあること座のベガに帰った。乙姫が転入届を書く際、『オトヒメ』と書いたところ窓口職員に『ト』と『リ』を文字通り『トリ』違えられ、『オリヒメ』と登録された。訂正しようと思った時、過去の不祥事を薄めるには好都合と気づき、名前を『織姫』に改名、その後、政治家になった」

ここまでは、おおむね義博がアダムから聞いていた通りだ。

字の取り違えは日本の役所でもたまにある話だが、ベガもそうとは、間抜け具合に大差はない。その場で念のため確認すればいいのに、不思議な話だ。

「彦は織姫の秘書をしていたが、夫として男性として面白くない日々を送り、そのストレスがたまっていった。ある日、織姫が再選を目指して選挙に出る時、彦がベガの役所で取った戸籍謄本で、『できちゃった』結婚した時の子供の本当の父親が浦島太郎って分かった。

このため、彦は、長年のストレスや鬱憤が爆発。夫婦喧嘩をして、大元の故郷、わし座のアルタイルに帰った。しばらくして頭が冷えてベガに戻ろうとしたら、逆ギレした織姫が天の川に『ベガの壁』を作っていて、彦は戻れなくなってしまった。頭にきた彦は、彦だと名前の据わりが悪いので『彦星』を通称名にしてアルタイルで政治家になった。

その後、それぞれの星・星座のトップになった織姫と彦星が意地を張り合い、こと座とわし座の全面対立に発展してしまった」

元の『浦島太郎』の話では、浦島太郎と乙姫が契りを交わす場面があったが本当だった。乙と彦が別居婚状態だったので、浦島太郎が乙を「寝取った」のだ。欲求不満がたまっていた乙が、「お礼」と称して浦島太郎を誘った可能性もある。

ベガにも戸籍謄本があるとは、戸籍制度は宇宙でも重要な制度になっているようだ。ただ、子供の本当の父親が記載されているということは、シリウスの戸籍謄本とはちょっと違うのかもしれない。

そもそも、夫婦という個人的な関係を星・星座間の公の関係に反映させることはあってはならないことだが、宇宙人も人の子、個人的感情で動くことは避けられないようだ。

一九八三年、二人の日本人天文学者が、アメリカ・カリフォルニア州のスタンフォード大学のアンテナから、わし座のアルタイルに向けて電波メッセージを送ったことがあった。これは、かつて日本に居た「彦」へのメッセージだろう。

義博がそのことを思い出した時、アダムが警告してきた。

「地球でも悪いことをする人が居るし、悪いことをする国があるだろ。宇宙人も、善良な宇宙人ばかりじゃないから、むやみに宇宙に向けてメッセージを送るのは危険なんだ。文明が進んだ悪い宇宙人に見つかる。鯉が進んでまな板に上がるようなものだよ。世界各地の神話の中には、悪い神や堕天使も居る。あれは、悪い宇宙人のことさ。

実際、二〇一七年に『オウムアムア』と呼ばれるおかしな『物体』が太陽系の外から飛んできて去っていったよね。あれは、今シリウスCを狙っている放浪ドラコニアンが、次のターゲットとして狙っている太陽系の情報を探るために飛ばした偵察機なんだ。いつ攻め込んでくるか分からないぞ」

たしかに、宇宙物理学者スティーヴン・ホーキング博士、理論物理学者ミチオ・カク博士が、「宇宙人と接触しようとすることは危険」と警鐘を鳴らしていた。資源や居住場所を探している邪悪な宇宙人が乗り込んできたら、地球などひとたまりもない。

アダムが、記事を補って話し始めた。

「織姫と彦星の夫婦喧嘩に話を戻そう。ある日、突然、わし座軍が『ベガの壁』に穴を掘ってこと座に侵入し、ベガを取り囲んだ。これが『ベガ封鎖』で、他の星から人道支援物資をベガに投下して危機を脱した。

そしたら今度は、こと座軍が電撃作戦でわし座に侵攻。宇宙のエネルギー価格が上昇して、トイレットペーパーがなくなると大騒ぎになった。この戦争は何度も繰り返され、『第四次ことわし戦争』まで戦ったのさ」

地球でのベルリンの壁建設、ベルリン封鎖、中東戦争のようなことが、宇宙でも行われていたことに義博は興味を持った。地球と宇宙も相互に影響しあっているのであろう。ただ、わし座軍がベガの壁に穴を掘ったって、そこはアナログだ。

さらに義博が気になったのは、宇宙人もトイレットペーパーを使うということだ。つまり、身体の構造は地球人と変わらない。アダムのブルートレイン型UFOで、義博が昨日まで居た世界の妻・睦子がトイレットペーパーをアダムに投げつけたことが思い出された。宇宙にはウォシュレットが普及していないということになるので、地球、とくに日本にとってはビジネスチャンスだ。

「対抗して、わし座は、宇宙の武器商人レプティリアンから巨大反重力砲を購入しようとした。こと座が丸ごと吹き飛ぶ巨大反重力砲が喉元に突き付けられることを絶対に阻止しようと、こと座軍の宇宙艦隊が、わし座に向かう宇宙空間を封鎖した。これが『わし座危機』で、宇宙全体の危機が七日間続き、織姫と彦星がホットラインで直接話して妥協、危機は去った」

地球のキューバ危機と同じレベルの危機で、夫婦だからこそホットラインがあって良かったということになる。

もし正式に離婚が成立していたら、完全に宇宙規模の大戦争になっていただろう。夫婦喧嘩で宇宙滅亡とはくだらないにもほどがある。ただ、地球での過去の戦争も、元はくだらない原因のことが多い。戦争とは、ある意味、そういうものかもしれない。

「その後は和平の動きがあり、『ベガの壁』は崩壊、天の川をまたいで『かささぎ橋』が架けられ、年に一度、七夕の日に、調停委員が入って織姫と彦星が元の鞘に収まる調停をしている。

ただ、織姫と浦島太郎との間の子供の問題もあって一筋縄ではいかない。そもそも、それぞれの星・星座全体の話なので、小競り合いが続いていて、いつ宇宙に危機が訪れるか分からないんだ。とくに、軍事産業など、平和になったら困る連中が煽っている。本当に平和になったら儲からなくなるから、平和になってほしくないんだ」

ここまでの話で、義博は、思っていたよりも宇宙情勢が不穏であることに嘆息した。

地球も宇宙も変わらない。

いや、文明が進歩している分、宇宙の危機の方が影響は大きい。

それに、地球人にはその情報が伝わっていなかった。アメリカやロシア、そして日本など一部の国の上層部は宇宙人からその情報が入っていたのかもしれないが、地球全体の危機管理として大問題だ。

このような情報を、いつ、誰が、どの程度、一般の地球人に発表するか、難しい判断を迫られる。

今こそ、ルールを作るべきだろう。

義博がそう考えた時、疑問が出てきた。

「アダム、君の話の内容、それにこの新聞の日付を見ると、今のことだよね。ちょっとおかしくないか？　君たちの先輩のアダムとイブの話だろ。『エデンの園』から追い出された神話のモデルということは何千年も前の話だし、先輩の『イブ』が『乙姫』として浦島太郎を接待したのもはるか昔のことだ。

その後、波乱万丈の半生があって宇宙の危機をもたらすまで、シリウス星人の平均寿命が五千歳ならそれで話は合う。だけど、二人はスマホ『リンゴ』で『線』をしていたから地球に左遷されたって話だよね。スマホ『リンゴ』も『線』も、僕が昨日まで居た世界の日本で最近開発されたはずだ。

それに、二人の結婚式には、君たち夫婦も出席して、ナミエ・オキナワの『ギブ・ミー・チョコレート』を歌ったってことは、どう考えても最近のことだよね。先輩の『アダム』が『彦』として高知県で小型UFO騒ぎを起こしたのは五十年くらい前だし、二人をモデルにしたシリウス映画『スマホを見ていただけなのに』の公開は最近だろ。時系列がこんがらがってて、いったいどうなっているの？」

「ヨシヒロ、『時間には向きがない』って、君は知っているよね。実際、君も体験したはずだよ。それに、地球人のジョン・タイターやサンジェルマン伯爵が自由に時間を移動できるんだ。僕たちが移動できないはずがないだろ。

アダム先輩とイブ先輩の結婚式は、宇宙警察の後輩でシリウス出身、アダムとイブって同じ名前の夫婦ってことで『シンクロニシティ』だって、僕たちに三千年前の結婚式の招待状が届いたんだ。有名な先輩たちだから、喜んで出席したよ。

前にも話したように、宇宙警察は、宇宙が始まってから未来までの全ての事柄、思い、感情が記録されている『アカシックレコード』にアクセスできるから、大昔でもスマホはあるし、『ギブ・ミー・

チョコレート』の『レコード』も保存されている。アカシックレコードだけにＣＤじゃなくてレコード。おあとがよろしいようで。アダムっちです！」

義博は、真面目な話にもネタをぶっ込んでくるアダムに感銘を受けた。

アダムは、どれだけ日本のお笑いをパクリ、いや、研究しているのだろう。

それはともかく、内容はもっともだが、それでも時系列がこんがらがってくることをどう処理しているのか疑問は残る。ただ、宇宙人の間では問題なく処理されているようだ。

アダムが話を戻した。

「わし座のアルタイルは、地球からわずか一六・七光年の距離しかないし、こと座のベガも二五光年って近いんだ。対岸の火事じゃないよ。近くても遠くても宇宙は一つ。宇宙が平和でなければ、地球もシリウスも平和じゃないよね。

宇宙人の種類や住んでいる星を問わず、心ある宇宙人は、まずは近い星同士が相互に地域的な安全保障条約を結んで集団安全保障の組織を作って、それぞれを結合し、全宇宙をネットワークする『宇宙連合』を作ろうと考えているんだ。

実は、僕たち夫婦は課長昇進を機に、『裏の調査官』とともに表の役職として『宇宙警察本部官房宇宙連合創設特命官』も兼任している。はるか昔、似たような組織『宇宙連盟』があったんだけど、有力な宇宙人・星が加盟せず、結局宇宙戦争を防げなかった。

その戦争の最後の戦いは『宇宙の関ヶ原』と語り継がれる決戦で、宇宙は滅亡の危機に瀕したんだ。

地球でも、インダス文明のモヘンジョダロやハラッパーには核爆発の痕跡があるだろ。宇宙の辺境の地球でも宇宙人同士の核戦争が勃発したくらい大変な戦いだった。だから、今度は失敗できない。

地球でたとえるなら、近い星同士で北大西洋条約機構（ＮＡＴＯ）みたいな地域的な組織を作って、宇宙全体では国際連合を創設するということだ。『宇宙連合軍』も創設する予定で、地球には、宇宙連合安全保障理事会の常任理事『星』になってもらう予定だよ」

アダムが、政治家の演説のような熱い話し方で続ける。

「考えてみな。最近、地球の各国が宇宙軍創設とか宇宙に進出しているのは、そのためだ。近いうちに、一般の地球人にも、ＵＦＯ、宇宙人、宇宙の真実が公表されるだろう。

その時は、地球の中でも日本が重要だ。今の地球人類初の文明が生まれた日本。その大和魂と武士道精神。これは宇宙全体に通じるものがある。

ヨシヒロ、君は、島津義弘公のように武勇に優れ、知略に富み、熱血漢、慈悲の心を持っている。その法・政治の知識と経験、行動力で、この計画に協力してほしい」

義博は、この説明を聞き、新たな役割を担う決意をした。

「分かった。僕の役割は運命で定められていたんだ。だから、異なる世界に行き、君たちに出会った。子供の頃からＵＦＯや、異なる世界のもの、幽霊も見てきたのは、生まれながらにそういう役割を担っているからだったんだな」

自分自身を納得させるように、アダムの依頼を了承した。

「ただ、やり残したことがあるんだ。それが終わったら、アダム、君を呼ぶよ」

アダムは、その依頼を義博が引き受けたため安心したのか、冷静な口調に戻った。

「話を戻すと、焦眉の問題は、シリウスC問題だ。今、急いでシリウス軍を整備しているからなんとかなると思うし、なんとかしなければならない。ただ、万一に備えて、この子供たちは、シリウスと地球に分けて育てようってイブと話し合って決めたんだ」

「そういうことなら『合点承知の助』だ。子供を一人育てるよ。どっちの子がいいかな」

義博は、弥生を見た。

すると、弥生が即座に「義博さん、あなたに似てイケメンなこちらの子にしましょう」と、一人を抱いた。

赤ん坊、まして双子なので義博には見分けがつかないのに、女性の弥生には見分けがつくようだ。

弥生は、ついこの間まで「人を見かけで判断するな」と言っていたのに、赤ん坊を見かけで判断するとは。義博は複雑な気持ちになった。

当の弥生は、赤ん坊をあやしながら無邪気に「この年で子供ができるなんて嬉しい」「お父さんみたいに立派になるのよ」とはしゃいでいる。

弥生がこのような笑顔になるのは、結婚して以来初めてだった。

「名前は決まっているの?」

義博と弥生がアダムとイブに尋ねる。

「まだ決めてないよ。今ここで決めよう」

「じゃあ、大和と武蔵ってどうだ。大和は神武天皇が即位した場所だし、日本のことを『やまと』とも呼ぶ。だから、シリウスで育てる子はカタカナで『ヤマト』。地球で育てるこの子は、僕らが武蔵の国、東京で出会ったから『ムサシ』。漢字で『武蔵』にするよ。大和と武蔵。日本海軍が誇る巨大戦艦、無敵の戦艦だ。名前に恥じないように育てような！　兄弟！」

そう提案した義博が、弥生が抱いている「武蔵」に早速「武蔵！　名前の通り男らしくなれよ！」と発破をかけた。

弥生も、「そうよ！　『男らしく』ね！」と繰り返す。

そこには、「言葉狩り」をしていた弥生の姿はなかった。

イブが抱くヤマトをアダムが見つめる。

「ヤマトと武蔵か。いい名前だ。これからも時々みんなで食事でもしよう」

「不思議なんだけど、なんで僕は二〇二五年のこの世界じゃなくて、元の二〇一九年のこの世界に戻ったんだろう？」

義博が首をひねる。

「さっきも言った通り、時間には向きはなく逆方向にも流れるから、時間についてはある程度融通が利くんだ。移動の際に偶然時間が変わることもあるけど、確実な方がいい。だから、君がこの世界に戻る時、僕がちょっと操作して時間を戻したんだ。隕石撃墜の手柄をあげさせてくれたし、子供を作ってくれたお礼だ。

君だけ時間を戻すと歪みが生じるから、もう一人の君も元の時間に戻した。

それと、そのもう一人の君から『弥生に、延岡から宮崎方面に特急〔にちりん〕で移動するように指示した』って聞いたんで、この世界で二〇二五年三月の特急『にちりん』に乗っていたヤヨイの時間も戻した。

ついでに、君がヤヨイの横に戻るように、ちょっとだけ場所もズラしたんだ。そうでないと、君がもう使われていない『リニア宮崎実験線』に戻ってしまって、高架の行き止まりから空中に飛び出してしまうからね。まあ、場所もちょっとだけなら動かせるんだ。それと、君に関わる人も時間を戻したよ」

アダムが手柄話のように説明した。

その「関わる人」が誰なのか、義博は引っかかった。

それに、この世界の二〇一九年十一月には、義博が昨日まで居た世界に移動する直前、都城で行われる「都城島津発祥まつり」に参加するため帰省する時に東京に残してきたもう一人の弥生が居るはずだ。その関係がどうなっているのか気になる。目の前の「この」弥生が東京に行くと、同じ時間・同じ場所にほぼ同じ年齢の「二人の弥生」が存在することになってしまう。これまでの経験上、何らかの不都合が発生するはずだ。

ともかく、徐福から購入した不老不死の薬を飲んでいるおかげで、実際の時間は五年ほど経過していても全く老けていない。その意味でも、義博が別の世界に行っていたことは周囲には分からないと思われた。弥生はかつてこの世界に来た時、さらに今回も時間を遡っているため、表向きの年齢よりも実際は年を取っているわけだが、それほど目立って老けてはいない。

「そろそろ行くよ」

アダムと、「ヤマト」を抱きかかえたイブが海の方に歩き出す。

不意に義博が「君が話の分かるシリウス星人で良かったよ、三浦の兄弟！」と肩を叩くと、「おう！あたぼうよ。こちとらそんな野暮じゃねぇよ。べらぼうめ！」と、アダムが流暢な江戸弁で答えた。

「やはりそうか。アダム、君は、江戸時代初めに徳川家康に仕えた三浦按針だね」

「バレちまったら仕方ねぇ。それにしてもなんで分かったんだ？」

「君が、昔、海底基地から出発して海で遭難して助けられた時、『ウィリアム・アダムス』って名乗ったんじゃないの？」

義博が指摘すると、図星だった。

「僕は、シリウス大学在学中、春休みに宇宙警察のインターンシップ体験で日向灘海底基地に配属されたんだ。宿舎で『リンゴ』が登場する『ウィリアム・テル』の動画を観ていた最中に緊急出動して遭難して、豊後の国、今の大分県臼杵市で救助された。

名前を聞かれた時、直前まで見ていた動画につられて『ウィリアム』って口走ってしまったんだ。仕方ないから本名のアダムと組み合わせて『ウィリアム・アダムっす！』って大学生のノリで答えたら、『す！』まで名前と間違われて『ウィリアム・アダムス』って記録された。事情を説明するのが面倒だから、そのままにしたんだ」

大学を休学して徳川家康に仕え、地球時間で二十年ほど滞在したので、江戸弁を覚えるには十分だろう。関ヶ原の戦いでは家康の参謀になり、敵方ながら島津義弘公の中央突破を見て感動したため、その血を引く義博を厚遇していたのだ。

宇宙警察に就職した後は、希望して宇宙警察銀河太陽系本部地球支局日本支部に配属された。それ以来ずっと日本支部勤務なので、日本の下世話な言葉や風習、さらには「悪所通い」を覚えるのは当然だ。

「盃事や仁義の切り方をどこで覚えたの？」

「幕末に富士山基地に勤務することになって、土地の顔役の『清水の次郎長親分』の所に顔を出す時、前任者から引き継がれて覚えたんだ」

アダムの「盃事」「仁義の切り方」は、たしかに本格的だった。

『桃太郎』の話といい、やはり富士山基地は重要基地だ。

アダムによると、『富士古文書（宮下文書）』にあるように、富士山麓に古代王朝が存在していたことは事実で、その横には宇宙人の基地があった。その古代王朝が移転して九州のウガヤフキアエズ王朝となり、さらに移転して大和朝廷となった後も、富士山中腹に宇宙人の基地は残り、今も日本支部の総司令部の役割を担っている。

富士山は「不死山」。

宇宙警察直営の工場で、イワナガ姫から製法を教えてもらった不老不死の薬が製造されていた。徐福が話していた「ある組織」とは、宇宙警察のことだった。

「かぐや姫が居なくなって絶望した帝が、その山頂で不老不死の薬を焼いた」という話がある。実際は、借金をしてまでかぐや姫に貢いで資金繰りに困った帝や貴族たちが、富士山基地に出向き、購入した不老不死の薬をクーリング・オフして借金を返済したという話だった。

クーリング・オフが適用されるということは、通信販売ではない。徐福が、サンジェルマン伯爵が、責任を持って直接販売しているということで、誠実な商売をしている証拠だ。

義博が昨日まで居た世界では、たまに徐福が富士山に不老不死の薬を仕入れに行っていたため、アダムとイブは徐福と面識があった。

一度、アダムが、宇宙警察不老不死薬製造営業部に「徐福経由で売らなくても、インターネット通販すれば全宇宙を相手に商売できるし、徐福のマージンがないので儲けが大きい」と「経営改善計画書」を提出したところ、「そんな不義理なことはできない。商売、持ちつ持たれつだ」と一蹴されたという。宇宙人も案外義理堅いものだ。

義博は、この世界では、仕入れ元は徐福、サンジェルマン伯爵配達で不老不死の薬を定期購入することにした。弥生の分も含めて定期お届けコースだとかなりの割引になる。通信販売ではなく訪問販売なのでクーリング・オフは適用されるが、実際にクーリング・オフをすることはないだろう。

この世界に来たもう一人の義博を新宿の料亭「不滅霊魂」に招待したのは、もう一人の義博が置いていった手紙に書いてあった「空から大きな光る物体が降りてきて、そこから出てきた『ある人』」、すなわちアダムだ。

さらには、大坂夏の陣で影武者と入れ替わって居場所がなくなった徳川家康を、異なる世界に連れていったのもアダムだった。大坂夏の陣の頃には「三浦按針」だったので顔バレする駿府城に行くわけにはいかず、「のっぺらぼう」に見える、配下のグレイ型宇宙人・「肉人」を迎えに行かせたそうだ。

アダムによると、異なる世界への移動を、意図的に、どの世界に行くか、その時間と場所を指定して行うことは、原則的にはルール違反になる。

ただ、アダムのような宇宙人と一定期間の関係があれば、「FA権」を行使して任意の世界・時間・場所に移動できる制度がある。徳川家康は、そのFA権を使って、大坂夏の陣の後の駿府城から、一八六八年の江戸城に移動したということだ。

FA権を一度使うと、再度獲得するまでは、意図的に世界を移動できない。家康が再度、この世界、それも現代へ移動してきたことは、偶然だった。

義博が昨日まで居た世界の、新宿のスナック「輪廻転生」のマスター・真田信繁の前任者「東洲斎写楽」は、FA権を行使して、江戸時代の江戸を指定して戻っていた。「歌川国芳」と名前を変え、その目で見た現代の東京の風景を江戸時代の江戸の風景に混ぜた浮世絵を描いていたので、東京スカイツリーの位置にあのような「塔」が描かれたのだ。

「ヨシヒロ、君とも、昨日まで君が居た世界で二〇二〇年二月から二〇二五年三月までの五年ちょっと付き合った。あと一年くらいで、時間指定はできないけど好きな世界の好きな場所に移動できる『世界FA権』、あと四年くらいで、時間指定して好きな世界の好きな場所に移動できる『時間FA権』を獲得できる。いつの、どの世界のどこに行きたいか考えておくといい」

アダムが、移動できる世界とそれぞれの選べる時間・時代、場所のリストが載ったパンフレットを義博に手渡した。

そのパンフレットには「世界の格付け」があり、義博が昨日まで居た世界はCランク、今居る世界はDランクだった。Aランクは人気があって抽選だが、逆に、最低のFランクの世界は、肝試し、怖いもの見たさで人気があり、多くは「予約済み」と書かれていた。

Fランクの世界を一周する「地獄めぐりツアー」もキャンセル待ち状態で、何が人気になるか分からないものだ。同じ「Fランク」でも、いわゆるFランク大学とは事情が違う。

ランクごとに、移動にはなにがしかの「移動金」が発生し、その計算式とオプション料金が明示してあった。不明朗な追加料金は一切かからない「明朗会計」と、大きな文字で書いてある。

移動先の世界から必ず元の世界に戻る場合の往復割引、一定期間複数の世界を自由に移動できるフリーパスもあり、さながら旅行会社のパンフレットのようだ。お試し移動、数年後に元の世界に戻るレンタル移動、お試し移動やレンタル移動した移動先の世界が気に入れば完全移動というシステムもあった。

義博が昨日まで居た世界で、妻・睦子が「世界のランク」と口走ったのは、この意味だ。睦子も、このパンフレットを見ていたということになる。

お別れの時間だ。義博が握手の手を差し出す。

「アダム、イブ、楽しかったよ。だけど、君たちは本当にお騒がせな夫婦だな」

「お互いさまさ。さっき、ヤヨイに殴りかかられた時はビビったよ」

アダムが肩をすくめる。

イブも弥生も大笑い。その場は和やかな雰囲気に包まれた。

「ヨシヒロ、ヤヨイ、君たちは『トモダチ』だよ。ヨシヒロは昨日まで居た世界と違ってこの世界では大変だろうけど、頑張れよ、兄弟！」

「ヨシヒロ、いつでも『ベントラ、ベントラ』って呼んでね。今度は霧島温泉がいいわ。アダムとヤヨイと、四人で一晩中『楽しみ』ましょ。それまでに体力と気力の『準備』をしておいてね」

アダムとイブが海中に歩を進めた。

二人の姿が見えなくなると、割れていた海が元に戻り、しばらくして海中から雲一つない青空にＵＦＯが飛び立っていった。その銀色に輝く葉巻型の機体の底からは、海中に落下した光り輝く金髪のヅラと、いつの間にか回収されたスマホが吊るされていた。


元の世界に戻ったということは、義博の実家は都城にあることになる。

日豊新幹線はない。特急料金がもったいないので、日豊本線の普通列車で都城まで行くことにした。

弥生が化粧を始めた。

これまで、絶対化粧しなかった弥生。それに、公共の場所で化粧をする若い女性を、所構わず怒鳴り散らしていたのが別人のようだ。「普通列車がガラガラで、誰も乗っていないから化粧をする」という話ではない。

「化粧をするのは身だしなみよね。人は見かけで判断するものよ。第一印象が良くなるなら、『美人』『綺麗』と思われる方がいいに決まってるじゃない。それに、本能的に、女性が化粧で綺麗になろうとするのは当然だわ。ほら見て。イブさんに化粧道具を分けてもらって、宇宙の流行の最先端の化粧を教えてもらったの」

弥生が、初めて化粧をした子供のように満面の笑みを浮かべ、義博にその「出来上がった」顔を見せた。

「ワタシ、キレイ？」

微妙だ。

化粧をしたことがない弥生に、イブがふざけて誇張した花魁の化粧を教えたようだ。口紅の塗りすぎで、義博が子供の頃、実際に見た「口裂け女」にそっくりだ。

「ポマード、ポマード、ポマード」

口裂け女を撃退する呪文を唱えると、弥生も意味が分かり、恥ずかしそうな顔になった。

義博が笑いをこらえながら「イブにからかわれたんだよ」と話すと、弥生も吹き出した。

あらためてインターネットで化粧の動画を観て、化粧をし直す。元々の造りが綺麗なので、見違えるような美人が出現した。

鏡で自らの顔を見た弥生は、しばらく絶句する。

「……今まで人生損していたわ。一部の人たちの意見に踊らされて化粧しなかった自分が恥ずかしくてたまらない。何歳になっても、女性が美を求めてどこが悪いのかしら。私、今度、『美魔女』コンテストに出るわよ！」

かつて「ミスコンテスト」というと目くじらを立てていた弥生は、そこにはもう居なかった。

「美魔女コンテスト」は、そのネーミングも含め微妙だが、女性の美を競うコンテストを根こそぎ全部潰すよりよほど健全だ。

都城駅は、義博の記憶にある元の駅舎に戻っていた。

鉄筋コンクリート造ではあるが古ぼけた白い駅舎で、駅前はさびれている。

都城の代表的神社、神柱(かんばしら)神社近くの実家に着くと、母・朝代が一人で住んでいた。

「お帰りなさい。父さんは元気だった?」

「父さん? 死んでもう二十年以上経つよね。とうとうボケたの?」

「義博が行っていた世界の父さんよ」

寂しげにボソリとつぶやく朝代。

義博が異なる世界、父・長介が生きている世界に行っていたと知っている。

義博と入れ替わったもう一人の義博が、この世界でお世話になったお礼を述べに東京からやってきて、事情を打ち明けたそうだ。

「次にここに来る僕は、別の世界に行って戻ってきた、元の僕だよ」

義博が「話を聞いて驚かなかったの?」といぶかしむと、「私も、別の世界からこの世界に来たから分かるよ」と、朝代が大きく息を吸って語り始めた。

朝代は、一九四五年、昭和二十年九月、この世界に来た。

かすかな記憶では、その前に居た世界の一九四五年、「尚和」二十年九月に、アメリカ軍が日本本土上陸作戦を決行。九州南部の志布志・鹿屋から上陸し、陸軍基地がある都城に迫りつつあった。

その時、九州各地に「新型爆弾」が落とされるという噂が広まった。

両親が朝代とその兄弟姉妹を連れ逃げる最中、背後からすさまじい光と爆風が襲ってきて気を失い、気づいたら暴風雨の中、避難所に居た。そこで両親に話を聞くと、台風の暴風雨の中を逃げている途中で朝代が転倒し、両親が担いで避難所にたどり着いたということになっていた。

物心ついて、その台風が「枕崎台風」で、ちょうど朝代の三歳の誕生日、一九四五年、昭和二十年九月十七日のことと分かった。朝代が前に居た世界はおそらく「新型爆弾」が九州各地に落とされた世界なので怖くて戻る気がせず、そのまま七十年以上、この世界で過ごしていた。

朝代が前に居た世界の「新型爆弾」のエネルギーと、この世界の枕崎台風のエネルギーで時空が歪み、二つの世界がつながり、爆風で吹き飛ばされた朝代が移動したのだろう。

「新型爆弾」が九州各地に落とされた世界。

その世界は、ジョーンズ・マンタローがかつて居た世界に違いない。

避難所で朝代の隣に居たのが、父・長介だった。

朝代にとってみれば、都城に名古屋弁を話す男の子がなぜ居るのか不思議だったが、妙に心惹かれた。

長介は両親が戦争で亡くなったということで、朝代の両親、すなわち終戦直後に外交官を辞めて日本に引き揚げてきた「諏訪領事夫妻」が引き取って育てることになった。そして、大人になって結婚して初めて、別の世界から来ていたことをお互いに打ち明けたそうだ。

長介は、六歳の誕生日、一九五九年、「照和」三十四年九月二十六日、暴風雨の中、名古屋の西、薩摩藩が築いた木曽川の堤防を走って逃げていた。

「はよう逃げやあ」

「何やっとりゃーすの」

名古屋弁の怒号が飛び交う中、懸命に走って逃げる途中で風景が変わった。

「はよ逃げ」

「ないしよるど」

都城弁の怒号が飛び交う。

その場所は都城で、その台風は、この世界の昭和三十四年九月二十六日の「伊勢湾台風」ではなく、一九四五年、昭和二十年九月十七日の枕崎台風だった。時間が十四年遡り、場所も移動していた。

長介は、その後の日本・世界のことをズバズバ言い当てて「予言少年」ともてはやされたが、一九五九年、昭和三十四年九月二十六日に、その能力は突如失われた。

長介が十四年の時間を遡ったならば、この世界の一九四五年九月十七日から一九五九年九月二十六日までのことは、別の世界で一九五三年九月二十六日に長介が生まれる前のことを含め、大筋で言い当てても不思議ではない。

「予言者」は、ある時点で能力が失われることがある。

それは、異なる世界から少し前の時間の別の世界に移動した、または未来の異なる世界に行って戻ってきた人が、異なる世界で自分が過ごした時期までの経験を語っていることもあるからではないだろうか。もちろん、同じ世界の過去に移動したり、未来に行き戻ってきた人にも当てはまる。

義博がその推測を朝代に話すと、「父さんの話だと、多分そうよ。やっと、長い間の謎が解決したわ」と、納得してうなずいた。

「僕が行っていた世界の父さんは元気だったよ」

「私もその世界に行きたいけど、狙って行けるわけじゃないからね」

朝代は、長介を祀っている神徒壇を見やった。

「ところで、その赤ん坊は？　弥生さん、高齢出産だったんじゃないの？　頑張ったのね！」

「やっと初孫ができた」と喜ぶ朝代。

隠しても仕方ない。

義博は、弥生とともに、これまでの経緯と、この赤ん坊はたしかに朝代の初孫だが、義博とシリウス星人の女性・イブとの間の子供「武蔵」だと話した。

「じゃあ、この『武蔵』ちゃんは、地球人とシリウス星人のハイブリッドね。孫は諦めてたから嬉しいわ。私の血が、宇宙につながったのね。今度、イブさんもアダムさんもヤマトちゃんも連れてきなさい。ヤマトちゃんも私の孫なのよね」

朝代はこれまでの人生で何度もＵＦＯを見ているので、宇宙人が居ることは当然と思っていて全く動じない。

「初めて弥生さんが来てくれたから、うちのことを知ってもらおうかね」

朝代が奥の部屋から昔の写真を取り出してきた。

祖父・諏訪領事の懐かしい顔が写っていた。よく見ると、その右腕には、前にこの写真を見た時にはなかった大怪我の跡がある。

「これは、外交官だった時、地震に遭って、日本人を助けた時の怪我と話していたわよ。義博には話してなかったかね」

朝代が怪訝そうに説明した。

ということは、祖父・諏訪領事もまた、いつか、どこかで、この世界に移動してきたということになる。


「祭りの前に何か食べていきなさい」

朝代が台所に向かうと、弥生が駆け寄る。

「お義母(かあ)さん、『おふくろの味』を教えてください。私が覚えて、普段、義博さんに作ってあげたいんです」

以前から弥生は、「おふくろの味」「お母さんの手料理」などの表現に対して、「女性が食事を作ることを前提にしているって許せない！」と大学教員の立場で抗議活動をしていた。

義博は、「ここまでくると『因縁をつける』よりタチが悪い。自分が正しいと思うもの以外全方位に噛みつくから、もはや手に負えない」と放置していた。

その弥生が、「おふくろの味」とはっきり言った。

「今まで間違っていたわ。和食料亭、洋食レストラン、中華料理屋、それぞれ男性が料理を作ることもあるし、男性が料理する家庭もあるって分かってたの。それなのに、『女性が料理を押し付けられている』って主張するために、見て見ぬフリをしてたのよ。『おふくろの味』は『おふくろの味』。『お母さんの手料理』は『お母さんの手料理』。素敵な言葉ね」

朝代が、弥生に、義博の大好物の餃子を教えている。

宮崎は、宇都宮、浜松に並ぶ餃子の街だ。外食・持ち帰り餃子も美味しいが、それぞれの家庭の味がある。

弥生が「九州なのに、しょうゆが辛いわ」と驚いた。

義博の家は、南九州では異例の「しょうゆは辛口、味噌汁は赤だし」だ。父・長介が名古屋出身だった影響だ。

義博は、そもそも、辛いはずのしょうゆが甘いのは理解できない。たまに外食で寿司にうっかり甘いしょうゆをかけてしまうと、文字通り「口が曲がる」。その点では、東京出身の弥生は「おふくろの味」の味付けには苦労しないだろう。

弥生は、「普通」になった。

「普通」に対して、「普通って何か」「少数者の権利は」と噛みつく人々が居る。

それでも、「普通」は「普通」なのだ。「少数者」の権利という時点で、「普通」を前提としていることに、当の本人たちが気づいていない。気づいていて、それでも噛みつくならば、より始末が悪い。

列車でたとえるなら、普通列車は普通だから普通、普通より急いで行くから急行、特別な急行だからこそ特急なのだ。普通がなければ急行も特急もない。

これからは、普段、弥生が作った朝代の味の餃子が食べられる。

義博は、それだけでも嬉しかった。


午後、義博と弥生は武蔵を朝代に預け、「都城島津発祥まつり」に向かった。

この祭りに参加するために前に居た時のこの世界で東京を出発してから、五年以上かかってしまった。ただ、この世界では、一日しか経過していない。

祭りは義博の記憶にある通りの規模で、元の世界に戻ったと実感できた。

その帰り、朝代の実家の神社に行くと、普段はサラリーマンをしている従兄・貴彬が、神主の衣装を着ていた。全然様になっていない。祭りとは名ばかりで、人もまばら。とくに子供が少なく、さながら「敬老の日」の集まりのようだ。出店は開店休業状態で、的屋が暇そうにあくびをしている。たった三人によるカラオケ大会がうら寂しく開催され、三人乗りの表彰台を「独占」していた。三人しか参加していないので当然だ。

義博と弥生の気配に気づいたのか、貴彬が振り返った。

「よお！　義博！　久しぶり！　帰ってきたのか。ところでお隣はどなたさん？」

義博にとっては、これは二度目のやりとりだ。

はっきり自覚しているので、デジャヴではない。

ただ、異なる世界での記憶がうっすらと残っていてなんとなく覚えがあるということも、デジャヴ現象の原因の一つではないかと思われた。

弥生は東京生まれの東京育ちで、「宮崎なんて『未開の地』には行きたくない」と、結婚前も後も一度も宮崎に来なかったので、当然、都城は初めてだった。東京での結婚式に来なかった貴彬とは初対面だ。

「頭が良さそうな奥さんだな。だけど、噂で聞いてたよりキツくないし、美人じゃないか。おっと、口が滑った」

弥生は、以前なら「美人って、女性を見かけで判断しないで。これだから日本の男は駄目なのよ。外国ではね……」と、褒められたのに怒り出して延々と説教するという理解しがたい反応をしていただろう。

しかし、今は「そんなことないですよ。褒めてくださってありがとうございます」と微笑を浮かべている。

「日本人は」「男は」と、ひとくくりにして批判すること自体、自分が「女性を見かけで判断しないで」と批判していることと同じことをしていると気づいていない。

外国の話も、日本のマスコミや声の大きい一部の人々が、自分の主張に都合いい部分だけを切り取り、返す刀で日本を貶めるためにいい加減に取り上げているだけだ。日本と外国は、文化も歴史も人間性も違い、比較する方がおかしい。そもそも比較不能だ。

それぞれを、それぞれと認めることが「多様性の尊重」なのに、多様性を主張する人々は「外国が正しい、日本は遅れている」として多様性を認めない。大いなる自己矛盾だ。

最近よく使われる、もっともらしく聞こえる「ジェンダー」も分かりにくい言葉だ。日本人なら、日本語を使って主張すればいい。

何より、外国に行ったり住んだりすると分かる通り、外国人から見ると、日本は素晴らしい国、日本人は素晴らしい国民で、尊敬と羨望（せんぼう）の対象だ。

弥生も、ようやくそのことに気づいたようだった。

「これからはちょくちょく来ますよ。私は主人とは違ってお酒は大好きですから、都城名物の焼酎が楽しみです」

弥生が、義博のことを「主人」と呼んだのは初めてだった。

そもそも、夫のことを「主人」と呼ぶのは、主従関係ではなく、一家の主たる柱が男性・夫という表現で、女性差別、女性蔑視ではない。

義博が弥生に、おそるおそる尋ねる。

「家内（かない）って呼んでいい？」

「もちろんよ。家を守るのが女性・妻って、女性が家庭の主導権を握るってことでしょ。なんでこの言い方にケチをつけていたのか、私自身恥ずかしいわ」

弥生は、恥ずかしそうにうつむいて答えた。

表向きは夫が「主人」と立てられるが、それは建前で、「家内」の妻がその手綱を取る。このバランスこそ、古き良き日本の「本音と建前」の使い分けであった。

本当に女性を蔑視するならば、「うちのカミさんが」とか「女将」と言わないはずだ。カミとは「上」「神」に通じる。そのような表現が存在することをあえて無視すること自体、恣意的な主張だ。

何かあると「女性差別だ、女性蔑視だ」と主張する一部の人々は、日本の最高神「天照大神」が女性神、日本最初の紙幣の肖像画が女性の「神功皇后」ということを、どう説明するのだろう。

卑弥呼は混乱の倭国をまとめた女王だし、推古天皇・持統天皇は偉大な女性天皇だ。それに、学生の定番合唱曲『大地讃頌』では「母なる大地」と歌っている。時代劇でも現代ドラマでも女性が強く、男性を尻に敷いている。そもそも、「かかあ天下」は昔からある言葉だ。

女性差別、女性蔑視どころか真逆だ。

何かと騒ぐ一部の人々が、これらのことを知らないわけがない。

それなのに、都合の悪いことは黙っていて、言いがかりをつけてくる。

このような主張が広まるにつれ、女性と関わりたくなく、結婚もしたくない男性が増えてくる。

つまり、結婚したい、家庭に入りたい「普通」の女性にとっては迷惑な主張ということになる。

さらには、少子高齢化の原因にもなり、社会全体に悪影響をもたらしかねない。

大体、いつから「夫」「妻」と呼ばなければならないという「同調圧力」がかかるようになったのだろうか。そう呼びたければ呼べばいいし、別の呼び方をしてもいい。「ダーリン」「ワイフ」でも「旦那様」「奥方」でもいいじゃないか。それがまさに「価値観の多様性」だ。

異論を許さない時点で、それは「価値観の多様性」ではなく、「寛容」とはかけ離れている。日本社会は元々「寛容」な社会だったはずだ。

こういうことが世の中の至る所で増えているから、世間がギスギスしみんな萎縮する。日本が、世界が、本当に窮屈で暮らしにくい世の中になっている。

義博と弥生が公民館に行くと、よその地域に移住したり、残った住民は亡くなったりで、ほとんど人が居ない。

「やはりこの世界では、みんなバラバラになってしまっている」

義博はあらためて実感し、自然に涙が出てきた。

遠くには、夕陽に輝く霧島連山、天孫降臨の地とされる高千穂峰の尖った山頂が見える。

ショウリョウトンボが一匹、寂しげに目の前を横切った。

異なる世界で五年余りを過ごした義博にとっては、侘しくも懐かしい風景だった。

祭りが終わった。

義博と弥生は実家に戻り、朝代と夜遅くまで異なる世界について語りあった。

翌朝、義博は、東京に帰る前、この世界では宮崎に住んでいるであろう睦子に会いに行くことにした。

弥生は、この世界でも義博が先日まで居た世界でも、睦子のことを知らないはずだ。

事情を説明すると、「会いに行きなさいよ。私は行かない方がいいでしょうから、武蔵と待っているわ」と快く承諾した。

やはり、弥生は本来、心優しい女性だった。

弥生と武蔵とともに、宮崎駅からバスで宮崎神宮に向かう。

宮崎神宮は、やはり宮崎県民の心の故郷だ。朝陽に映える正面の鳥居をくぐると身が引き締まる。

丁寧に参拝し、弥生と武蔵には参道の休憩所で待っていてもらう。

義博が記憶を頼りに近くの路地を入っていくと、昔そのままの睦子の家があった。かつて交際していた時以来、二十年以上ぶりだ。

ちょうど、その庭に、睦子と三人の子供たちが居た。

先日まで居た世界の長男・陽一、長女・皐月、次男・文隆だ。

「こちらは秋津さん。お母さんね、本当は秋津さんと結婚するつもりだったのよ」

義博に気づいた睦子が、笑いながら三人に紹介した。

陽一は、この世界でも野球をしていた。

高校三年生の夏、ようやくつかんだ初の甲子園出場決定後、エラーが多い部員の守備を鍛えるための特訓がなぜか「体罰」と認定され、出場辞退。それでも気を取り直して大学で教員免許を取り高校教師をしていたが、モンスターペアレントにたびたび因縁をつけられ、事なかれ主義の校長との間で苦しみ心を病んで休職中だった。

外から見える部屋の中には、膨大な量のゲームと漫画が山積みになっている。ずっと引きこもっているようで、高校球児の面影はなく、透き通るような青白い肌と生気のない淀んだ目をしている。

皐月は、楽しみにしていたミスコンテストが一部の人々の「人を容姿で判断するな」という抗議で中止になり、人生の目標を見失ってグレていた。

車庫にはピンクに塗装された改造バイクが倒れ、煙草の吸い殻が散乱し、安酒の空き瓶が転がっている。物干しには、昼間に見ると違和感がある「夜露死苦」「仏恥義理」と刺繍された特攻服が干してある。レディースの総長のようだ。脱色しすぎてパサパサの金髪。頬はこけ、左手の甲には根性焼きの跡がある。レディース総長を引退する時期を逃したようで、見るからに痛々しい。

文隆は、この世界でも相撲をしていて、未来の大関・横綱と将来を嘱望(しょくぼう)されていた。

しかし、高校の名門相撲部監督の熱心な指導を「パワハラ」と週刊誌が面白おかしく叩いた騒動で、相撲部が廃部。角界入りも大学進学もかなわず、高校卒業後は「自分探し」と称してフラフラしていた。

運動不足で太りすぎ、膝を痛め、足を引きずっている。まだ若いのに生活習慣病になっているようで、土色の顔、むくんだ腕や脚が、嫌でも目に入る。

誰も得をしていない。

やはりロクでもない世界だ。睦子の明るさだけが救いだった。

三人の子供たちは、「秋津さんとどこかで会った気がする」と首をひねっている。先日まで義博が居た世界で親子だったことが、この世界に干渉していた。

「君たちも、こんな世界に見切りをつけて、別の世界に行った方がいい」

義博は、「三人の未来に幸あれ」と心の中で祈った。

帰り際、睦子が義博に近づく。

「万博どうだった？　私は名古屋から東海道新幹線で追いかけたんだけど、京都で眠ってしまって、目が覚めたら『小郡』じゃなくて『新山口』だったの」

「万博？　それに、小郡じゃなくて新山口？」

義博がハッとする。

「睦子、ひょっとして君は……」

睦子は人差し指を口に当て、「シーッ」としてウィンクした。

「この世界は大変だけど、この世界の日本も『とにかく明るく』しましょ。みんながマイナスのことを言うから世界が暗くなるのよ。『言霊（ことだま）』って本当よ。みんなで、ユングの『集合的無意識』を明るくしなきゃね」

後日睦子からかかってきた電話によると、睦子は、前の前に居た世界でアダムのブルートレイン型ＵＦＯに乗った時点からかなりの時間が経過し、「世界ＦＡ権」と「時間ＦＡ権」を獲得していた。そして、ＦＡ権を行使せず偶然この世界に移動したので、いつでも、どの世界にも行ける状態だ。それでも、しばらくこの「Ｄランクのロクでもない世界」を体験してみるということだった。

ＦＡ権を行使する時は、子供三人とこの世界の夫もまとめてもっとマシな世界に移動するために、追加料金と「袖の下」用のお金を貯め始めていた。

睦子が二〇二五年ではなく二〇一九年に移動したのは、アダムが操作していた。

アダムが言っていた「時間を戻した義博に関わる人」は、睦子だった。そして、「この世界では義博とは結婚しておらず、宮崎の実家にこの世界の家族が居る。そこに、前に居た世界からこの世界に移動してきた義博が訪ねてくるだろう」とアダムから聞いていたということだ。

義博は、それまでは意識していなかったが、身の回りの多くの人たちが異なる世界から来ていることを知った。異なる世界との移動は頻繁に起こっていて、意識しても無意識でも異なる世界に移動した人たちは、それが自分だけと思い、そのことを言わないのではないか。

それもまたこの世界の真実だろうと、今の義博には思えた。

第八章　新たなる旅立ち

義博と弥生そして武蔵は、宮崎から特急「にちりん」「ソニック」と新幹線「のぞみ」を乗り継いで東京に帰った。地下鉄丸ノ内線「本郷四丁目」駅は「本郷三丁目」駅に戻っており、住居表示は「東京都文京区」、大学の門の銘板には「東京大学」と書かれている。

元の世界に戻ってきたことを、あらためて実感した。

自宅玄関前から見える東京スカイツリーも元通り、晴れ渡る空にそびえ立つ。

これ見よがしに弥生の旧姓が併記されている表札を弥生が外し、「秋津」と書かれた真新しい表札をかける。

「夫婦別姓の主張もやめたの。『中国や韓国は夫婦別姓』ってよく引き合いに出されるけど、中国や韓国は伝統的な『家族制度』がしっかりしていることを意図的に言わないし、報道しないわね。

伝統的家族制度がない日本で夫婦別姓にすれば家族が崩壊するって、かなり前から気づいていたの。引っ込みがつかなくて夫婦別姓運動を続けていたけど、やっと足を洗う踏ん切りがついたわ」

部屋には、二〇一九年十一月のもう一人の弥生はおらず、二人の弥生が鉢合わせることはなかった。よく考えれば、睦子ももう一人居るはずだ。それぞれどこに行ったのか気にはなるが、確認のしようがない。

一息つくと、義博は、弥生に告げた。

「僕は、君と僕、そしてこの子・武蔵が生きていく世の中が、少しでも良くなるようにしたいんだ。この世界はDランク。せめて、僕が行っていた世界、君がこの世界に来る前に居た世界と同じ、Cランクにしたい。できればBランクの世界にしたいけど、まずは一歩一歩進めるしかないよ。それと、多分、異なる世界に移動して戸惑ったり、言い出せなくて悩んでいる人も多いだろう。UFOや宇宙人のこともそうだ。地球も宇宙の一部で、地球人同士が争っている場合ではないよね。そのためにも、僕が経験したことを本にしたい。ただ、そのことで、僕は大学の職を失うだろう。いや、大学を辞めなければ書けない。中傷を受けるかもしれないし、変人扱いならまだしも病人扱いされるかもしれない。それでもいい？　ついてきてくれる？」

「何を言ってるの？　男なら『黙って俺についてこい！』でしょ。男はそうでなきゃ！　私はどこまでもついていくわよ。『夫唱婦随（ふしょうふずい）』って、本当にいい言葉ね」

弥生は、義博の尻を文字通り叩いた。

「仮面夫婦」状態を抜け出したと思ったら、今度は「かかあ天下」の気配だ。それでも、義博は心地良かった。

二〇一九年、令和元年十二月、義博と弥生はともに大学を辞め、宮崎県都城市、鹿児島県との県境に近い霧島連山の麓、「関之尾」に居を定めた。

「日本の滝百選」に選ばれている「関之尾の滝」は、宮崎県有数のパワースポットで、霧島温泉にも程近い。空気が、水が美味しい。まさに、武蔵を育てるには最適の地だ。

そこで、悠悠自適、晴耕雨読（せいこううどく）の生活に入った。

義博は、弥生と話し合いながら、さらに睦子とも連絡を取りながら、本を書き進んでいった。

平穏な日々だった。

ただ、気になったのは、付近に「猫」が増えていったことだ。義博がいくら猫好きとはいえ、やはりおかしい。この世界でもニャントロ星人の監視が強化されている兆候と思われた。

そうこうするうち、ある日、義博が武蔵をおんぶした弥生と大淀川の支流・庄内川沿いを散歩していると、川岸に大きな「どんぶり」と大量の「桃」が打ち上げられていた。「不法投棄禁止」と書かれた貼り紙が貼ってある。

イブのお歯黒が頭に浮かんだ。あの出合茶屋「あいびき」の夜に見た、白い肌に不釣り合いなお歯黒は、時が経つにつれて義博のトラウマになっていた。

その後しばらくして、「宮崎県中部から南部・西部の大淀川流域で高齢者が病院から消え、高齢出産のベビーブームが起きた」と県内のニュースで取り上げられ、専門家が首をひねっていた。


三ヶ月後、二〇二〇年三月十日の夕方、義博は、執筆していた本の最後の頁に最後のメッセージを書いていた。

異なる世界について。宇宙について。人類について。

「とうとう書き終わった」

義博は深呼吸し、壁に貼ってある写真を見た。この世界からしばらくの間行っていた世界の、新宿のスナック「輪廻転生」での記念写真だ。

この三ヶ月で、写真に写っている人物が増えたり、消えたりしていた。

徳川家康が居た。この世界から、あちらの世界に行ったようだ。信長と光秀と『敦盛』を舞っている。そして、その写真の真ん中に、もう一人の義博が笑っていた。


義博は、武蔵を「おんぶ」した弥生と庭に出た。

三月、旧暦の如月。庭には、例年になく早く開花した満開の桜。東の空には満月が昇ってきていた。南の空にはシリウスが輝いている。

「ボンソワール、こんばんは。ご注文の大量の不老不死の薬、ここに置いておくよ。オウ・ホウヴァ、さようなら」

門の外から声がする。

取りに行くと声の主、サンジェルマン伯爵の姿はない。

そこには、不老不死の薬とは別に、「試供品　霧島連山　若返り焼酎　雲海（うんかい）の郷（さと）　セキノオノタキ」と書かれた一升瓶が置かれていた。富士山で製造されている「不老不死の薬」の姉妹商品として、霧島山麓で「若返り焼酎」が製造されていたのだ。

岐阜県にある若返りの「養老の滝」の水のレシピを日本各地の酒で再現した、「ご当地若返り酒シリーズ」の一覧と推薦文が同封されていた。

「治験の結果、このたび、宇宙健康食品として効能が認められたので、正式発売になりました。

治験にご協力いただいた真田信繁様のご感想です。

『真田信繁さん（東京在住・九十歳・飲食店経営）　この若返り酒のおかげで、心身とも五十歳代に若返りました。仲間の四郎君と、もう一旗揚げようと思っています。あの世の秀吉様も秀頼様も喜んでくださることでしょう』

（※　あくまで個人の感想です）」

そこには、満面の笑みをたたえた真田信繁の姿がある。

義博が初めてスナック「輪廻転生」に行った時の帰り際、真田が電話をしながら飲んでいた見慣れない酒は、この「若返り酒」の試作品だったようだ。道理で、島原の乱の時にすでに七十歳で、その後、桜島の大噴火、関東大震災を経て国立競技場解体中の現代に移動するまで十四年ほど時間が経過し、その後数年経つのに「初老」に見えたわけだ。実年齢九十歳とは絶対分からない。よく考えれば、他の歴史上の人物たちも「若返り酒」の試作品を飲んでいたに違いない。

このことで、先日のニュースの謎が解けた。

霧島山麓工場で製造された若返り焼酎を、イブが「どんぶり」に見える自分のＵＦＯと桜島基地の桃型輸送船で輸送する際に失敗したようだ。若返り焼酎が庄内川・大淀川に流出し、その成分を含む水道水・井戸水を飲んだ高齢者が若返り、病院通いをやめ、高齢出産のベビーブームが起きたのだ。

元の『桃太郎』の話では、川に流れてきた桃を食べたお爺さんとお婆さんが若返り、子作りをして生まれた子供が桃太郎だ。その話は、まさに、富士山基地から桃型輸送船で輸送していた若返り酒の試作品を飲んだ話だろう。

義博が不老不死の薬と若返り焼酎を手に取る。

「宇宙での僕の役割を果たしに行ってくる。本を書き終わったら行こうと決めてたんだ。これは、世界と宇宙の真実を知った者が果たすべき役割なんだ。地球と宇宙を『どんげかせんといかん』、いや、ここは都城だから『どげんかせんといかん』」

淡々と、しかし強い決意を込めて弥生に語りかけた。

「私も行くわ」

弥生が義博にすがる。

「いや、君は地球に残るんだ。アダムとイブとの約束で、武蔵は地球で育てなければならないからね。武蔵とおふくろを頼む。

この世界の今の日本の状況だと、君が女性ということで、政治家になること自体には有利だ。だから、君は政治家になって、日本初の女性首相を目指してほしい。そして、日本を、世界を、『どげんか』『どんげか』するんだ。僕は地球と宇宙のために働く。これもまた夫婦の『役割分担』だよ。

キャッチフレーズは『女であればなんでもできる！　元気ですか！』がいいよ。男にもいろんな『ガラスの天井』がある。男も女も関係ないよ。割ろうとするから反発を買うんだ。素粒子みたいにスマートにすり抜ければいい。

記者会見の時、宇宙に居る僕が量子力学を使って同時に君の横に座る。必要ならささやいてあげるから心配しないで。『ささやき旦那』だよ」

義博が、空に向かって「ベントラ、ベントラ」と高揚した声で唱える。

南の空に輝くシリウスから分かれた光が、五回点滅して大きくなり、近づいてきた。次第に速度を緩め、頭上で音もなく停止する。銀色に輝く葉巻型の機体の底の扉がゆっくりと開き、光の帯が地上に伸びてきた。見上げると、光の中に二人の影が見える。

「久しぶりだな、兄弟。『セキノオノタキ』で一杯やろう。帰蝶さんが責任者の岐阜工場製造『ヨウロウノタキ』、天海こと光秀さんが責任者の栃木工場製造『ケゴンノタキ』もあるぞ。今日ばかりは、酒が飲めないなんて言いっこなしだ。兄弟盃を交わした盃を持ってこいよ！」

相変わらずアダムは陽気だ。その肩には、雄の三毛猫が颯爽と乗っている。

「霧島温泉にある、宇宙警察本部公安情報部門管轄の水茶屋『夜の銀猫』を予約してあるわ。看板猫たちは銀色の毛並みの精鋭部隊だから、セキュリティは安心よ。約束通り、朝まで四人で『楽しめ』るわ。なんなら、睦子さん夫婦も、リリスさんも呼んでいいのよ」

どうやら、リリスとも話がついたようだ。その足元には、雌の黒猫が丸まっている。

「リリスさんくらい受け入れないと、アダムの奥さんは務まらないわ」

イブは精神的に強くなったようで、まさに「母は強し」だ。

豪快に笑うイブの手には、ドラッグストアで購入したと思われる強壮薬「ナイアガラ」と「ヴィクトリア」が握られていた。

「ご当地若返り酒シリーズ」も含め、全て「滝」つながりだ。

よく見ると、イブはヤマトを「抱っこ」している。

「ヤヨイさん、『おんぶ紐』を貸してちょうだい。私の『おんぶ紐』は、洗濯したアダムの『ヅラ』を吊るすのに使っているの」

ＵＦＯから地上に伸びている光の帯の中で、金色の小型ＵＦＯと見まごう金髪の「ヅラ」が「おんぶ紐」に吊るされ、「霧島おろし」に揺れている。これなら、あっという間に乾くだろう。

この世界からしばらくの間行っていた世界で、義博が鷹山鳩教授とともにアダムとイブを接待した際、アダムが「おんぶに抱っこ」という言葉をどこで覚えたのか気になったことがある。果たせるかな、シリウスには「おんぶ」「抱っこ」の習慣があった。ただ、かつてシリウス星人が降り立った欧米では、なぜ今はその習慣がないのか疑問が残る。

さらに疑問なのは、「水茶屋」は「休憩」のみのはずだ。宇宙警察本部公安情報部門管轄とはいえ、ここは日本なので、営業許可の問題が発生すると考えられる。宇宙警察の「顔」が利くので宿泊できるのだろうか。

それに、水茶屋の名前「夜の銀猫」は、都城出身の有名作詞家・中山大三郎の名曲『夜の銀狐』のパクリだし、やはり問題がある。

それらの疑問はともかく、義博は、イブとの約束をすっかり忘れていた。

今晩だけは、弥生も一緒に行くことにする。弥生は、かつてアダムにこっそりＵＦＯに招待されたことがあり、「実体の体」でＵＦＯに乗っても大丈夫ということだ。武蔵は、そもそもシリウスからＵＦＯに乗ってやってきたので、ＵＦＯに乗ることは問題ない。

ただ、武蔵が「四人で楽しむ場」に居てもいいのか気になるが、ヤマトも居ることだし問題はないと思われる。それに、鷹山鳩教授の話によると、金星にあるアダムとイブの公務員宿舎には居間とは別に寝室があるとのことなので、そこで「楽しむ」手もある。

振り返って弥生を見ると、「おんぶ紐」を取りに戻ったついでにピンクの服に着替えており、「やる気、元気！」と叫んでいる。

その服の色と台詞は有名な女性政治家と同じだが、引退したのでキャラは被らない。「緑」をイメージカラーにする新宿の女性政治家に対抗して、「ピンク」をイメージカラーにするのもいいだろう。

それに、文字通り「ヤる」気満々だ。

義博とともに、弥生も「不老不死の薬」を愛用している。

さらに、ここしばらく、庄内川の成分を含む水道水・井戸水を飲んでいるので若返っている。

義博とイブとは逆パターン、アダムと弥生の間にハイブリッドの子供が生まれるかもしれない。

それに、念願の、義博と弥生の間の「嫡子（ちゃくし）」も生まれうる。

よく考えると、「ご当地若返り酒シリーズ」は、少子化対策・高齢化対策の切り札になる。弥生が立候補する時、その普及を公約にして製造元・宇宙警察の支援を受ければ、トップ当選も夢ではない。

あらためて頭上を仰ぎ見ると、アダムとイブ、二人の後ろには、たしかに、光り輝くあの「存在」がある。

義博は、弥生とともに、光の帯に足を踏み出した。

その一歩は、二人にとっては小さな一歩だが、地球人類、宇宙人類にとっては大きな飛躍だった。(了)

あとがき

本小説『秋津教授、並行世界へ　歴史人物オールスターとシリウス星人との邂逅』を通じて、今の日本・世界へのメッセージを伝えたいと思いましたが、どの程度描けたかは読者の方々のご判断にゆだねたいと思います。

娯楽的内容にもこだわりました。読者の方々の超常現象への興味、そして、知的好奇心のきっかけになれば、本書の目的は達したことになります。

最後、宇宙に旅立つ主人公と地球に残る妻・息子。この続編の機会があれば幸いです。

※　免責事項

本書はフィクションであり、登場する人物・団体・地名・事件などは、実在のものとは無関係です。登場する人物の思想・信条・政治的立場などは、著者の創作上の表現であり、特定の主張や個人・団体などを支持または否定するものではありません。

また本書において描かれる歴史的事実などについては、可能な限り正確な情報に基づいていますが、著者の解釈や創作が含まれている場合があります。

なお「異世界に行く方法」などの内容は危険な行為もありますので、くれぐれも真似しないようにしてください。

著者略歴

吉原　憬（よしはら　けい）

東京大学法学部卒業
東京大学大学院法学政治学研究科博士課程修了　法学博士
官僚　大学教授
現在は学者として活動するとともに、多分野にわたり執筆

秋津教授、並行世界へ
歴史人物オールスターとシリウス星人との邂逅

2023年５月25日　初版発行

著　者　吉原　憬　© Kei Yoshihara
発行人　森　　忠順
発行所　株式会社 セルバ出版
〒 113-0034
東京都文京区湯島１丁目 12 番６号 高関ビル５B
☎ 03（5812）1178　FAX 03（5812）1188
http://www.seluba.co.jp/
発　売　株式会社 三省堂書店／創英社
〒 101-0051
東京都千代田区神田神保町１丁目１番地
☎ 03（3291）2295　FAX 03（3292）7687

印刷・製本　株式会社丸井工文社

●乱丁・落丁の場合はお取り替えいたします。著作権法により無断転載、複製は禁止されています。
●本書の内容に関する質問は FAX でお願いします。

Printed in JAPAN
ISBN978-4-86367-811-8